中国现代文学馆青年批评家丛书

丛书主编 吴义勤

陈思 著

文本催眠术
历史·主体·形式

北京大学出版社
PEKING UNIVERSITY PRESS

图书在版编目（CIP）数据

文本催眠术：历史·主体·形式 / 陈思著 . —北京：北京大学出版社，2017.3
（中国现代文学馆青年批评家丛书）
ISBN 978-7-301-27979-3

Ⅰ.①文… Ⅱ.①陈… Ⅲ.①中国文学–当代文学–文学评论–文集 Ⅳ.① I206.7-53

中国版本图书馆 CIP 数据核字 (2017) 第 012961 号

书　　名	文本催眠术：历史·主体·形式 WENBEN CUIMIANSHU: LISHI·ZHUTI·XINGSHI
著作责任者	陈　思　著
责任编辑	黄敏劼
标准书号	ISBN 978-7-301-27979-3
出版发行	北京大学出版社
地　　址	北京市海淀区成府路 205 号　100871
网　　址	http://www.pup.cn　新浪微博：@北京大学出版社 @培文图书
电子信箱	pkupw@qq.com
电　　话	邮购部 62752015　发行部 62750672　编辑部 62750112
印　刷　者	三河市国新印装有限公司
经　销　者	新华书店
	660 毫米 ×960 毫米　16 开本　14.25 印张　192 千字 2017 年 3 月第 1 版　2017 年 3 月第 1 次印刷
定　　价	40.00 元

未经许可，不得以任何方式复制或抄袭本书之部分或全部内容。
版权所有，侵权必究
举报电话：010-62752024　电子信箱：fd@pup.pku.edu.cn
图书如有印装质量问题，请与出版部联系，电话：010-62756370

目 录

丛书总序　　　吴义勤 3

代前言：主观、客观与不安——文学批评的三个层面　5

第一辑　历史　1

《平凡的世界》的社会史考辨：背景、逻辑与问题　3

"新方志"书写：对"地方性"的有限招魂
　　——贾平凹长篇作品《老生》研究　44

现实感、细节与关系主义
　　——"中国故事"的一条可能路径　67

"生活"的有限性及其五种抵抗路径
　　——以2014年短篇小说为例谈"80后"小说创作现状　75

第二辑　主体　91

官僚化、城乡分化与主体的唯我化
　　——从高晓声笔下的干部形象看"新时期"的三重危机　93

经济理性、个体能动与他者视野
　　——高晓声笔下"新时期"农村"能人"的精神结构　115

"断桥上的戏谑者"的形象史与文学史意味
　　——重读陈建功小说《鬈毛》　130

珍妮佛，来敲门
　　——黄崇凯对台湾年轻知识主体的状态呈现与自我意识　142

"废人"的世界
　　——须一瓜小说论　149

第三辑　形式　169

韩松的"强度"
　　——以长篇科幻作品《地铁》为例　171

迟子建的"温情辩证术"
　　——以长篇作品《白雪乌鸦》为中心　181

于晓丹的"幽灵装置"
　　——以小说《一九八〇的情人》为中心　188

李亚的"江湖"
　　——一种重建"历史"与抵抗"历史"的努力　192

毕飞宇的"权力"
　　——从《玉米》到《平原》的叙事解读　202

丛书总序

中国现代文学馆是在巴金先生倡议和一大批著名作家的响应下，于1985年正式成立的国家级文学馆，也是目前世界上规模最大的文学博物馆。中国现代文学馆的主要任务是收集、保管、整理、研究中国现当代文学书籍、期刊以及中国现当代作家的著作、手稿、译本、书信、日记、录音、录像、照片、文物等文学档案资料，为文化的薪传和文学史的建构与研究提供服务。建馆二十多年以来，经过一代代文学馆人的共同努力，中国现代文学馆的事业不断发展壮大，现已成为集文学展览馆、文学图书馆、文学档案馆以及文学理论研究、文学交流功能于一身的综合性文学博物馆，并正朝着建成具有国际影响的中国现当代文学资料中心、展览中心、交流中心和研究中心的目标迈进。

为了加快中国现代文学馆学术中心建设的步伐，中国作家协会党组决定从2011年起在中国现代文学馆设立客座研究员制度，并希望把客座研究员制度与对青年批评家的培养结合起来。因为，青年批评家的成长问题不仅是批评界内部的问题，而且是一个对于整个青年作家队伍乃至整个文学的未来都具有方向性的问题。青年评论家成长滞后，特别是代际层面上70后、80后批评家成长的滞后，曾经引起了文学界乃至全社会的普遍担忧甚至焦虑。因此，客座研究员的招聘主要面向70后、80后批评家，我们希望通过中国现代文学馆这个学术平台为青年评论家的成长创造条件。经过自主申报、专家推荐和中国现代文学馆学术委员会的严格评审，中国现代文学馆已经招聘了三期共30名青年评论家作为客座研究员。第四批客座研究员的招聘工作也已经完成。

四年多来的实践表明，客座研究员制度行之有效，令人满意。正如中国作协党组书记李冰同志在中国现代文学馆第二批客座研究员聘任仪式上的讲话中所指出的那样，青年评论家在学术上、思想上的成长和进步非常迅速。借助客座研究员这个平台，通过参加高水平的学术例会和学术会议，他们以鲜明的学术风格和学术姿态快速进入中国当代文学批评现场，关注最新的文学现象、重视同代际作家的创作，对于网络文学、类型小说、青春文学等最有活力的文学创作进行即时研究，有力地介入和参与着中国当代文学的创作实践，在对青年作家的研究及引领方面发挥了不可替代的作用。作为70后、80后批评家的代表，他们的"集体亮相"，改变了中国当代文学批评的格局和结构，带动了一批同代际优秀青年批评家的成长，标志着70后、80后青年批评家群体的崛起。鉴于客座研究员工作的良好成效和巨大社会反响，李冰书记在第一批客座研究员到期离馆时曾专门作出了"这是一件功德无量的事情，要进一步扩大规模"的批示。

为了充分展示客座研究员这一青年批评家群体的成就与风采，中国作家协会和中国现代文学馆决定推出"中国现代文学馆青年评论家丛书"，为每一位客座研究员推出一本代表其风格与水平的评论集，我们希望这套书既能成为中国当代文学批评的重要收获，又能够成为青年批评家们个人成长道路的见证。丛书第一辑8本、第二辑12本分别在2013年6月、2014年7月由北京大学出版社推出后引起了巨大反响，现在第三辑11本也即将付梓出版，我们对之同样充满期待。

是为序。

吴义勤

2016年夏于文学馆

代前言：主观、客观与不安
——文学批评的三个层面

我所设想的文学批评，至少包括三个共存的层面。

批评家必须首先是走私贩、说谎家和催眠师。他以客观的包装盒来走私主观的价值判断。他"骗"读者说，这"才"是作家想表达的东西。他又去"催眠"作家说，你"其实"不懂你自己，你"其实"想写的是这样这样的东西。他把自己的见解塞进原文，险恶又扫兴。显而易见，或许是因为对西方批评理论浸淫太久（然而又并未吃得很透）的关系，我在刚踏入文学批评这块领地时，对于新世界充满着拉斯蒂涅式的渴望。2005—2008年硕士期间在王一川先生门下研修文艺学，开始接受严格的学术训练。2011—2012年到哈佛东亚系访学，访美期间，按顺序从柏拉图、亚里士多德读到笛卡尔、洛克、休谟、康德这些早期现代哲学，又参加马萨诸塞州立大学张正平（Briankle Chang）先生的深夜读书会——记得把 Werner Hamacher 论本雅明的"Guilt History"逐句分析到凌晨1点多。我剃了板寸，荷枪实弹，站在高坡上，"巴黎，我们来斗一斗吧"。必须承认，这种成为大说谎家的冲动，或者刚刚撒了一个漂亮大谎的得意，仍旧时常涌入心海，激荡澎湃，鼓噪不安。

批评家不能仅仅满足于说出他自己。他的最大的主观必须经过时间与空间的辩证，成为永恒的客观。某些幸运的时刻，他的主观价值判断因为摒弃成见直指人心，拆除了作为"更隐蔽的主观"的社会惯习与文学规范,而晋升为貌似主观的"客观"。批评家的第二层次是盗火者。他看似走私、说谎和催眠,其实却是真理的助产士和快递员。

2008年起我考入北京大学曹文轩老师门下,随即进入邵燕君老师主持的"北大评刊"论坛,此后扎实服役,直面文本,徒手肉搏,不许夹带理论武器入场。更糟的是还要把自己写的评论逐字念出来,承受师兄师弟师姐师妹们的拷问。现在想来,人才济济,我只能坐在暖气管上(椅子不够)承受大家的唇枪舌剑,不仅身下如坐针毡,身上更是草船借箭,腹背受敌,正面挨完背面挨——如果是动漫里,当时举起水杯喝一口,全身上下就要噗嗤噗嗤冒出七八根水柱。当然,偶尔几个时刻经受住了考验,觉得自己真是发现真理,爽得很,请客喝酒。

但是,真理与火焰只是一闪即灭的洞见。语言系统的局限注定了真理陈述的有限。历史还在展开,每一次批评都需要重新被审视。当你满以为自己是盗火者、助产士与快递员的时候,也许又做了另一重意义上的走私贩、说谎家与催眠师,徒劳又可笑。因此,批评的第三个层次是不安,不安于过去,不断反省和重启,清理自身在历史中的遗蜕。于是批评才能形成新一轮的辩证与进化。

自2013年进入社科院文学所,我参加了"社会史视野下的中国现当代文学"读书会,随即被派往甘肃某个乡镇挂副镇长。饮食男女,皆人伦物理。回头再看文学,"世界"像幽灵一样出现在"纯文学"文本的背后,就如同一张灵异的底片。好消息是"文学"变得立体,不幸的是,原先明确的意义受到新的话语结构的撕扯。我感到许多时刻对文学的刹那灵感,变得可疑。于是惶惶然。即使在当时当地获得了同意,我执终究还是我执。最终,我只好同步转向社会史的学习,试图建立一套复杂的关系网格与力之谱系,以便重新想象文学"生成"的现场。

我安慰自己,这不算是全盘踢翻吧。之前的工作,包括坑蒙拐骗,在历史的大循环中也都存在自己的意义——文学批评就应该是这样:卑下而崇高,低微而神圣。

第一辑 历史

在80年代新启蒙知识话语崛起、经历了80年代"寻根"文学到90年代"新历史主义"的文学浪潮之后,我们如何想象20世纪中国的历史?在当下语境中,如何正心诚意、钩沉历史,摆脱"常识"话语的覆盖与压抑,并以此为基础来重新书写关于中国的故事,这是摆在作家和批评家面前的任务。

——《"新方志"书写:对"地方性"的有限招魂——贾平凹长篇作品〈老生〉研究》

《平凡的世界》的社会史考辨：
背景、逻辑与问题

理解当下中国历史，势必涉及理解"改革"，并从构成上需要理解20世纪50—70年代乃至之前的中国当代社会，连带地需要了解相关的政治、经济、贸易、社会、文化乃至个人的精神状态。路遥在《平凡的世界》中提供了对从70年代中期到"改革"全面展开阶段的全景式观察，它因此成为我们必须考察的对象——无论对于理解"新时期"文学，或者更深广的当代中国史、当代中国人的精神世界，都是如此。

目前，对于路遥《平凡的世界》的研究已经比较充分，但细细来看，这批研究的视角集中在"人物"，更进一步说是"主人公"。何吉贤[①]以电视剧中孙少安的"当代化"和孙少平的"古代化"指出当代乡村"新人"想象的匮乏。李建军[②]批评路遥"丧失作家独立人格"的主要理由是作家刻意安排了田福军的线索，而并没有仅仅将笔墨集中在

---

① 何吉贤：《今天，我们该如何讲述中国农村——从电视剧〈平凡的世界〉谈起》，《中国文化报》2015年4月2日，第006版。
② 李建军：《文学写作的诸问题——为纪念路遥逝世十周年而作》，《南方文坛》2002年第6期。

孙少安、少平兄弟身上。黄平①发人深省的论文指出了路遥对新时期社会观念转型的敏锐把握，但其对"劳动转变为工作""主体实践转变为个人奋斗"的"改革文学的意识形态"的指认，仍然源自研究者对主人公的分析。当然，在不太涉及具体文本细节的时候，论者更容易避开对主人公的分析路径：例如徐刚②从"交叉地带"叙事机制上发现路遥小说与"十七年"文学传统的关联性；杨庆祥③以自我意识、写作姿态、读者想象折射"现实主义"与"现代主义"的话语角逐，提请我们对于"现实主义"作为文学制度和威权话语的警惕。一旦回到文本本身，我们的视野往往被主人公吸引，比如张慧瑜④、金理⑤、陈华积⑥几位学者论断之所从出的文本证据，更多地出自小说中的"人"，而不是人背后的"世界"。

依托主人公来分析长篇小说，是最具可操作性的批评路径。但这样也难免将次要人物、次要情节、包括"闲笔"置之不理——正是这些被忽略的东西，共同带出了支撑人物为之欲求、为之焦虑和对之实践的"世界"。一旦我们的视野仅仅局限在主人公身上，广阔的"世界"就会过快地集中到"城乡交叉地带"，并进一步缩小到"农村青年进城记"，而这样的《平凡的世界》就无非是《人生》的扩展版而已。

那么，我们如何能够直面而不是回避、还原而不是窄化小说人物

---

① 黄平：《问题在于"改变世界"——重读〈平凡的世界〉》，《当代文学研究资料与信息》2009年第5期；《从"劳动"到"奋斗"——励志型读法、改革文学与〈平凡的世界〉》，《文艺争鸣》2013年第5期。
② 徐刚：《交叉地带的叙事镜像——试论十七年文学脉络中的路遥小说创作》，《南方文坛》2012年第1期。
③ 杨庆祥：《路遥的自我意识与写作姿态——兼及1985年前后文学场的分析》，《南方文坛》2007年第6期。
④ 张慧瑜：《平凡的世界里的不平凡处》，《团结报》2015年3月28日，第005版。
⑤ 金理：《在时代冲突和困顿深处：回望孙少平》，《文学评论》2012年第5期。
⑥ 陈华积：《高加林的"觉醒"与路遥的矛盾——兼论路遥与80年代的关系》，《现代中文学刊》2012年第3期。

背后的"世界"？小说采取了编年的形式，忠实地记录了中国西北部地区"文革"后期至80年代中期（1975年春—1985年春）每一年所发生的变化。我们如何去理解这种以年甚至季度为标尺的细密的再现？从空间看，小说人物的活动空间，从村落（"双水村"）起步，到公社/乡镇（"石圪节公社"）、再到县城（"原西县"）和地区（"黄原市"），甚至包括省城，全景式地反映了农村改革时期不同环境、条件和层面的社会变动。这些层次，我们能不能精准地将它们剥离出来？

本文既然称为社会史考辨，就涉及小说许多枝蔓和历史背景的文史互证。我们不仅讨论小说主要人物，还将大量涉及小说中的"闲笔"（支线情节、次要人物、景物描写、作者评论）。通过搜集社会史材料，本文主体分成五个小节来聚焦农村改革各环节，这五个环节恰好构成了作家对于中国1975—1985年间农村改革的认识逻辑。通过农村市场、土地制度、农业结构、劳动力、社会关系、日常生活、价值观念等方面释放小说携带的历史信息，透视"新时期"的变迁与危机、改革意识形态的内在悖论以及作家思想资源的边界。

一、从"逛鬼"王满银的老鼠药到"投机倒把"——集贸市场放开

  兰香揩了一把眼泪说："姐夫叫公社拉到工地上劳教去了……"

  "我还以为他死啦！在什么地方？"少平问妹妹。"就在咱村里。"

  "为什么劳教？"

  "出去贩了点老鼠药，人家说他走资本主义道路……"

"逛鬼"王满银在小说中第一次出场（第一部第四章）就是这样一个浪荡子形象。他的出没构成了《平凡的世界》一条重要的情节装置。正是有了王满银的被抓，引出了"农业学大寨"的水利工地，而这一水利工程的破产又形成了小说整个第一部的最后结局。同时，也正是因为有了王满银的"逛"，路遥才得以不断把目光投向孙少平、孙少安的活动区域之外，带出更广阔的世界的面貌。

在小说一开头，王满银因为贩卖老鼠药而被劳教，首先带出了"文革"后期（1975年）中国农村市场的实际状况。建国以来中国农村市场几次盛衰起伏。民国后期由于各地长期战乱，集贸市场几乎凋零，建国初期在三大改造基本完成后，逐步恢复自由市场。但由于国家对主要农产品采取统购统销，农村初级市场上能上市的农产品种类和数量减少，又由于自留地和家庭副业在农业社会主义改造当中受到限制，农村市场再度萎缩。1956年10月国家开放农村自由市场，到1957年春天一度非常活跃。薄一波回忆："1957年9月8日国务院第56次全体会议通过的文件，对进一步开放农村市场的集市贸易问题作出了规定。""某些适合于分散经营的家庭副业，应当在合作社的统一安排和帮助下，由社员家庭分散经营，收益全部归个人所有。"[1]这套"小自由"的规定随着人民公社化开展和1958年成都会议对邓子恢的批判而取消，到第二次郑州会议之后，又有所恢复。[2]1960年11月的《关于农村人民公社当前政策问题的紧急指示信》、1962年八届十中全会正式通过的《农村人民公社工作条例（修正草案）》将自留地、家庭副业、集市贸易等政策固定下来。此后，随着农村社教（"四清"）运动的开展，"阶级斗争"的弦越上越紧，农村集市贸易受到严格限制。"文革"

---

[1] 薄一波：《若干重大事件与决策的回顾》下册，中共党史出版社，2008年，第922页。
[2] 中共中央、国务院：《关于组织农村集市贸易的指示》（1959年9月23日），中共中央文献研究室编：《建国以来重要文献选编》12册，中央文献出版社，1993年，第580页。

期间，农村集市贸易日趋衰落，但黑市交易仍然在进行。

进入"新时期",1979年9月中央通过的《关于加快农业发展若干问题的决定》提出："为了搞活商品流通，促进商品生产的发展，要坚持计划经济为主，市场调节为辅的方针，调整购销政策。"①1979年国家在全面推行家庭联产承包责任制之前，启动了农产品流通体制改革，开放集市贸易，允许农民自主出售农产品，促使农产品集贸市场迅速恢复和发展起来。

小说紧扣上面所提到的政策，恰恰从1979年秋天开始，石圪节集市显出热闹的景象："庄稼人挤得脑袋插脑袋。大部分人都带着点什么，来这里换两个活钱，街道显然太小了，连东拉河的河道两边和附近的山坡上，都涌满了人。"前去赶集的孙少安，口袋里的老南瓜很快卖光，只见到："戴蛤蟆镜的青年人在人群中招摇而过，手里提的黑匣子象弹棉花似的响个不停，引得老百姓张大嘴巴看新奇"。

到了1980年，"走到石圪节街上，田福堂看见集市也和往年大不一样了，不知从哪里冒出那么多的东西和那么多不三不四的生意人！年轻人穿着喇叭裤，个把小伙子头发留得象马鬃一般长。年轻女人的头发都用'电打'了，卷得象个绵羊尾巴。瞧，胡得禄和王彩娥开的夫妻理发店，'电打'头发的妇女排队都排到了半街道上……"（第二部第五章）

此后，集贸市场的大量涌现，促进城乡物资交流，带动农产品商品生产与流通的发展，农产品生产专业户、运销专业户大量产生，独立的市场主体开始发育。随着农产品商品量的增加和流通范围的扩大，交易活动从最初的部分鲜活产品、土特产的就近自产自销，逐步发展到长途贩运、批量经营。集贸市场恢复之后，是批发市场成长阶段。随着农产

---

① 参见中共中央：《关于加快农业发展若干问题的决定》，黄道霞主编：《建国以来农业合作化史料汇编》，中共党史出版社，1992年，第910—917页。

品商品生产的发展和流通体制改革深化,批发市场兴起。1984年,广州、西安、武汉等城市先后放开了水产品、蔬菜的价格和经营;1985年,开始全面改革农产品统派购制度。到了1992年以后,有了保证城市居民蔬菜副食供应的菜篮子工程,农产品市场体系已基本形成。[①]

在集贸市场开放之前(1975—1978,即小说整个第一部),小说主要人物在日常生活、起居饮食、穿衣日用方面,还带有明显"文革"后期国家计划和物资短缺的特征。1975年前后,当孙少平还只能吃上"丙菜"的时候,田福军老丈人徐国强过生日,李登云让儿子向前从省城买了当时颇为稀罕的"生日蛋糕"(第十三章)。此时阶级斗争仍未停止,《人民日报》《红旗》等还在呼吁限制资产阶级法权、限制商品交换和推广"新乡经验"。农民手中的活钱还很少,物资供应匮乏,县城的百货商店成为所有重大活动采办物品的地方。1975年冬春"农业学大寨",刚完成农田基建大会战之后,孙少平用演讲比赛的奖金从县城百货商店给全家买了礼物:蛋糕、水果糖、袜子、白毛巾、红方格头巾。孙少安和秀莲结婚前采购衣料,如果不去县城,就只能到米家镇这样较大的集镇的商店去扯布料——涤纶正是当时的时尚衣料。进入1976年,干部子弟的生活颇为优渥,田润叶嫁给向前时"桃红棉袄外面罩一件蓝底白花的外衣;一条浅咖啡裤子;一双新棉皮鞋",李向前已经"一身崭新的银灰色的卡制服,胸前戴着一朵大红花"等在吉普车(当时县里最好的汽车)里,婚宴上摆着纸烟、瓜子、核桃、枣子、苹果,也少不了一道胖炉头胡得福的"红烧肘子"。这一年孙少平高中毕业,他第一次跟田晓霞"下馆子"只能去国营食堂,因为私营餐饮业

[①] 参见韩俊:《中国经济改革30年·农村经济卷(1978—2000)》,重庆大学出版社,2008年,第75—77页。

要到第二年才放开。① 其时，日用品仍然昂贵，黑皮笔记本是孙少平送给田晓霞的贵重礼物，郝红梅无法承担几块手帕的价钱沦为小偷。为了报答救命恩人，侯玉英等到同学们都走了以后，"怪不好意思地给少平送来一个非常精致的大笔记本，外面还用两条红丝线束着"。

小说发展到 80 年代之后，"集贸市场"成为《平凡的世界》中越发重要的文学装置。一方面"集市"本身构成人物邂逅、发生事件、结成关系的场所；另一方面对集市的描绘也配合着"改革"意识形态，对社会现实进行细腻的想象。1979 年，孙少安积累了后来办砖窑的启动资金——为县中学拉砖块，这要归功于老同学刘根民与他在集市上的相遇。1980 年孙少平踏上"劳动进城"的第一站，也是黄原城的"东关市场"。东关在汽车站边上，各种市场摊点和针对外地人的服务性行业也多，同时也存在着低档的旅馆和饭馆——这时候私营饭馆和旅店已放开。桥头作为传统出卖劳动力的市场，挤满了匠人和小工。"他们身边都放着一卷象他一样可怜的行李；有的行李上还别着锤、钎、刨、錾、方尺、曲尺、墨斗和破篮球改成的工具包"（第二部第十二章），到了晚上还有人四处叫卖茶饭。这一年兄弟分家之后，原西县"十字街北侧已经立起一座三层楼房；县文化馆下面正在修建一个显然规模相当可观的影剧院，水泥板和砖瓦木料堆满了半道街。原西河上在修建大桥，河中央矗立起几座巨大的桥墩；拉建筑材料的汽车繁忙地奔过街道，城市上空笼罩着黄漠漠的灰尘"。正是在这样的街道上，出现了许多私人货摊和卖吃喝的小贩。不少"个体户"出现了：少平在这里邂逅了同学侯玉英，后者和丈夫（"他也是待业青年"——侯玉英的话历史

---

① 小说对社会变迁的时间刻度颇为敏感，私营饮食业的确要到 1979 年才出现。虽然 1978 年城镇个体经济政策有了松动，但只对"文革"以前有证照并实际保留下来的个体工商业户进行登记发照，许多做法仍然服从"利用、限制、改造"的方针，如经营行业范围，仅限于从事个体手工业和修配业，尤其是暂时还未放开经营商业和饮食业。参见李连进：《私营经济在中国的再生》，天津社会科学出版社，1992 年，第 2 页。

信息非常丰富）依靠她父亲的关系办了营业执照，摆起了货摊。

田润生开车经过1981年在原西县外一个大村庄的集市，他并不知道在这个集市上与卖羊肉饺子的寡妇郝红梅相遇，会深刻地影响他、郝红梅甚至父亲田福堂的命运。田润生与郝红梅的爱情不仅仅改变了他自己的命运，这一事件也成为彻底压垮田福堂的最后稻草。这个村庄的集市值得一提，不仅仅因为它是构成田润生爱情关系的情节装置，更因为它是观察新时期社会文化生活的切面。此前还未曾出现的三个"新事物"是戏台、庙堂和照相摊子。民间文化正在复苏，戏台上演的是老戏《假婿乘龙》。迷信文化也悄然回归，"眼前一座砖砌的小房，凹进去的窗户上挂了许多红布匾；布匾上写着'答报神恩'和'有求必应'之类的字，……庙门两边写有一副对联，似有错别字两个：入龙宫风调雨顺，出龙宫国太（泰）明（民）安……地上的墙角里扔一堆看庙老头的破烂铺盖；庙会期间上布施的人不断，得有个人来监视'三只手'"。而"一些农村姑娘羞羞答答在照相摊前造作地摆好姿势，等待城里来的流里流气的摄影师按快门"①。

在小说中，农村集贸市场的恢复是伴随社会风气、观念体系，甚至法律体系一同改变的，也必然引起像田福军这样的人的不安：

> "再看看！现在到处的集市都开放了——这实际上是把黑市变成了合法的。有的人还搞起了长途贩运，这和投机倒把有什么两样？"

---

① 路遥比较关注同时期其他作家的创作状况，比如县委书记车站慰问、孙氏兄弟第一次住旅馆的情节，让人想起高晓声的《陈奂生上城》。在这里，有心的研究者不难想起获1981年全国短篇小说奖的《黑娃照相》（张一弓）。张一弓的文本对1981年前后农村集市进行了更丰富、细腻的描写，而"照相摊子"扮演了歌颂农村改革的功能：它承载着一个农民对未来"现代化"生活的想象。

其一，在80年代初期，"长途贩运"在市场开放过程中始终是争议性话题——它算不算"投机倒把"？孙少安在1981年的"夸富会"认识的胡永和，当时也仅仅是承包县运输公司卡车为公家拉面粉、赚运费，不属于"私商长途贩运"①。《平凡的世界》中大部分农民个体搞长途贩运，要等到1983年田福军担任黄原市委书记才开始——而这还是因为小说在"改革"意识形态之中有意将人物处理成先知先觉者的结果。其二，在重新划定权钱交易的法律术语诞生之前，"投机倒把"在法律史上经历了曲折的脱罪、重新定义的过程，这之前它又必须首先剥去经济罪附加的政治色彩。②

田福堂的担心是有道理的，此时乱象迭现。进入1981年，国家尚未放开所有农产品，仍然需要开自产证，王满银贩到上海的黑木耳在火车站被扣下——结果他开始往家乡贩运从香港走私的塑料芯电子表。1981年端午，石圪节公社搞了个物资交流大会（俗称骡马大会），盗窃犯金富（1982年底在"严打"中被抓）趁机摆开了衣服摊，售卖他偷来的时髦衣物。不仅走私、盗窃、假冒商品现象大量出现，"投机倒把"越来越成为普遍现象。1980年孙少平与田晓霞在影院外邂逅的时候，卖《王子复仇记》的票贩子到处都是（第二部第二十一章）。小说第三部中孙少安扩大生产、到河南提制砖机，发现火车软卧上到处是买了黄牛票的个体户——这才不过是1982年。采购员满天飞，建筑材料炙手可热，许多国营单位早早加入"投机倒把"之中。小说中提到，1987年，国家专门出台了有关规定，限制种种新型的"投机倒把"行为。不可否认，自由市场的放开是农村改革红利的一部分。但如果将"新时期"的"经济改革"视为国家从经济生活诸多方面退出的过程，从"自由市场"

---

① 张一弓正面歌颂农民自己长途贩运的小说《春妞和她的小嘎斯》，灵感也来源于1984年春季在河南临汝县的采风。
② 参见张学兵：《当代中国史上"投机倒把罪"的兴废——以经济体制的变迁为视角》，《中共党史研究》2011年第5期。

滑向"投机倒把",不得不说是暴露了"改革"的尴尬——众所周知,"官倒"后来进一步发展成为八九十年代之交社会危机的内在组成。

在1984年上海小旅馆的镜子前,满头银发的王满银从迷梦中醒来。他从1978年开始的"逛世界",仅仅是"逛",而没能"倒"出原始资本来——因为缺乏社会资源,也因为胆小犹豫,他终究无法成为胡永和这样游走于官商两界、法律内外的"先富起来的那批人"。

二、以"水利"为中心的讨论——清算"农业学大寨"

从小说试图描绘的历史本身看,家庭联产承包责任制推广(1980—1983年)比集贸市场的开放(1979年)晚一些。整个小说第一部(1975—1978),孙少安自发的包产到组被制止,"政社合一"的人民公社体制仍在发挥强大的组织功能,小说要到第二部才正式进入家庭联产承包责任制的推广过程。作为家庭联产承包责任制的"前史",作家必须要在第一部中完成"农业学大寨"的清理与清算。

"农业学大寨"运动从1964年开始到1979年底结束,"农田基建"是重中之重。查阅《延川县志》当中的"延川大事记",我们知道延川县地区多次遭受旱涝灾害,也在六七十年代人民公社时期的"农业学大寨"运动中多次开展农业水利建设。[①] 作家路遥本人对于"农业学大

---

① 1965年4月2日中共延川县委公布本县首批建成大寨式的生产队有关家庄、王家原、高家屯、孙家原、曲溪交等20个队。1966年全县因灾春节后全家迁走10户47人,外出讨饭60户170人;3月15日中共延川县委发出《向焦裕禄同志学习的通知》,要求全县干部以焦裕禄为榜样,突出政治,自力更生,搞好农业学大寨运动;12月28日《延安报》报道,延川在秋冬两季大搞农田基建。全县扩大灌溉面积2418亩,治理川、塬地5426亩,修水平梯田624亩,垒石帮埝造田418亩。1972年,路遥与谷溪、军民、闻频等人组建业余文艺创作小团体——延川县工农兵文艺创作组;9月1日创办文艺小刊《山花》,同月寒砂石水库破土动工,次年10月竣工。1973年7月,一方面中共延川县委(**转下页**)

寨"当中的水利建设并不陌生。除了生活时代的交集外,他直接参加过大寨农业生产。根据《路遥传》,作为返乡青年,他在武斗结束不久即戴着"革委会副主任"帽子返乡参加劳动,最初就在大寨农田基建会战工地。①

并不让人意外的是,"水利"问题成为小说第一部矛盾的集中点和情节高潮的依托。参考张乐天在浙东调研之后的研究,人民公社化对于农业总体贡献主要有四方面(其一农田水利,其二农村电力,其三种子、农药和化肥,其四是农业机械化),首当其冲的就是水利建设:"集体化时期开展了大规模的农田水利建设,平整了土地,修筑了机耕路和排灌水渠道,购置了动力机械。"②一般说来,我们如今对农业集体化时代的评价,也大多肯定其在组织人力物力进行水利建设上面的成就③。因此,要完成对农业集体化的清算,就必须完成对其最大成就——水利建设——的清算。

小说主要依托水利问题描绘了农业集体化三个方面的弊端:唯意志论造成的劳民伤财问题、资源分配问题和工程移民问题。

田福堂作为农业集体化时代的英雄人物,在双水村的"农业学大

(接上页)召开九届四次全委(扩大)会议,着重讨论如何把农业学大寨运动推向高潮,另一方面该月暴雨成灾,全县冲跨水库、坝3303座,损失粮食63.5万公斤,死亡7人。1974年1月1—5日延川县农业学大寨经验交流会在县城召开。1976年2月4日县农业学大寨群英会召开,会期7天,1595人参加,会议号召4年建成"大寨县"和4年基本实现农业机械化。

① 1968年冬天,路遥和返乡学生被编入了农田基建队打坝。出于对他的保护,后来大队领导让他帮助生产队到县城拉大粪,再后来让路遥做了民办教师。参见厚夫:《路遥传》,人民文学出版社,2015年,第56页。
② 张乐天:《告别理想:人民公社制度研究》,上海人民出版社,2005年,第240页。
③ 不仅张乐天对农业集体化时代的水利建设成就表示肯定,迈斯纳也谈到:"没有了公社和大队,要把农民组织起来从事大规模的公众设施工程也变得十分困难,例如兴修和维护水利灌溉工程和大坝。这是1998年华北和华中遭受特大洪水灾害的原因之一。"莫里斯·迈斯纳:《毛泽东的中国及其后:中华人民共和国史》,杜蒲译,香港中文大学出版社,2005年,第433页。

寨"运动中起到关键性的作用。依靠"农业学大寨",田福堂个人权威在这一时期达到顶峰,甚至可以体现在家庭地位上。女儿润叶和孙少安的爱情关系之所以终结,原因就是他的从中作梗。而后来他身心状况的"垮掉",实际上又和整个农业制度变迁、"农业学大寨"的式微紧密相关——他终究是一个要随着"旧时代"埋葬的"旧人"。

在小说第一部结尾处,田福堂个人意志达到顶峰时刻,安排了修筑"拦河大坝"这样的情节。这一矛盾的集中爆发是不断积累的。从小说一开始,王满银就被抓到了劳改队,在农田基建现场强制劳动。"劳改队"这一专政工具的大量使用,让人想起陈永贵在昔阳县"大批促大干"的经验①——1977年《人民日报》社论还强调"农业要上去,就得深入开展农业学大寨的群众运动,就得大批修正主义,大批资本主义,大干社会主义"②。学大寨中的农田水利建设除了与"阶级斗争"关系密切之外,也是官僚主义、个人主义的温床,县革委会主任冯世宽后来就靠这一政绩提拔到了地区一级。另外,乌托邦精神、理想主义和"劳动"的美学,也在小说中有着很克制的体现——这些功劳仅仅归于"群众"而不是"干部"③。最终,在东拉河上修筑"拦河大坝"、改造出"一片米粮川"这样异想天开的工程必须垮掉——因为它是唯意志论的结果。

路遥对这一矛盾的设计不仅是文学考虑的结果,也是政治考虑的体现。"大寨"典型昔阳县最遭人诟病的也正是水利——"西水东调"工程。该工程原定要通过人工工程将黄河水系的潇河水跨水系东调,进入昔阳县缺水的东部山地,可新发展水浇地74200亩,改善灌溉条

---

① 参见陈大斌:《大寨寓言·农业学大寨的历史警示:新中国记者亲历》,新华出版社,2008年,第102—107页。
② 《今冬明春要大搞一下农田基本建设》(社论),《人民日报》1977年8月8日。
③ 路遥对于劳动人民"愚公移山"式的描写,可以看做对"老三篇"当中《愚公移山》的呼应。这种"吃苦耐劳"的劳动美学,是路遥身上继承的"十七年"文学遗泽的一部分,也使得小说成为斑驳矛盾的文本——即使在"水利"问题上也是如此。

件15800亩。该工程由于工程量大、投资多、干旱期调水潜力可疑,一直等到1973年才由陈永贵拍板上马兴建。由于匆忙上马,坝址不断改动,干了四年,投工500万个,耗资上千万元,在四方批评声中下马。虽然今日仍有人认为这一工程并不像80年代初人们抨击的那样,但是1980年6月15日《人民日报》头版突出位置刊登《昔阳"西水东调"工程缓建》消息,并发表社论《再也不要干"西水东调"式的蠢事了》。社论说:"一个很重要的教训就是某些领导同志的封建家长式统治。我们有些做领导工作的同志,官做大了,自己不懂科学,不懂技术,又不听专家意见,偏要号令一切指挥一切,甚至用人的意愿来左右一切。"①当时对大寨水利工程的主流舆论,对于小说情节的设计很可能产生了决定性的影响。

相对于对"蠢事"的站队式批判,路遥对历史的敏感性更多体现在另外两个问题的描述上。首先是对"抢水"情节的设计——这一情节反映了人民公社在资源分配中的问题。小说写到,因为旱季到来,各地出现农业灌溉用水困难。恰恰在这个时候,人民公社丧失了"一大二公"的优势。因为公社领导偏袒自己所在的石圪节,拦起了大坝,导致下游村子缺水。于是胆大的田福堂决定组织人到上游挖坝偷水。借偷水,小说展现出不同人物的性格与能力。我们既看到了生产队长孙少安、金俊山的组织能力,也看到了孙玉亭缺乏威信、魄力,更为金富为代表的新一代农村青年与农村集体"连带感"的丧失②埋下伏笔。

我们还应这样认识这一情节:最粗浅的层次上,它暴露出了人民公社化"一大二公"当中的"私心",配合了"改革"意识形态对原有

---

① 参见陈大斌:《大寨寓言·农业学大寨的历史警示:新中国记者亲历》,第105—106页。
② 尽管被再三叮嘱,金富偷水时依然"从土坝中间挖"。从旁边挖和从中间挖的区别在于,是否还给上游的邻村留下一部分水。这不仅是功利主义的考虑,而是留不留余地的问题,涉及村与村、人与人之间的共同体存亡。金富的"蛮",不仅在于不考虑自己村落水坝能否承受,更在于他已经对乡村共同体和伦理规范十分淡漠。

革命话语的拆解；第二个层次，它以过来人的历史感向我们揭示，新时期以来我们对于人民公社内部铁板一块的认定，很可能遗漏了公社、大队甚至小队之间的张力，这一张力可能为人物提供更丰富的活动空间；第三个层次，它暴露出村落纠纷这样的固有社会矛盾与社会关系并没有被彻底"改造"——这一线索还包括此前田五老汉求雨的迷信与此后孙玉亭与王彩娥通奸导致的宗族械斗——这些被革命压抑之物将在"新时期"死灰复燃。

路遥对于历史的敏感使他注意到农田水利建设当中另一个重要的问题——移民问题。移民搬迁与安置是中国基层治理当中的独特问题。在小说中，集体化时代库区移民搬迁主要依靠行政命令、政治动员，必要时领导干部个人威信也起着很大的作用。田福堂创造性地下跪，使得金老太太和金家湾一带的移民问题得到暂时解决。由于不属于情节主线，路遥在这里并没有做多少深入的描写。但是，依然可以看到个人与集体以"剧场形式"讨价还价的空间。另外，稍加分析也能想见，双水村大坝工程因为牵涉的主要是金家湾的生产队，而金家湾的村民原本大多政治成分不好，在阶级斗争年代无法形成革命话语中"根正苗红"的"移民精英"，唯一的"精英"就是上一辈村里教书先生的遗孀金老太太。一旦田福堂以巧妙的"治理术"（"下跪"）将她植根于传统忠孝仁义的反抗化解掉，库区移民问题就不再是个问题。

但小说中还以背景的方式提到了另一起移民事件。小说第三部的高潮段落，田福军就任省会城市市长——不久之后该省就将暴发洪水，造成田晓霞的牺牲和少平爱情的破灭。在小说第三部高潮段落到来之前，田福军先要处理移民闹事游行的问题：该水库于1966年仓促建成，以强制手段迁走了大批移民，因为立项不科学，70年代就因为泥沙淤积成为平坝，国家顺势建立了国营农场，当初迁走的移民安置不到位、水土不服、死亡人数惊人，70年代移民回来"寻根"的时候看到了国营农场的富足生活，埋下不平的种子，80年代初移民回来的时间就选择在麦收季节,"寻根"变成了抢收农场的麦子,1982年回迁移民上升到几万人,他们占领了农场,把农场职工全家老小赶到野地里。原市委书记命令武警介入,却没有解决农场职工和移民双方的安置问题,进一步导致农场职工围困市委,市委书记被免职;1983年田福军一上任的时候,农场职工卷土重来,他灵机一动命令给游行的职工安排食宿,播放武打片,暂时平息了农场职工的骚乱。

根据应星的研究[①],这类移民"遗留问题"的产生,是由于"总体性国家"体制下通过社会动员来进行国家建设的能力很强,而化解国家建设开展起来后带来的各种具体问题的能力很弱的缘故——即Mann所谓的国家"专制权力"很强,而"基础权力"却很弱[②]。因此,在勘查选址、安置方案、补偿标准等方面都过于粗放、不公,损害了不同人群的利益,激化了矛盾。第二个方面,"遗留问题"的再生产又与"文革"之后国家从农村社会生活退出——"专制权力"下降——有关。在1978年后,随着国家权力对农村社区生活在某种程度上的退出,基层政府的功能向地方利益共同体的倾斜,农民自主权的增大,围绕"遗留问题"的再生产更形成了国家、基层政府与农民之间的多重竞技场——于是小说中要等到1982年,移民才大胆采用群体事件的方式围攻市政府。第三个方面,国家从农村社会仓促退出之时,尚未形成更为精致的治理手段,例如应星所谓"拔钉子""挤脓包""开口子""打界桩"等一套"摆平理顺"的标准化流程,从而政府暂时只能凭借领导干部个人能力、威信和智慧,"创造性"地缓解问题。田福军为农场职工安排食宿,又安排播放武打录像,但并没有一劳永逸解决问题。国营农场职工、移民背后不仅有地方精英,还很可能有各级地方政府的

---

① 参见应星:《大河移民上访的故事:从"讨个说法"到"摆平理顺"》,生活·读书·新知三联书店,2001年。
② Michael Mann, "The autonomous power of the state: its origins, mechanism and socialism", *Archives of European Sociology*, 1984. 24: 185—213.

推波助澜。虽然小说写到1985年就戛然而止，但这些农业集体化时代的遗留问题，将一直困扰田福军。

三、基层组织与农业生产的问题性呈现——"家庭联产承包责任制"的历史展开

小说第二、三部开始描写家庭联产承包责任制在农村的推广。在小说的逻辑中，正是因为"农业学大寨"运动中暴露出了集体化农业的诸多问题，作为对这些问题的克服的家庭联产承包责任制才能登上历史舞台。

"被称为农村联产承包责任制的实质，是把土地的使用权从集体所有制分离出来归于农户，这一土地使用权与所有权的分离过程，也即是集体（生产小队）把生产和分配职能重新交还给家庭的过程。"[①]官方描述是曲折的。1978年十一届三中全会通过《农村人民公社试行工作条例》宣称："不许包产到户。"1979年中央批转《国家农委党组报告》重申："凡搞了包产到户的地方要重新将农民组织起来。"但是1979年秋十一届四中全会通过的《中共中央关于加快农业发展若干问题的决定》中出现了松动，规定某些副业生产特殊需要和边远地区、交通不便的单家独户可以包干到户。1979年9月，中央印发《关于进一步加强和完善农业生产责任制的几个问题》，把包产到户的许可范围扩大到边穷地区。1982年中央批转《全国农村工作会议纪要》才第一次把包产到户的自发行为规定为"社会主义农村经济组成部分"。1983年1月的1号文件指出：联产承包责任制"是在党的领导下我国农民的伟

[①] 曹锦清、张乐天、陈中亚：《当代浙北乡村的社会文化变迁》，上海远东出版社，2001年，第55页。

大创造，是马克思主义农业合作化理论在我国实践中的新发展"。到1984年中央"1号文件"《关于一九八四年农村工作的通知》强调，要继续稳定和完善家庭联产承包责任制，并做出土地承包期一般应在15年以上的规定，这一制度在全国范围内才稳定确立。我们不难理出这一制度的政策线索，但历史经由小说的展开却远比这种程度的"曲折"还要复杂得多。在本节我们从基层组织和农业生产两个层次去剥离这一历史进程的内部褶皱。

小说带给我们的第一个层面是基层组织的变化。主要集中在社、大队、生产队三级基层干部精神状态的变化。1979年田福军开始推广包产到组①。田福军不仅在地区层面受到了苗凯、高凤阁等派系、路线斗争的困扰，在实际推广当中也受到县、社、村三级领导的推诿抵制。以公社主任徐治功、村书记田福堂为例，小说写到了社村两级领导对大权旁落的恐惧——"最使人想不通的是一再强调要尊重生产队的自主权，那公社和大队的领导还有什么权？现在这两级领导都怨气冲天，趷蹴下不工作了——工作啥哩？一切都由生产队说了算嘛！"（第二部第三章）这些变化，将进一步改变中国基层社会的具体面貌。

从一开始，责任制的推广就伴随着村社两级权威的大大削弱。因为是否搞生产责任制是由生产队来决定的。孙少安和田福堂之间的矛盾，不仅仅体现在田福堂对于少安、润叶爱情的从中作梗，更是生产队和村级领导之间路线斗争和权力斗争的缩影。小说写到，公社对削弱自己权力的政策态度冷淡，干部不是下棋就是看报纸，派下去指导责任制的武装专干一门心思打野鸡。在大队一级，五名委员中，两名坚决反对这一路线、两名怕犯错误、一名观望弃权。但是下面的生产队还是率先搞起了生产责任制，大队书记田福堂还因为缺乏劳动能力被

---

① 查阅延川县志我们知道，1979年路遥所生活工作过的地方已经开始了包产到组的试点工作，1980年全县推开。

踢出第一生产队的责任组。这一混乱的局面在小说中被描绘为"上面放，下面望，中间有些顶门杠"。小说里写到，生产队彼此之间也参差不齐，成分差的生产队往往推进得慢，成分好的生产队顾虑少：比如石圪节公社东拉河流域的四个村庄，罐子村全村实行了生产责任组；双水村半个村实行了生产责任组；下山村干脆包产到户了；而公社所在地石圪节大队却仍然坚持他们的大集体生产方式……在双水村田家圪崂一队生产责任组搞得热火朝天的时候，金家湾那边的二队却按兵不动（第二部第五章）。①

社村两级基层干部的积极性下降，中国基层政权开始松动。进入1980年，田福堂赌气放开单干，放弃领导，导致混乱瓜分集体财产。"在分土地的时候，尽管是凭运气抓纸蛋，但由于等次分得不细，纸蛋抓完后还没到地里丈量，许多人就在二队的公窑里吵开了架；其中有几个竟然大打出手。在饲养院分牲口和生产资料的时候，情况就更混乱了。人们按照抓纸蛋的结果纷纷挤在棚圈里拉牲口。运气好的在笑，运气不好的在叫、在咒骂；有的人甚至蹲在地上不顾体面地放开声嚎了起来。"村里其他负责人把责任向上推给了公社，由于公社书记与田福堂的懈怠状态一样，只好由公社副主任刘根民下来开展领导，把土地、牲口、生产工具折价，土地按人口均分、其他按人劳比例平分，差价彼此找补；重新处理集体财产：公窑作为集体财产保留，重新处理树木带来的纠纷；调整领导人待遇：大队主要领导多分6—10亩田，公务再无补贴。小说对这两年的具体描写还包括：村级集体组织解体——

---

① 路遥此处有意语焉不详，恰恰说明了他对历史进程复杂性的意识。事实上，在实际推进过程中，许多地方在生产队这一级的情况差异很大：有的观望、有的干脆直接包到户。在县、公社、大队三级领导干部中，占主导的老干部往往对分田到户首先是怀疑和反对。在包产到组阶段，县委往往要求社队干部积极稳妥推行专业承包和联产计酬制度。但有的被历年安排生产和分配搞得昏头转向的生产队长干脆认为直接发展到包产到户最简单省事，他们走得更远，却不一定是"先知先觉"。参见曹锦清、张乐天、陈中亚：《当代浙北乡村的社会文化变迁》，第56—58页。

村中学垮台、学生和乡村教师（孙少平和润生）回到责任组劳动、村委会不再召开；村中老弱妇孺（包括大队领导田福堂、孙玉亭）因为体弱和缺乏劳动能力而面临困难；社会风气变化，在1981年出现"夸富会"这样鼓励个人发家致富的政府导向。

1982年夏天，革委会党政分家，重建党、政和人大三套班子——人民公社制度撤销迫在眉睫。尽管人民公社制度全国范围内完全撤销要到1984年，但此时各级基层干部越发对仕途前景感到灰心，即使最顽固的人也开始考虑个人致富——田福堂一度到山西去当包工头。同为大队书记，田福堂转向个人发家致富算是晚的。更早些时候，在1980年，孙少平进城的第一份工作是帮助近郊阳沟大队书记箍新窑。这位曹书记后来帮助他调动户口、让他给自己的女儿补习功课，一厢情愿地希望铺平少平的入赘之路。也许是由于近郊农村在城乡农产品贸易上的先天优势，曹书记率先跻身为先富起来的一批人——一个细节显示，他当时不仅在酝酿箍新窑，更已喝上价格不菲的啤酒。

1983年春天，改革开放深入发展，这一年开始全国党政机关机构改革，中央和省委指示，五十岁以下占三分之一，大专文化占三分之一。田福军的地委领导班子组成后，就组织各部、局、委、办，人事大洗牌，年纪大的退居二线，剩下是年轻的和有大专文凭的。在这个背景下前景灰暗的一批干部进一步丧失进取心、讲究享乐。小说以张有智等人为例一笔带过了县、市级干部的状态。这一时期，为了配合市场经济和"新时期"关于"现代化"的意识形态，倾向于任用"文化干部"和"改革干部"，这批被调整下去的人物都带着人民公社时期集体主义和革命话语的烙印，这一调整也配合了市县级以下中国基层政治生态的变化，一定程度驱逐了集体主义的残余。

同一年，出于"现代化"的"发展"需要，在地区一级的新执政重点，初步变成向上的"争资跑项"——小说中对此的描绘是田福军和高步杰发挥黄原地区"三老"干部多的优势，在中央搞汇报会、向中央要政策要拨款、与中央各部委建立"横向联系"。虽然路遥并未给出明确的态度，但这些政策所带来的影响必然是深远的，90年代后中国基层工作重心从向下转为向上，政权从"汲取型"向"悬浮型"的转变[①]初见端倪。

第二个层面，"家庭联产承包责任制"作为80年代撬动中国农村变迁的着力点，不仅直接影响基层组织的"涣散化"和政权的"悬浮化"，更同时影响了整个农业生产的形态。

一般说法，责任制的优势被后设性地概括为农民生产积极性的提高从而导致的产量逐年增加。[②] 1980年政策对"自留地"开始放开，夏季麦收之后开始搞责任制："田家圪崂那面的人象发了疯似的，起早贪黑，不光把麦田比往年多耕了一遍，还把集体多年荒芜了的地畔地楞全部拿镢头挖过，将肥土刮在地里。麦田整得像棉花包一般松软，边畔刮得像狗舔得一般干净。哈呀，这些家伙是种地哩还是绣花哩？瞧，所有的秋田不仅锄了三遍草，还又多施了一次化肥！不得了！这样干

[①] 一般说来，基层政权的"悬浮化"特指农村税费改革之后的情况。例如，周飞舟通过对税费改革过程中政府间财政关系的考察，发现过去一直依靠从农村收取税费维持运转的基层政府正在变为依靠上级转移支付。在这个转变过程中，基层政府的行为模式也在发生改变，总的趋势是由过去的"要钱""要粮"变为"跑钱"和借债。在这种形势下，基层政权从过去的汲取型变为与农民关系更为松散的"悬浮型"。参见周飞舟：《从汲取型政权到悬浮型政权：税费改革对国家和农民关系之影响》，《社会学研究》2006年第3期。

虽然，在80年代，农村生产方式、生活方式和组织形态并没有受到2000年之后税费改革那样大的影响，但是国家权力已开始从基层撤出，并由于财政、人事的变化使得基层干部、基层组织都发生变化。应星等人从更长的时段（整个改革30年）把这一变化概括为"从总体性支配到技术治理"的过程。参见渠敬东、周飞舟、应星：《从总体支配到技术治理——基于中国30年改革经验的社会学分析》，《中国社会科学》2009年第6期。

[②] "分田到户一个最惊人的效果是随着农民生产积极性的提高所导致的单位产量的大幅度增长，1984、1985年的全国粮食及其各类作物的总产量突然上升到了历年的最高水平，以致在中国历史上第一次出现了这样一个令人迷惑的问题：粮食多了怎么办?!"参见曹锦清、张乐天、陈中亚：《当代浙北乡村的社会文化变迁》，第59页。

下去,用不了几年,田家圪崂许多人家要发得流油呀!"路上不再见到闲人,女人和小孩都下田劳动。生产积极还源于普遍的自由感。"最使大伙畅快的是,农活忙完,人就自由了,想干啥就能干啥;而不必象生产队那样,一年四季把手脚捆在土地上,一天一天磨洋工,混几个不值钱的工分。"除了积极性提高之外,秋收之前,农民又有了消闲时间,可以赶集或者做家庭副业。1981年之后,田福军在地区一级推广丰产方,责任制推进到包产到户阶段,大队集中圈养的牲畜也开始分到各户——少安私人小砖窑点火烧砖的前夜,大队饲养员田万有依依不舍与牲畜告别。对责任制深恶痛绝的田福堂也承认这一年农民将不再缺粮,但这并不意味着细粮的充裕——孙少平到城里找出路,邮政局临时工金波必须为他提供一大碗鸡蛋面片。

农村的农业结构调整也以编年史的方式严格呈现在小说的情节之中。在1982年,农村一些嗅觉灵敏的人已经开始从单一的种植业转移向"多种经营",嗅觉灵敏的大队会计田海民第一次在村里挖鱼塘,兼任村主任的金俊山也养起了山羊。这一年,孙少安到河南巩县买制砖机,升任原西县百货公司驻铜城采购站站长的金光明委托少安把意大利蜜蜂带回农村让自己的弟弟去养殖。1983年春天,改革开放深入发展,江苏乡镇企业领先发展,孙少安所在的农村在农业上有了变化。田福军在全地区推行农业结构调整,从单一种植改为发展多种经济作物(花生、果树、泡桐等),搞多种养殖业,另一方面是强调乡镇企业(小买卖、长途贩运、小砖瓦厂、建筑行业、小煤窑、手工编织)。到了1984年,除了孙少安的砖厂开始盈利之外,双水村许多人家种植了泡桐,蜜蜂、水产和山羊的养殖也都发展起来,原本属于地主富农后代的金家湾,有许多人开始做起了生意。

除了做出上述符合宣传口径的描述外,路遥在小说中还试图给出关于"改革"的更为复杂的描述。从作者化身田福军与老作家黑白(以浩然为原型)的一番讨论看出,他对于"改革"的复杂性并非没有意识。"黑白大概也觉得谈话过分严肃了一些,脸上露出了笑容,你想想,自己一生倾注了心血而热情赞美的事物,突然被否定得一干二净,心里不难过是不可能的!""黑老在很大程度上说的是他那部长篇小说《太阳正当头》。这本描写合作化运动和大跃进的书,是他一生的代表作。他在其间真诚地讴歌的事物,现在看来很多方面已经站不住脚;甚至是幼稚和可笑的。作家当年力图展现正剧,没想到他自己却成了悲剧。"以浩然《艳阳天》为代表的"十七年"文学所奉行的关于小农经济的判断和集体主义的价值立场,先天支撑了路遥关于"改革"的问题化的呈现。

首先,小说已经多次暗示,包产到户使得每家每户承担的劳动更重,从而使得一些劳力弱的家庭出现生活危机。"其实,一家一户种庄稼,比集体劳动活更重;但为自己的光景受熬苦,心里是畅快的。"(第二部第十八章)由于土地的细碎化和人力、牲畜、生产工具的分散,每一户所要承担的农活更为全面。孙玉厚一家曾经光景最为"烂包",可是现在却让人羡慕,因为拥有三个强劳力。而田福堂和孙玉亭等人,甚至一些老弱妇孺的生计都受到了威胁。为此,孙玉厚不仅帮助亲兄弟孙玉亭点种,也帮助曾经的劳动能手、如今病入膏肓的田福堂犁地(第二部第十五章)。后来发生的事情还有金强与卫红的婚事。因盗窃罪入狱的金富有一个弟弟金强。在1982年,出身不好的金强通过共同劳动,俘获了贫农出身的孙玉亭之女的芳心,也在她未婚先孕的情况下得到了孙玉亭对婚事的承认。金强和卫红的结合作为出身论式微的佐证之一(其他证据还包括1980年原来是地主子弟的金二锤参军),到底还是路遥心中"劳动美学"的胜利。但若非包产到户对于老弱妇孺生计的威胁,卫红和金强之间作为爱情基础的"劳动互助"则根本不会出现。

其次是土地的不断重划带来的滥用地力问题。虽然土地是按照家庭人口均分,但是随着家庭人口的婚嫁、死亡等原因不断变化,引起了同村各户家庭人均土地的不平衡,为此各村每隔数年就要重新划分土地。由于时间过短,土地又不一定是自己的,就造成村民对土地投入农家肥料的减少,化肥投入的增多,出现了滥用地力的情况。小说写到,1982年农民开始不再缺粮,但是手头缺现金,尤其是需要购买化肥。这一年小暑、大暑之间,包括白露前的农忙时期都需要化肥钱,孙少安因为河南师傅的无能烧出一窑废砖,只能举债为乡亲们垫付工资——这笔工资就是为了购买化肥。由于农家肥不如化肥,无人再去拾粪,也造成农村公共卫生状况的下降。小说中没有提到的土地细分的后果,还有家庭耕地不足和技术退化[①]等问题,这可能与路遥想象中的双水村自身禀赋特点和农业机械化程度有关。

  第三个问题是农村贫富差距的拉大。1982年之后,传统种粮的农户,收入水平即将开始下降,而多种经营者和企业主即将登上历史舞台。"再过几年,双水村说不定有人能起楼盖房,而有的人还得出去讨吃要饭!谁来关心这些日子过不下去的人?村里的领导都忙着自己发家致富,谁再还有心思管这些事呢!按田福堂解释,你穷或你富,这都符合政策!"1980年公社副主任刘根民已经拿着人造革的皮包。1981年孙少安学会"请客",他在原西县国营食堂请百货公司经理,提高了家庭砖厂的砖块售价。这一年少安到黄原城,也能够勉强花得起18元

---

① 关于分地造成的规模经营和机械化方面的退步,韩丁感慨道:"1978年,张庄人就开始自己搭建组装的农业机械,在200英亩的玉米地上,可以自动完成从施肥、平土、播种、除草、收割、烘干到将烘干后的玉米存入仓库的全部过程。机械组只需要12个人,但劳动效率是手工时的15倍,而且花费仅仅为原来的一半。但改革后,土地被划分为无数的小块分给了单个农户,机械化农业也不得不让位于原始的间断的个人耕作了。农民们没有选择,只有抛弃他们先进的农机,重新扛起了锄头。而银行向村里索要贷款时,村里的头头们说:把机器拿走吧!银行自然是不可能找到买主的,所以直到今天,这些施肥机、平土机、喷雾器、喷灌系统、玉米收割机、干燥机都躺在院子里慢慢地锈烂,默默的述说着那个过去的年代,那个被刻意回避的年代。"参见 William Hinton, *The Great Reversal: The Privatization of China, 1978—1989*, Monthly Review Press, New York, 1990。

住进国营旅社黄原宾馆。乡村内部的穷人群体却在迅速扩大。1982年之后,除了田福堂、孙少亭这些受到冲击的干部之外,民间艺术家田五和前任大队饲养员田四,就因为缺乏劳力和门路,既不能很好地务农,又抓不住其他致富机遇,以至于连化肥都买不起。大队集体名存实亡,国家扶贫力度不足——双水村的300元扶贫款摊到每人头上只有几分钱,孙少安只好承担起集体和国家的扶贫任务。除了农村剩余劳动力的客观条件之外,这样贫富差距的现实,也造成了小说中孙少安私营企业扩军的另一部分主观动机。

最后一个问题,主要是精神领域的重组。第一,乡村共同体观念的瓦解。1980年,大队已经名存实亡:"以前几乎每晚上他都要在这里开半晚上会,现在他竟然又不由自主地来到了这里!可是,会议室门上那把冰冷的铁锁提醒他:这里不再开会了!"(第二部第五章)1982年重建三套班子之后,大队干部彻底转向个人致富。一盘散沙的情况此后愈演愈烈。到了1984年,村内纠纷越来越多。因为光辉媳妇马来花状告金光亮在庙坪自家枣树下种了泡桐、破坏枣树生长,田福堂终于时隔四年之后召开了第一次村委会。在这次村委会上,路遥借人物之口点出了乡村共同体瓦解的其他表现:村修水利工程,需要在窑顶走水沟,如今谁都不让水沟走自家地里;有人把坟地建在水地里,违背之前村里的约定;村委会也开始变质,成为村级领导牟利的工具——孙玉亭为女婿金强要宅基地的事件体现出各村委之间结成了错综复杂的亲族、利益关系。

其次,随着个人主义的崛起,"家庭"观念也随之受到冲击。比如前大队会计田海民就"理性"地拒绝父亲田五和叔叔田四加入鱼塘的副业生产。1984年,金光辉的媳妇与养蜂致富的金光亮因为该地区推广的经济林木泡桐结怨。"家庭"观念的变迁,的确是这一时期的重要标志——早在1980年,孙玉厚老汉推动了孙少安、孙少平兄弟分家。孙少安因此能够理解田海民拒绝提携父亲的冷酷,因为他早已先走了一步。他或者路遥唯一不能理解的是,何以一种以家庭为单位的生产方式却反过来却促成了"家庭"的解体?"分家"因此构成"家庭联产承包责任制"内部一个问题性的悖论。

再次,迷信重新泛滥。"集体制度的取消当然会破坏集体观念,填补这种思想真空的是各种传统习俗、信仰、迷信及各种礼仪实践的复活。"① 路遥对于农村民间传统的延续性及其在"新时期"的觉醒留下了一定的表现空间。先是"文革"期间田万有老汉私底下的求雨,接着是1981年润生在集镇上所见的庙会与山神庙,随后是这一年双水村里刘玉升老汉成为神汉、多次展示"神迹"。1982年冬至,金老太太的葬礼完全复兴了旧俗,金家从米家镇请来阴阳先生,在炕上和箱盖上摆满纸糊的房子、院落、碾磨等等,"游食上祭""商话""抖亏欠"等旧习俗并没有因为三十年来的革命而中断。渐渐,村子里神棍刘玉升的信徒越来越多。小说到了第三部,路遥刻意并置两种性质的集体事业——村庙和村学。当刘玉升集资兴建庙宇的时候,刚刚成为乡镇企业主的孙少安在孙少平的点拨下,兴建了乡村小学,恢复了因为责任制推广而一度中断的乡村教育。从情节看,深受社会主义革命话语熏陶的路遥,对于乡村迷信抱有一定的警惕。有趣的是,相比于村民从迷信当中寻求心理安慰,孙少平在失去田晓霞的最苦闷时刻,在梦中解决其困惑的是"外星人"(科学)而不是"神仙"(迷信)。这一点又可以看出路遥在新时期主体普遍遭遇精神危机的时候,对于孙少平这样的"改革新人"寄予的希望。

---

① 莫里斯·迈斯纳:《毛泽东的中国及后毛泽东的中国》,杜蒲、李玉玲译,四川人民出版社,1989年,第587页。

四、孙少平和小伙们——农村青年的进城路与关系网

从小说的逻辑出发，伴随包产到户的推进对于生产积极性的提高，农村必然出现剩余劳动力。那么，剩余劳动力就必须转移。其中一条转移途径是就地转移（从单一种植转向多种经营，或者向其他产业转移），另一条途径是进城。

在许多读者看来，《平凡的世界》故事的核心是农村知识青年如何跨越城乡二元体制的问题。然而，进城的也不仅是孙少平这样的"知识"青年，还有许多"普通"的农村青年，我们不仅仅从孙少平身上，还要从孙少安、兰香、金秀、金波、金二锤、田润生等农村青年的出路中，全面探视 80 年代初农村剩余劳动力进城的问题。

建国后第一代"进城"的农民，并不是孙少平或者兰香，竟是孙玉亭。建国初，国家的建设重心完全转移到城市，确立了迅速实现工业化和优先发展重工业的经济发展战略，从 1950 年到 1957 年，大批农民进城成为工人。1952 年全国城市人口 7000 万，到了 1957 年增加到 9949 万，1960 年达到 1.3 亿。① 小说中，孙玉亭（孙家兄弟的二叔、孙玉厚老汉的弟弟）热心政治运动、缺乏劳动技能、与王彩娥的不正当关系诱发大规模的宗族械斗，却一直忠心耿耿地为老一代村书记田福堂服务。他另一个易被忽略的身份是返乡务农的工人。孙玉厚有心把弟弟培养成家族光宗耀祖的人物，让他跟村里的金先生识字读书，1947 年孙玉亭十三岁，参加了给解放军送粮的运输队，孙玉厚又将他送到山西上学，到了 1954 年孙玉亭初中毕业，到太原钢厂当了工人。

现实生活中，从 1958 年末到 1959 年初，中央采取了严格控制城镇

---

① 邹农俭：《城市化三论》，《江海学刊》1998 年第 2 期。

人口的政策①,中断了乡村人口向城镇自由迁移的过程。1961—1962年,人口迁移的方向突然发生了重大逆转,大批工人从城市回迁农村。官方宣传理由是:三年自然灾害期间,城市经济需要紧缩调整,号召工人阶级为国家分担困难。家属在农村的工人首先成为动员回乡的对象,因为这会大大节省下放工人的回乡安置费用,同时也有利于说服动员工作。作为上述建国初因大搞重工业建设进入城市的农民,孙玉亭显然也是动员的对象,他的短暂的"进城"行动以失败告终:"一九六〇年困难时期,玉亭突然跑回家来,说他一个月的工资不够买一口袋土豆,死活不再回太原去了;他说他要在家乡找个媳妇,参加农业生产呀。"

到了家庭联产承包责任制推广初期的1980年,我们的主人公孙少平萌生了进城的想法。首先,由于责任制使得各家的农活更重,学生都被叫回家中种地,村中学解体,当不成民办教师的孙少平只好从事农业劳动;其次,初中毕业三年后,孙少平已经成年,迫切需要寻找一种有价值感的独立自我;再次,由于责任制的施行,农民获得了对自身劳动力的支配权,孙少平有了凭借劳动力进城务工的自由。

从农村剩余劳动力转移的历史看,孙少平属于"先知先觉者"。1978—1983年中国农村劳动力仍然属于严密控制下的有限流动,这一时期首先外出打工的农民,基本出自具有长期进城务工传统的江浙一带。以出县为标准,全国劳动力流动就业尚不足200万人②。由于粮食生产尤其城市的副食供应不足、大批返城知识青年需要安排工作、城乡二元体制尚未解除,国家制定了一系列政策来控制农村人口以招工等途径向城市的流动。由于国家政策对于农村流入城镇人口的严格限制和这一时期农村改革的成效(连续五年农业丰收),劳动力呈倒流

---

① 1958年1月9日,国务院颁布的《中华人民共和国户口登记条例》规定:"公民由农村迁往城市,必须持有城市劳动部门的录用证明,学校的录取证明。"自此,中国开始实行城乡二元户籍制度,由此衍生出城乡有别的劳动力就业和社会福利待遇制度。

② 赵树凯:《农民流动:内部成因和生活预期》,《农业经济问题》1996年第10期。

回农村的反向趋势。①此后，农村剩余劳动力转移在 80 年代存在几次起伏反复。由于城市改革的推进、二三产业发展，城市提供更多就业机会，1984—1985 年为农村剩余劳动力向城市高速流动时期；因为城市改革出现的问题和崛起的乡镇企业对劳动力就近吸纳，这一趋势在 1986—1988 年转缓。②在 1989—1991 年，由于此前的大规模入城的农民工对交通、治安造成的混乱、经济体制改革中暴露的问题和城镇公有、私有、乡镇企业大规模的萎缩，国家又开始出台一系列限制"盲流"的政策③，剩余劳动力再度呈现逆向流动。新一轮"打工潮"的兴起，要等到 1992—1996 年。

回过头来看小说，孙少平是在政策最严格的时期完成了"进城"的任务。这一时期，除了直接出台限制性的政策外④，配合这些政策的

---

① 1981 年与 1978 年相比，中国农业劳动力增加 2320.1 万人，其中种植业劳动力增加 2000 万人，非农产业劳动力减少 122.7 万，参见解书森：《改革以来中国农村劳动力转移浅析》，《中国农村经济》1992 年第 4 期。

② 1984 年 1 月 1 日，国务院颁布《关于一九八四年农村工作的通知》；1984 年 10 月 13 日，国务院颁布《关于农民进入集镇落户问题的通知》；1985 年 1 月 1 日，中共中央、国务院发布《关于进一步活跃农村经济的十项政策》；1986 年 7 月 12 日，国务院颁布《国营企业招用工人暂行规定》；1988 年 7 月 15 日，劳动部国务院贫困地区经济开发领导小组颁布《关于加强贫困地区劳动力资源开发工作的通知》。

③ 1989 年 3 月，国务院办公厅颁布《关于严格控制民工盲目外出的紧急通知》，4 月 10 日，民政部、公安部也联合颁布《关于进一步做好控制民工盲目外流的通知》；1990 年 4 月 27 日，国务院颁布了《关于做好劳动就业工作的通知》，同年 2 月，国务院办公厅还颁布了《关于劝阻民工盲目去广东的通知》。

④ 1980 年 8 月，中共中央、国务院颁布《进一步做好城镇劳动就业工作》，要清退来自农村的计划外用工，对农业剩余劳动力，要采取发展社队企业和城乡联办企业等办法加以吸收，要控制农业人口盲目流入大中城市，控制吃商品粮人口的增加。要压缩、清退来自农村的计划外用工。农村招工从严控制，须经省（市、自治区）人民政府批准。1981 年 10 月 17 日，中共中央、国务院又颁布《关于广开门路，搞活经济，解决城镇就业问题的若干决定》，指出要严格控制农村劳动力流入城镇，对农村多余劳动力，要通过发展多种经营和兴办社队企业，就地适当安置，不使其涌入城镇。对于农村人口、劳动力迁入城镇，应当按照政策从严掌握。对于违反政策将家居农村的干部子女和亲属的户口迁进了城镇的，必须坚决制止和纠正。

还有文化宣传上面的举措,包括《中国青年》刊发的一系列鼓励"土专家""外流变回流"的文章①。在这一背景下,孙少平采取了"进城揽工—迁移户口—煤矿招工"的三步战略。小说第二部写少平进城打工的经过,1980年孙少平进城揽工,因吃苦耐劳和知恩图报博得了城郊村书记曹书记的好感,这是他进城的第一步。这一年,曹书记为了更长远的谋划,帮助孙少平把户口调动到了黄原城的城郊,孙少平成为没有土地、房屋的"空挂户"。这第二步至关重要,因为双水村所在县、乡并无多少工业,招工机会有限,只有户口调到黄原城郊,才有机会。建筑工的生活让少平看不到任何尊严和希望,对比于行署夏令营老师的工作,他觉得揽工汉的生涯已经到头了。偏偏这时候"小翠事件"给了他一次巨大的刺激:包工头胡永洲欺凌做饭的乡下姑娘小翠,孙少平给小翠钱让她回家,但小翠别无选择,还是选择回到胡永洲身边,以地下性交易的方式继续留在城市。"小翠事件"是路遥对于进城务工的农民工前景的一次预言。正是因为"小翠事件",孙少平意识到必须成为正式的国企工人。国企工人不仅意味着收入,更意味着尊严。也许为了区别于高加林,小说下面对于孙少平关键性的第三步跳跃颇多隐讳。1981年夏天,阳沟村曹书记从公社领导人那里探听到铜城煤矿要从黄原市招收20名农村户口的煤矿工人。孙少平因为自己落的是没有土地的"空头户",怕地区和劳动部门找麻烦,就要田晓霞帮助活动。田晓霞让各个关口都开了绿灯,甚至让孙少平冒充地委书记田福军的儿子,使得主管招工的市劳动局副局长把孙少平写到了名单第一位。路遥的寥寥几笔,说明感同身受的他对"进城"要绕过的政策非常熟悉:第一、农村招工必须经过省(市、自治区)人民政府批准②;第

---

① 例如《广大农村青年成才之路》,《中国青年》1981年第15期;《农村青年的思想在朝哪里变》,《中国青年》1982年第11期。

② 参见1980年8月中共中央、国务院颁布的《进一步做好城镇劳动就业工作》。

二、当时政府刚刚出台有关文件,严格控制那些违反政策将家居农村的干部子女迁入城镇的行为①。在"劳动""苦难"的浪漫悲情色彩之下,是田晓霞帮助他打通了一级级政府关口,又伪装成高干子女,走了政策的"后门",才最后完成了孙少平"进城"的壮举。

小说中的孙少平止步于煤矿,但实际上煤矿只是农村青年进军城市的中间站而非终点。1979—1980年间,路遥的弟弟王乐天的进城之路,正是孙少平"三步走"战略的原型。王乐天高中毕业当了一年农村教师,后来到延安城里当了两年揽工汉。虽然其时高考恢复,但是王乐天放弃高考的原因实际在于自身文化水平的欠缺——为了凸显劳动和吃苦的美学,孙少平放弃高考的原因在小说中做了淡化处理。路遥对于弟弟也采取了孙少平的"先调户口后招工"的方式:他先委托延安县委书记张史杰帮助弟弟把户口从榆林地区清涧县调动到延安县冯庄公社刘庄大队,然后让弟弟到铜川矿务局鸭口煤矿当煤矿工人。此后,路遥并没有让弟弟在煤矿继续当工人,而是如早逝的田晓霞一度展望的,把弟弟从煤矿调出,先调到《延安报》当记者,后调到《陕西日报》当记者。②可以说,孙少平进城的故事,正是路遥亲身经历和"十七年"劳动美学的混合。正是因为劳动美学的需要,路遥没有让主人公走出脱离体力劳动的那一步。

小说中除了强调自食其力的招工进城之外,还提供了哪些农村青年进城的路径呢?金波的线索是农村青年顶替父母招工的范例。1978年金波提前复原回家,比孙少平更早在黄原城找到工作。这一时期政府虽然限制农村向城市的户口转移,但是同时解开了对城镇职工流动的禁锢,提出实行合同工、临时工、固定工等相结合的多种就业形式来

---

① 参见1981年10月17日,中共中央、国务院颁布的《关于广开门路,搞活经济,解决城镇就业问题的若干决定》。
② 参见厚夫:《路遥传》,人民文学出版社,2015年,第132—135页;梁向阳:《新发现的路遥1980年前后致谷溪的六封信》,《新文学史料》2013年第3期。

解决城镇就业压力。金波能到黄原市邮政局当搬运工,是依靠当运输公司司机的父亲金俊海所经营的关系,但这些关系也仅仅能够帮助他获得临时工的地位。1975年到1988年之间,中国对农村实行父母退休、子女顶替的招工办法。根据当时政策,具有初中文化程度且未婚的青年男女才能顶替父职。这就是为什么国企司机这样"吃香"的岗位,他却要犹豫如此之久——正式工的岗位必须以父亲的提前退休为代价。

农村青年进城的合法手段还有参军和高考。金波在1978年参军,金二锤在1979年秋季参军。比起金波,金二锤次年的参军更具有轰动性的历史意义。小说描述,这一年四类分子摘帽,地主富农子弟在参军、高考、招工上不再受到限制。这一情节的现实背景是,1979年1月29日,中共中央作出《关于地主、富农分子摘帽问题和地、富子女成分问题的决定》。决定指出,除极少数坚持反动立场至今还没有改造好的以外,凡是多年来遵守法令,老实劳动,不做坏事的地、富、反、坏分子,经过群众评审,县委批准,一律摘掉帽子,给予人民公社社员待遇。地、富家庭出身的社员,他们本人成分一律定为公社社员,与其他社员一样待遇。凡入学、招工、参军、入团、入党和分配工作等方面主要看政治表现。

兰香和金秀走的则是高考的路径。供一名子女上大学对于农村家庭是巨大的负担。小说对于1976年高中毕业的孙少平在1980年才选择劳力进城而不是在1978年重新复习冲击高考,侧面给出"家庭经济条件"方面的解释。金秀的父兄先后有了工人身份、家中人口较少,而纯农业家庭的孙兰香,她的入学就必须以孙兰花、孙少安、孙少平的牺牲为基础。考上北方工业大学天体物理系的兰香,从某种程度上已经完全摆脱了农村青年的影子。她不仅仅获得了高干子弟吴仲平(父亲为省委副书记吴斌)的爱情,而且在未来公婆面前已经"言谈举止没一点农村人味道"了。

这些人生道路之外，还存在着因为社会关系网而形成的各种变通现象。村书记大女儿田润叶，原本和孙少安一起在村小上学，后来去了县中学读了初中，70年代留在原西县城关小学教书，成为了跳出农门的"公家人"。缺乏背景的孙少安，小学毕业就回乡务农。后来田润叶又因为同学丽丽担任地区劳动局长的公公的关系，从教学岗位调动到团地委。后来又很快从少儿部长提拔为团地委副书记，"至于是否有人为了讨好田福军而在提拔她的问题上'做了工作'，我们就不得而知了。但愿不是这样。"很明显，"不得而知"相当于一个与读者心照不宣的微笑：田润叶在"文革"期间就留在城关小学教书，此后又一路仕途平稳，与村书记田福堂、副省长田福军以降的社会关系网有着很大关系。相比之下，田润叶的弟弟、田家本该最受宠的小儿子润生就没有这么走运了。除了个人性格能力方面的因素之外，他对婚姻对象的选择、田润叶因丽丽出轨与武家关系的尴尬，包括父亲田福堂在农村改革之后的大权旁落，使他只能和媳妇郝红梅留在农村——其时，田福堂的能力最多帮儿媳妇当上村办小学教师，替儿子买拖拉机搞长途贩运还需要借钱，不再可能替他谋一个城里的工人身份。

孙少平也生活在社会关系网之中。如果说，《人生》中高加林的进城一方面强调了孤独的农村知识青年渴望进城的欲望，另一方面对这一欲望进行了压抑；那么，孙少平进城的欲望被小心翼翼地给予了更多的支撑。一方面是对劳动美学的凸出，另一方面则是对于他所凭之进城的社会关系网的隐藏。

我们不能简单理解这种"关系"。其时，中国基层社会的组织形态可以看做一张关系网，甚至基层政权的运行也必须通过这张关系网来进行。更多时候，这种在80年代至今舆论中的负面现象，是城乡基层的肌体，是每个人物生存的中性空间。杨美惠认为，"关系学"强调相互约束的权力和人际关系的感情和伦理特征。即使是传统的"礼品经济学"，强调的也是权力以特定仪式的方式运行，权力双方彼此制衡、互惠，这其中既有自愿又有强迫，既混杂了物质利益又包含了情感与伦理的再生产。①

路遥却对此充满了紧张和不安。从他的传记、书信中可以看出，他对于关系网的理解本身就充满了矛盾。对于这种矛盾性，小说的症候是，小说第一部和第二、三部明显感觉不同，第一部极为琐碎、压抑，作者不厌其烦地在每个人物出场时带出他的社会地位、亲族关系、在村里所属的势力、与上级领导的亲缘关系，关系网成为一块泥淖。第二、三部人物开始自主行动，尤其是孙少平进入黄原城之后相对游离于这张网之外，小说凸出他的个人能力、意志，他不会主动利用田晓霞、田润叶或金秀，只在关键时刻接受或拒绝她们的"帮助"。路遥希望他始终做一名孤独的个人英雄。

这或许是因为路遥身上的左翼知识背景和改革意识形态，这两方面的资源都不足以给予他一个理解、消化"关系"的渠道。一方面，左翼革命的集体主义话语、阶级话语越来越陷入自我循环论证，脱离了农村运转几十年不断出现的新旧问题，"集体""阶级"这种粗放概念无法充当分析中国农村的框架，无法含纳共同体内部复杂的矛盾与分歧。另一方面，特权形成的事实使得"关系"往往给人带来负面的印象。更深的层次上，改革意识形态片面强调以个人主义为先导的私营经济，将个人与集体割裂开，甚至在个人成为主体的时候，代价是将他人物化、自然化为超克、吞噬的自然对象。一旦孤立的个人形成，主客之间的关系发生了变化，"关系"就不是主体在其中其乐融融的主客不分的存在，而是一种黑格尔式的生死斗争或者消费利用的"关系"。值得我们进一步深思的是，"关系"的负面形象是否可以视为当时知识话语缺乏对中国社会正面分析的资源的症候？

---

① 杨美惠：《礼物、关系学与国家：中国人际关系与主体性建构》，赵旭东、孙珉合译，江苏人民出版社，2009年，第4—5页。

五、孙少安的个人奋斗——片面的乡镇企业发展之路与被放逐的集体

以小说逻辑看,农村青年除了进城(各种途径的招工、参军、高考),就是留在农村。留在农村的青年除了一部分从事传统种植业(例如金强和卫红)之外,一部分从事副业生产(如养蜂的金光亮),那么还有少数人以各种方式脱离农业生产,例如搞长途运输(如1985年初的田润生)或者兴办乡镇企业(如孙少安)。对于路遥这样怀抱野心要全景式描绘农村改革的作家来说,乡镇企业是必须要提到的话题。

改革意识形态对于小说叙事的影响是强调个人奋斗。小说对于孙少安致富之路的描述逻辑是符合主流历史叙述的:同学关系—个人努力—政府扶持—回馈乡里,主要还是凸出孙少安的新型"个人+集体"主义。这四步走的模式如下。1980年农历八月,他在农业生产的空闲赶集,碰巧老同学、公社副主任刘根民提供了一个信息,介绍他给原西县中学工地拉砖块。凭"劳力"(当然还有刘根民的"关系"和"倒卖"大青骡),他有了办砖窑的原始资金。这笔资金没有像传统小农那样投入盖房这样的非生产性消费,而是用于兴办家庭手工作坊。小砖窑修建之初,他的制砖技术是从河南师傅那里学来的,并不需要更专业的机器和技术。1982年夏天要扩大生产,第一次贷款从河南巩县买回制砖机,小作坊成为小工厂,随即遭遇了技术和资金的困难。比如新的制砖师傅是个骗子,本钱微薄经不起哪怕一次失败,在赔偿了村民的工资之后砖场陷入困顿,亲戚朋友借债已无法解决大笔资金。不久,原西县政府出面解决了第二笔贷款、孙少安请回真正懂行的制砖师傅,砖厂1983年还清债务,1984年开始盈利。在得到政府支持渡过难关后,孙少安才开始雇佣本村人,解决本村剩余劳动力和老弱妇孺的就业生计问题,进而承包乡里一间陷入困境的大制砖厂。如同在《高

老头》中,外省大学生拉斯蒂涅伴随着邪恶的伏脱冷一样,路遥也为孙少安身边安插了胡永和这样类似的精神导师与邪恶版本,象征着乡镇企业兴起之后可能走向的两条岔路:是勤劳致富还是投机倒把,是回馈集体还是损人利己?孙少安在弟弟的提醒下,并没有走向胡永和的损人利己的道路,不仅热心集体事业,雇佣本村村民,而且捐资兴建学校,更当上了新一代的村级领导核心。"改革"意识形态借助孙少安,弥合了前后三十年、集体主义与个人主义之间的缝隙。

那么,孙少平鼓舞人心的奋斗叙事和貌似圆融的叙述逻辑,是不是存在问题呢?在强调"个人奋斗"的叙事之下,在渲染"苦难"和克服苦难的"劳动"的浪漫情调中,一系列现实的困难被超越了:政策信息、技术、劳力、资金、市场。看起来,这是路遥身上左翼色彩的遗存。尤其是,当孙少安致富之后,他始终不忘村里人的生计问题。附带的还有田福堂在小说二、三部形象转向正面、田福军对老作家黑白的致敬,似乎社会主义记忆正在得到抚慰。谁敢说路遥身上没有毛泽东时代的革命思想呢?可是,悖论在于,恰恰是在孙少安的新型"个人+集体"主义中,历史实存的"集体"被更隐晦地放逐了。

我们为什么说集体的主体地位实际上是被放逐的呢?首先,孙少安的发家之路是以"包产到户"的彻底实现为起点的。论述逻辑是,只有通过包产到户,农民生产积极性提高,农业产量提高,农村出现剩余劳动力,这批劳动力要解决就业问题,于是转向乡镇企业。也就是说,小说试图传达的是,村办工业/乡镇企业是以集体经济的垮台为前提的。

事实却与小说的描述有些出入,让我们先回忆一下乡镇企业的前史。农村工业诞生于"人民公社"初期,最初被称作"公社企业"。1961年进入经济调整时期,在公社之下设大队和生产队,此后的农村工业改称"社队企业"。1984年,中国完成撤除公社和大队建制,设立乡和村,农村工业再度易名,被称作"乡镇企业"。在90年代,乡镇企业转制为私人企业,造成乡镇企业的覆灭。农村工业化有两个阶段的发展。第一个阶段是从1958年"大跃进"和人民公社化开始的。1959年3月,毛泽东谈到:"人民公社直接所有的东西还不多,如社办企业、社办事业,由社支配的公积金,公益金等。虽然如此,我们伟大的,光明灿烂的希望也就在这里。"① 随着"大跃进"的失败(主要原因是农村劳动力被大量抽调从事所谓"工业"造成粮食减产),激进派让位于务实派,核算从公社大队下放到生产队,1961年社队企业锐减,1962年规定公社、大队不能成立副业生产队,也一般不办工业。② 一直到"文化大革命"之前,全国只有1.1万家社队企业,产值不足4、5亿元③,公社企业名存实亡。1964年四清运动,其中一项内容就是清查农村基层干部的腐化,而社队企业垮台往往就是罪证。第二次发展阶段,在"文革"爆发后,激进派当权,这段时间是社队企业发展高速时期。1970—1975年,社队企业年产值增长速度平均为24%④。中国从1975年开始统计社队企业总产值,不仅包括制造业,还包括交通运输、建筑、服务及受社队企业资助的农业产值,从1975—1978年,平均增长28.6%⑤,这一增长视同与整个80年代乡镇企业高达29%的年均增长率差不多。自始至终,小说隐藏的是村办工业在社会主义时期曾经获得成功的前史,而将它作为"新时期"的一项"发明"。

---

① 毛泽东:《在郑州会议上的讲话》,《建国以来毛泽东文稿》第八册,中央文献出版社,1993年,第65—75页。
② 《中共中央关于发展农村副业生产的决定》(1962年11月22日),《农业集体化重要文件汇编》第二卷,中共中央党校出版社,1982年,第659页。
③ 参见马杰三等编:《当代中国的乡镇企业》,当代中国出版社,1991年,第47页。
④ 1971年创造工业产值92亿元,1972年涨到110.6亿元,1973年增至126.4亿元,1974年为151.3亿元,1975年增加到197.8亿元。参见张毅:《中国乡镇企业:艰辛的历程》,中国法律出版社,1990年,第21页。
⑤ 1975—1978年之间,全国社队企业年产值分别为234亿元、303亿元、435亿元、493亿元。参见《中国统计年鉴1995》,中国统计出版社,1995年,第363—365页;《中国统计年鉴1990》,中国统计出版社,1990年,第399—401页。

回到小说，从 1975—1983 年，在（双水）村—（石圪节）公社—（原西）县—（黄原）城的范围内，社队企业几乎凭空消失。小说提到社队企业，一次是 1981 年春天孙少安去购买中型制砖机的已停产的县城边的砖厂（第二部第三十章），第二次是姗姗来迟地作为经营不善的乡办企业，成为 1984 年孙少安的承包对象。孙少安学会制砖的经过更是蹊跷，作者给予的解释是他 1980 年"在城里拉砖时，就已经把烧砖的整个过程和基本技术学会了"，绝不是 70 年代社队企业里学会的①。可是，根据马杰三的统计，在包产到户之前，1978 年全国社队企业总共有 2800 多万农村工人，占农村劳动力的 9.5%，当时 94.7% 的公社和 78.4% 的大队都拥有自己的工业企业，近 30% 的公社和大队收入都来自社队企业。② 那么，小说中孙少安毫无社队企业根基的个体致富之路就耐人寻味了。

第一个疑问是：路遥对于乡镇企业与社队企业、社会主义时期集体经济的关联性一无所知吗？答案显然是否定的，而且答案就在小说中。

虽然路遥可疑地对双水村队办工业、石圪节公社社办工业前史只字不提，但是孙少安前往河南购买制砖机的情节暴露了作者的认识背景。孙少安买大骡子去的是老丈人所在的山西，而 1982 年购买制砖机去的是举目无亲的河南巩县。可是，到哪里买机器不行，为什么必须是"巩县"？1966 年，巩县的回郭镇公社最先开始办社队企业，一开始是从生产队和农民手中征集了原始资本，与"大跃进"时期一样。八年之后，这个公社有 64 家社队企业，公社总产值一半以上出自这些社队企业。1974 年《河南日报》、1975 年《人民日报》都有报道介绍回郭镇公社经验。正如大寨模式首先被山西省昔阳县各个公社模仿，而回郭镇模式首先在巩县产生影响。小说中两位制砖师傅都来自河南。

---

① 对于这个疑点，电视剧特意改写成孙少平购买了一本书，教会了孙少安。
② 参见马杰三等编：《当代中国的乡镇企业》，当代中国出版社，1991 年，第 58 页。

巩县作为在地工业化的典型、作为集体经济和农村工业结合的成功范例，从70年代持续到90年代，路遥对此不仅耳熟能详，而且在这里故意为我们留下了线索。

第二个疑问，既然路遥明明知道，乡镇企业（不仅河南巩县，包括苏南地区和珠江三角洲）的兴起与社会主义集体经济和人民公社体制密不可分，那么为什么小说里没有丝毫呈现？

乍一看，如果从社队企业开始承包的话，孙少安的致富之路无疑将容易很多。根据潘维的研究，以集体经济为支撑的乡镇企业才是当时的主流①，它相比农民个人面对市场的个体经济具有许多优势。集体企业建设的好处在于乡政府和村集体的投入。比如提供原始资金、免费或低价给企业转让耕地，以及为企业获取国家计划（或半计划）控制下的工业原料。由于隶属一级政府机构，乡办企业和村办企业的信誉比私有企业高，这在刚刚兴起的工业市场中很重要。从地方利益出发，地方当局也乐于为本地的集体企业减税，帮助它们规避政府法规。

相比集体企业的优势，孙少安从家庭手工业、手工工场一直到初步机械化的制砖厂，走了一条非常崎岖的道路。首先是资金，他需要的贷款迟迟不能批复，县级财政才有能力提供贷款。其次是机器与技

---

① 村办、社办企业的前提是集体经济，即要对"包产到户"一定程度的抵制。村办企业起家大多靠包产到户时未被农民分光的大队财产。最初，村政权兴办企业是件简单的事。一旦大队书记决定了一个项目，大队的集体闲置房屋就被变成"车间"，企业也就建立起来了。再后来，经营企业变得越来越复杂。村集体不仅要设法弄到资金、能源、设备、技术、生产原料和市场，还必须学会与税务、环保以及上级机构打交道。他们还要学会应付各种令人头痛的内部问题，如工资奖金、工作岗位的分配和劳动纪律等等。乡办企业的启动资金来自从前人民公社的积累、社办企业的收入和乡政府所掌握的其他财政来源。国有金融机构是乡办企业的一个重要资金来源。乡办企业的规模通常比较大。一旦企业建立起来了，铺路、通信、给排水、用电、工人的教育水平等问题很快就成为企业发展的关键。参见潘维：《农民与市场：中国基层政权与乡镇企业》，商务印书馆，2003年，第26—87页。

术,农民个人很容易受骗上当,孙少安吃尽了苦头。再次,砖块这样的建材还需要有特定的市场与销售渠道,孙少安还必须跟着胡永和去公关,提高国营单位对砖块的收购价。今后他还将面临市场需求的不稳定。最后,随着企业规模的扩大,孙少安已经面临了本村人的劳动力素质问题。

不仅是致富的难度不同,一旦集体企业兴办起来,用来回馈乡村的力度将大很多,看起来也更符合社会主义对于共同富裕的追求。比如,几乎所有农村基层政权都不同程度地把乡镇企业用作再分配手段。收入用来缩小农民之间的收入差距,资助丧失劳动能力的农民,修建学校和工业基础设施,补贴摇摇欲坠的农业部门和濒于垮掉的农村水利设施。通过集体工业,农村干部恢复社区的凝聚力,农民恢复对集体的信心。在集体工业高度发达的地区,农村基层干部还能很容易完成国家粮食订购任务。

那么,为什么路遥非要克服重重阻力,刻意为孙少安安排这样一条崎岖之路呢?

我们的猜测有两个方面。第一种可能性是社会史方面的。由于路遥生活过的清涧县、延川县地处偏远、远离城市,原本农村工业薄弱,这些地方往往落实责任制较快,尤其是对"包产到户"推行较为彻底,农村基层组织极为涣散,集体经济确实遭到了很大破坏,在这些地区,社队企业往往早已垮台。出于现实主义的考虑,孙少安"只好"走上这条个人兴办农村工业的道路。

第二种可能性在于改革意识形态和政策导向对作家的限制。在改革意识形态对于集体经济的全面否定当中,路遥无法为孙少安安置一条依靠集体经济致富的道路。除了完全在1975—1984年的情节当中抹去任何社队企业的痕迹之外(包括在农村否定"农业学大寨"的一系列成就),集体经济下的乡办工厂虽然在1984年露面,却只能作为失败者成为孙少安的收购对象,为市场和个体经济的成功做垫脚石。

但是，我们也不能就此简单地下结论说，路遥在捡拾一部分社会主义精神遗产（乡村共同体、共同富裕、平等等等）的时候，把另一部分更为深刻的社会主义经验放逐了——即集体经济的历史地位。尽管从文本的意识层面，路遥的论述逻辑符合改革意识形态的规范，尤其在对乡镇企业的叙述部分，"不成功地隐瞒"社队企业和集体经济的前史；但是这种遮遮掩掩、欲语还休的暧昧，究竟意味着怎样的态度？今后在讨论路遥与左翼思想的关系时，我们不仅需要指认、敲定他与左翼思想之间的亲近关系，更需要有分寸地指出他到底对哪些部分的遗产进行继承，又对哪些部分的社会主义实践做出了反省，以及这种取舍与他个人的经历与思想资源又有何种关联。这样，路遥研究才能向历史纵深真正展开。

六、总结

综上，有鉴于当前对路遥小说研究从主人公出发的现状，我们引入社会史考辨的方法，意在为今后路遥研究确立坚实基础和方法示范。论文试图触碰三重目标。第一、以考订社会史信息的方式为小说细节做注解。第二、在此基础上，论文梳理路遥小说对中国农村改革的"五步走"认识逻辑：从集贸市场放开、清算集体经济、逐步实现包产到户到农村剩余劳动力的两种转移（进城与在地转移）。第三、论文试图指出，在这一置身于改革意识形态之内的认识逻辑内部，存在着作为其内部解构力量的五组问题：一、在放开市场与投机倒把的转化中，是否暴露了改革意识形态内部悖论；二、在清算农业集体化时，是否引出 80 年代社会治理的旧根源与新问题；三、在描绘家庭联产承包责任制逐步推开的过程中，农村改革是否出现了令人担忧的效果：农业负担加大、土地重划问题重重、贫富差距拉大、精神领域重组（基层组织涣散、个人主义崛起、迷信泛滥);四、在农村剩余劳动力的转移当中,如何理解农村青年进城"走关系"的问题;五、如何在农村公有经济向私有经济转型时处理集体经济遗产的问题。这五组问题,路遥本人给出的答案并非简单或一致,恰恰是这种错综性可以作为探视路遥对社会主义实践经验的具体取舍(包括作家复杂思想资源)的研究起点。

"新方志"书写:对"地方性"的有限招魂
——贾平凹长篇作品《老生》研究

在80年代新启蒙知识话语崛起、经历了80年代"寻根"文学到90年代"新历史主义"的文学浪潮之后,我们如何想象20世纪中国的历史?在当下语境中,如何正心诚意、钩沉历史,摆脱"常识"话语的覆盖与压抑,并以此为基础来重新书写关于中国的故事,这是摆在作家和批评家面前的任务。

正是在这样的意义上,贾平凹继《秦腔》《古炉》和《带灯》之后推出的长篇小说《老生》①,为困境中的小说家与研究者隐约提供了样本和方向。

我们将贾平凹在《老生》中展现的书写形态命名为"新方志"书写。"新方志"书写在我们现成观念烛照不到的地层之下开始运作,试图从最污浊混沌的"经验"层面形成一道自下而上的微薄的光线,最终重返在我们各种观念型构之外的"地方"。正是通过从物质文化知识

---

① 《老生》发表于《当代》2014年第5期。小说发表之后,继《带灯》之后蝉联了"《当代》长篇小说(2014)年度奖"、获新浪评选"2014年度十大好书"之首。批评界也做出了积极主动的反应。比如,2014年10月27日下午,李敬泽、李莎、陈晓明、贾平凹在北京大学举行"中国历史的文化记忆——贾平凹长篇新作《老生》读者见面会暨名家论坛"进行对谈;2014年12月6日,在复旦大学栾梅健主持下,陈思和、陈晓明、吴义勤等来自北京、辽宁、陕西、湖北、江苏、上海的二十多位评论家在复旦大学举行贾平凹《老生》学术研讨会。

层面去想象某种位于国家、革命之外的"地方性",小说家表达了对20世纪以来的现代民族国家视角以及80年代以来逐渐形成的文学惯习的挑战。在充分肯定这种书写的意义的前提下,假如我们将这一文学文本重新放置在历史材料构成的整体空间内,也能看到作家对"地方"经验的理解仍存限制。

一、方志书写:《山海经》与中国地方志传统

《老生》在云雾缭绕的秦岭中展开。开篇是秦岭中一条倒流河,一百二十里外有上元镇,一座棒槌般的空空山,山上有石洞,凡有贵人经过,石洞就往外流水。贵人是匡三,未卜先知石洞流水的奇人是以给往生者唱阴歌为生的歌师。阅遍人世沧桑的歌师终于病重,看护歌师的少年请来古文教师传授《山海经》。因此小说的主体分成四大块,分别由教师领读四段《山海经》开头。垂死的歌师伴随《山海经》的教诵,回忆起自己的一生。借此,《老生》在陕南商洛地区的百年历史中截取了四个段落。第一个段落是30年代初期、随着刘志丹等红军经过陕南之后到红二十五军北上的一段历史。第二个段落起止是从50年代初陕西开展农村土改到1956年农业合作化之前。第三个段落相对模糊一些,应该是60年代中期往后。第四个段落从90年代写到21世纪初,影射了包括"周正龙"事件和传染病疫情等社会热点问题。

在人物设计上,四位主人公从"老"黑,到马"生"、墓"生"和戏"生",形成由"老"到"生"的序列。这一序列,一方面与小说线索人物歌师的身份相配,构成了死与生的首尾相接之感;另一方面也完成了"农民"的自我意识的辩证完成:从好勇斗狠、不分黑白的老黑(非善非恶),到钻营弄权、卖村求荣的马生(非善),再到两面讨好、但求自保的墓生(非恶),最后到出卖乡村而又献身乡村的乡村能人戏

生（亦善亦恶），四个首尾相接的人物既代表了20世纪以来农民的四种形象，又勾勒出农民在乡村自我认知与自我意识发展的过程。此外，在小说后两个故事当中，名字带"老"和名字带"生"的人物还会同时出现，例如老皮与墓生、老余与戏生。因此，"老"与"生"除了形成死亡与生命的对子，同时还形成了强者与弱者（国家与地方）的对子。

上文对于小说主要内容和结构看似周全的概括首先忽略了一个非常重要的问题：《山海经》作为小说的组织框架，对于它所统摄的四段故事具有怎样的提示作用？

一般说来，当下批评家大多将作为小说结构中枢的《山海经》解释成："接续《红楼梦》等古典小说的'荒唐言'传统""为历史叙述的主观性张目"①，或者我们只能理解为是一种权宜之计或败笔，即小说家应结构完整性的需要而做的技术处理。即使并未明说，出于对"山海经"作为想象文本的默认，批评家往往也容易过快地跳跃到肯定小说家对20世纪"中国"历史的"告别革命"式的个人化理解②，而对于小说着力夯实的陕南经验缺乏足够的辨析和承认。但事实上，要真正理解《山海经》对于小说意图的暗示，我们必须澄清如下两点。

首先，《山海经》的整体性质是什么，以及如何进一步理解《山海经》自身所连带出的思想传统。《山海经》成书时间大约是从战国初年到汉代初年③，著者姓名人数不详④，经西汉刘向、刘歆父子编校时，才

---

① 参见李敬泽和李莎的观点，《贾平凹、李敬泽、陈晓明、李莎对谈：从长篇小说〈老生〉看中国历史、个人记忆和文学传承》，访谈全文见凤凰读书 http://book.ifeng.com/shusheng/jiapingwa/index.shtml

② 参见陈晓明：《贾平凹长篇小说〈老生〉：告别20世纪的悲怆之歌》，《文艺报》2014年12月19日。

③ 《山海经》各篇著作年代都存在争议。陆侃如、蒙文通、袁珂、顾颉刚、袁行霈、吕思勉等学者观点不尽相同。但整体上，多数学者同意创作年代大致在战国到秦汉。

④ 传统的"禹、益说"固然不可信，包括刘师培"邹衍说"、卫聚贤"随巢子"说、顾颉刚"周秦河汉间人说"、茅盾"东周洛阳人说"、袁珂"楚人说"、蒙文通"蜀人说"和"东方早期方士说"也都并无充足证据。

合编在一起。通常认为,《山海经》共 18 卷,分为《山经》5 篇、《海外经》4 篇、《海内经》4 篇、《大荒经》5 篇。《山经》主要记载山川地理,动植物和矿物等的分布情况;《海经》中的《海外经》记述海外各国的奇异风貌;《海内经》刊载海内神奇事物;《大荒经》记录黄帝、女娲、夸父、大禹等神话传说。

学术史上历来对《山海经》的定位聚讼不休,它是博物志、历史书、地理志,还是奇谈怪论? 有些人认为《山海经》开启了一条狂想性文学的传统——学者倾向于将它视为神话故事集和对异域空间的想象。葛兆光就认为它和《穆天子传》一样是"半是神话半是博物的传说"[1],可以包括在这一谱系之内的还有历代图像,如梁元帝的《职贡图》、唐代周昉的《蛮夷执贡图》、北宋赵光辅的《蕃王礼佛图》。历史学家葛兆光其实强调的是《山海经》(尤其是《海经》)对于上古时期和海外生活的想象部分,因此他还举出《庄子》《十洲记》《搜神记》《史记》和《汉书》对于异域的描写,南宋周去非的《岭外代答》、南宋赵汝适的《诸蕃志》,明代马欢的《瀛涯胜览》、费信的《星槎胜览》、黄衷《海语》、游朴《诸夷考》,还有明代巩珍记载郑和下西洋的《西洋番国志》。而《山海经》的想象文字也的确蔓延到后世诸多文献之内,例如"女人国"就出现在包括《三国志魏志东夷传》《后汉书东夷传》《梁书诸夷传》等正式史书以及《博物志》《杜阳杂编》《太平御览》《册府元龟》《事林广记》等博物志之中,这也印证了葛兆光自己对中国史地文献半真半假、半亲历半想象的判断[2]。

本文理解《山海经》的方式是强调其作为知识(地理学和博物学)的一面[3]。由于历朝历代的历史背景不同,对于《山海经》的阐释框架

---

[1] 葛兆光:《宅兹中国:重建有关"中国"的历史论述》,中华书局,2011 年,第 68 页。
[2] 参见葛兆光:《宅兹中国:重建有关"中国"的历史论述》,第 68—75 页。
[3] 20 世纪一些学者转为强调《山海经》记载的真实性和可信性,与强调"神话""志怪""文学性"的说法截然不同。参见小川琢治:《山海经考》,江侠庵编译:《先秦经籍考》(下),

也发生变动,比如汉代司马迁在《史记》中虽有质疑,却总体肯定其权威,魏晋神仙学背景下又有不同,到了宋代学者多质疑其地理志的真实性,明代世俗化浪潮中则高举其文学文化价值,具体讨论过程此处从略①。南宋以后出现朱熹这样从儒学立场肯定《山经》、批判其余"荒诞不经"部分的言论②。期间,中国方志基本定型,除了总志之外,地方上出现了大量编修县志的举动③。可以说,从南宋以后,《山海经》(特别是《山经》)向下繁衍了一条中国地理方志的谱系,而这一地方志传统的兴盛又与中国宋以降渐趋形成的地方—国家二元结构有关。《老生》刻意排除掉了《大荒经》等虚幻想象色彩更浓厚的部分,单独选择《山经》的段落,意在与中国特有的史学传统而非神话传统形成延续。

其次,我们可以更进一步提问,作者又为什么独独选择《山经》中的"南山经""西山经""北山经",而不选《山海经》中甚至《山经》中的其他几个部分呢?

上文已经辨析,《山海经》可以总体上当做中国历史方志的源头性作品,而《山海经》内部最接近这一传统的就是《山经》。《山经》的

商务印书馆,1933年,第90页;徐旭生:《中国古史的传说时代·读〈山海经〉札记》,广西师范大学出版社,2003年,第351页;谭其骧:《〈五藏山经〉的地域范围提要》,《山海经新探》,四川省社会科学院出版社,1986年,第13页。

① 关于《山海经》在中国历代学术史不同背景下的阐释,参见陈连山:《山海经学术史考论》,北京大学出版社,2012年。
② 朱熹基本肯定了《山经》作为地理志的可信性。《朱子语类》卷一百三十八回答弟子问题时,认为《山经》是写实的,那些异兽则描自汉室官廷的壁画:"一卷说山川者好。如说禽兽之形,往往是记录汉家官室中所画者也。如说南向、北向,可知其为画本也。"
③ 到了宋代,方志辑录的内容除了地理还包括人物和艺文,确立了此后的形态。此前舆地之书与隋唐盛行的图经被取代。当时较有代表性的地方志有《太平寰宇记》《元丰九域志》,以及《乾道临安志》《淳祐临安志》《咸淳临安志》等。明代志书约有1500余种,现存400余种。清代是修志极盛时期,乾嘉之际三修《大清一统志》,形成举国上下修辑方志的高潮。从宋代到明清两代,除了官修方志外,许多地方乡绅开始介入地方志的撰写编修。参见刘纬毅、诸葛计、高生记、董剑云:《中国方志史》,三晋出版社,2010年。

结构并不按时间顺序,而按照空间排列。《山经》从南方开始,接着是西方,随后是北方、再到东方,最后写到中州——构成一条从边境向中土汇聚、收拢的叙事线索。

《老生》只采纳了《山经》当中的南山经、西山经、北山经。首先,它拒绝了象征着主流和中原的"东方"与"中州":"南山""西山""北山"是"中国"的边缘。同时,这种"边缘"又不是海外——小说家同样不会采纳《海外经》这样彻底描写国土之外的文字。另外,这种"边缘"又是可理解,不是全然无稽之谈的——例如《山经》之外的《大荒经》《海内经》中的"怪力乱神"。因此,只选择"南山""西山"与"北山",说明小说家意图描绘的是相对于中国海内边地("西南""西北"——陕南地区)的地方经验,这种"地方"不是海外的、也不是纯然奇幻的,而是可以通过"教师"来翻译的。

那么,除了以《山海经》提纲挈领地暗示文本对于方志传统的延续性,《老生》对于方志传统资源还做了哪些实际上的吸收?

二、回到物质之"名":地名、物产、礼俗、器物

正是在《山海经》的脉络上,《老生》以命名的方式,让一般常识之外的事物在语言结构当中出场,释放那些被压抑的经验。小说主体的四个故事篇幅不一,最长、最厚实、最充满细节的是第四个部分。我们先从前三个故事入手,初步勾勒小说与地方志传统的关联性。

在第一段山海经所引领的段落里,财东王世贞的家丁老黑一路当上保安队的排长,他在共产党员李得胜的发动下,拉杆子,率领三海、雷布加入游击队,这支队伍觉悟不高,从劫富济贫、占山为王,到复仇、胁迫、逃亡,又与地方武装(保安队)来回拉锯,最后几位首脑因为各种意外惨烈牺牲,几乎全军覆没,只留下最不成器的匡三跟随部队跑

去延安，竟当上了大司令。

第二段故事由"南山经"的"南次三山系"引出解放初陕南新区土改的经过。空间主要局限在岭宁城破败后的老城村①。流氓无产者马生在乡村弄权，以农会副主任的身份主宰土改，架空农会主任中农洪拴劳，在丈量土地、登记财产、划分成分、订立阶级、划分耕地牲畜等土改环节当中逼死逼疯地主王财东、张高桂。这样的"土改"一直持续到这一年春耕开始。第二年马生更加张狂，曲解"动两头、定中间"的土改政策，为了多分土地将工匠李长夏从富农升为地主、没收其土地家产，又为了没收寺庙公地害死与诸多村妇有染的宣净和尚，逼疯中农媳妇白菜。在应付土改检查团之后，在大批斗当中逼死王财东、逼疯地主媳妇玉镯。随后线索转到老实本分的贫雇农白土。小说并未大量渲染贫雇农在土改中得到的实惠。拴劳等农会负责人让白土和疯了的玉镯成婚，以便解决后者生计问题，但马生还是照样来找玉镯。马生还设计扳倒了老实巴交的农会主任洪栓劳。原来洪拴劳之所以总被老婆打骂就是因为强奸了养女翠翠。马生与拴劳媳妇暗通款曲，使计让拴劳被抓，从此大权独揽。

第三个故事的起因是歌师经独眼龙徐副县长介绍到县文工团当勤杂工，又因为匡三司令要求重新编写秦岭革命斗争史被调任编写小组。这一段故事的空间主要固定在三台县过风楼镇。过风楼公社书记老皮，是匡三司令还在山阴县当兵役局长时秘书的表弟。伺候书记的墓生成

---

① 查《丹凤县志》可知，丹凤县的古商县城恰名"古城村"："古商县城在今县城（龙驹寨镇）西 2.5 公里的古城村，为秦孝公十一年（前 351）'城商塞'（古商城）之城址，系今商洛地区最早之城池。秦孝公二十二年（前 340）该城为商鞅封邑县治；秦始皇二十六年（前 221）后，为商县县治；隋开皇四年（584）至唐武德二年（619），为商洛县县治。自战国历秦、两汉、三国、西晋、北魏、西魏、北周、隋、唐，凡 970 年。城垣南北长 1500 米，东西宽 1000 米。"另一个"老城村"的来历，也可能受到民国时期李长有血洗龙驹寨镇、造成这一商贸集中地一蹶不振这一材料的启发。

分不好，但乖巧伶俐，渐渐在行事之中左右摇摆，成了一只善于伪装的"竹节虫"。公社中排名最后的干部刘学仁是另一种类型的"竹节虫"，他没有实际本事，但是善于溜须拍马、满嘴政治名词，主要抓公社宣传工作。棋盘村的村长冯蟹也是"竹节虫"，独断专行、颇有老黑遗风。他与刘学仁通力合作，励精图治，带领棋盘村修梯田、统一发型，在棋盘村"发现"匡三司令的"革命杏树"、成立革命历史教育基地、购买劳动服和土豆，让村民集体劳动和进餐。三年自然灾害期间，冯蟹平定了村民吃死人的事件，平稳度过了最艰难的二月和八月，得到了老皮奖励的救济粮。两人又在割资本主义尾巴的时候通力合作，刘学仁设检举箱、挑起民众之间的猜忌，分化了基层。棋盘村的经验得到推广，老皮又整顿了琉璃瓦村，以此引出这一阶段农村生活中最具暴力性的所谓"学习班"。"学习班"在黑龙口窑厂，凡是犯有政治错误的人都受到闫立本设计的酷刑虐待。墓生对老皮、刘学仁、冯蟹这样从公社到村庄的基层弄权者的抵触进一步加深，却无能为力。最后，墓生在收红旗的时候意外跌落死去，丧事潦草冷清。

　　关键在于，在叙述上面这些"情节"的时候，小说节奏是很缓慢的。这种叙述上的缓慢、徘徊，很大程度是因为小说家割舍不掉许多具有地方色彩的事物。这些事与物直接以"名"的形式在人物周围出场，构成了小说的在地感。名词是根据习惯而有意义的声音，它是无时间性的。① 特殊名词的重新出现一定会顺藤摸瓜地牵扯起背后的地方传统，从而隐微地表达了作家钩沉地方历史的欲望。

　　小说对于空间精确性具有格外的追求，我们首先注意到许多标明空间地点的词汇。比如在第一段故事里，游击队不断在乡村移动，村名、地名、山名、河川、庙宇鳞次毕现。"清风驿"上吃钱钱肉要在"闫记店"和"德发店"，李得胜家乡在"万湾坪"，老黑起了反意是在"青

---

① 亚里士多德：《范畴篇 解释篇》，商务印书馆，1959年，第55页。

栎坞",谎称剿匪的地方是"黑水沟",与王世贞火并在"正阳镇",游击队转战"熊耳山""麦溪沟",匪三成长于"花家砭"的战斗,李得胜在"皇甫街"败走麦城,之后在"黄柏岔村"休养生息,在官道边的"涧子寨"设立新据点。在第一则故事完成对陕南商洛地区几个县的空间描摹之后,第二、三、四则故事的空间相对集中,虽涉及老城村、过风楼镇、回龙寨镇、当归村、上湾村、祁家村、下湾村、巩家砭等等空间,但每一则故事的人物基本在"镇"的范围内活动。对地理空间的偏执,使得小说很大程度像是某个村镇在某个时段的生活记录。

除了山川地形之外,土地物产也得到足够耐心的呈现。老黑加入游击队在青栎坞,起因则是李得胜想吃糍粑——陕西一种以土豆为原料的吃食。老乡在溃败的游击队胁迫下拿出的是包谷糁子胡汤,还熬了一锅土豆南瓜。第二个以马生为主线的故事里,老城村见惯的吃食是辣汤肥肠。第三个故事里老皮爱喝煮得其浓无比的浓茶,墓生偷偷帮着村民通风报信:"于是他们就趁机拿了土特产如鸡蛋、蜂蜜、核桃、柿饼去县城或黑市上出卖,也有把自家碾出的大米拿到更深的山里与那里的人换包谷或土豆。"我们尚未涉及的第四个关于戏生的故事,一定先从地理物产说起:"秦岭里有二千三百二十一种草都能入药,山阴县主要产桔梗、连翘、黄芪、黄连、车前子、石苇,三台县主要产金银花、山萸、赤芍、淫羊藿、旱莲、益母,岭宁县主要产甘草、柴胡、苍术、半夏、厚朴、大黄、猪苓、卷柏、紫花地丁。最有名的是双凤县的庾参,相当的珍贵,据说民国时期便一棵能换一头牛的。"戏生以采药引出,经营农副业(豆芽、黄瓜、豆芽、西红柿、黄瓜、韭菜、魔芋、柿饼、核桃仁)受挫,又以培植药材(当归)登上事业巅峰。

小说的方志书写同时是对日常起居(包括礼俗和器物)的记录。第一个故事里写到抽打龙王求雨的乡俗、女儿出嫁必须拿上的米面碗,而清风驿保安队提亲、老黑半夜把四凤接走、王世贞看完黄花闺女就休妻的举动则是对礼俗最粗暴的破坏。在第二个关于新区土改的故事中，小说家将许多器物嵌入历史过程当中："有了农会，老城村就开始了土改，入册各家各户的土地面积，房屋间数，雇用过多少长工和短工，短工里有多少是忙工，忙工包括春秋二季收获庄稼、盖房砌院、打墓拱坟和红白喜事时的帮厨。再是清点山林和门前屋后的树木，家里大养的如牛、马、驴，小养的如猪、羊、鸡、狗。还有主要的农具，牛车呀，犁杖呀，耧耩呀，以及日用的大件家具，如板柜，箱子，方桌，织布机，纺车，八斗瓮，笸篮，豆腐磨子，饸饹床子。"地主张高桂的后院"乱得像杂货铺，堆放的全是他收拢来的破烂，如各种旧柳条筐子、竹篓子，长长短短的麻绳、木棍子、柴墩子、没了底的铁皮盆、瓦片、铁丝圈、扒钉、门闩，卷了刃的镰刀、斧头、竹篾子、棉花套子"。一旦抽象的政治运动被落实为日常生活的调整，历史运动中的农民所受到影响的切身性和切肤感就能被顺利传达出来。

三、写法的断裂：从"关系""乡村经纪"到"地方"

尽管总体上靠拢了方志书写的特色，但是小说内部依然存在写法上的轻微断裂。小说魔幻色彩在第四个故事中大幅度降低，取而代之的是越来越琐碎、庞杂的现实线索。第一个讲述30年代陕南革命的故事，在老黑的经历中大量填塞了骇人听闻的惨事、光怪陆离的传说与非理性的想象，有通灵巨蟒、牛豹相斗、画符烧须、王朗化狼等等传奇事件。虽然后面几段故事也穿插了首阳山上的石阶、有灵性的地软、墓生的幻听等等传奇段落，但总的说来，奇幻色彩大多集中在第一个故事，因此读来尤其畅快，此后阅读渐趋艰难。尤其到第四个故事里，取代狂想的是对现实关系的大量复写，更让读者不得不慢下来。这种写法上"由虚到实"的过渡，使得小说的方志色彩更加浓厚，也使得小说最后一部分成为整个作品最有代表性，也最需要细读的部分。

故事从"西次四山之首"开始,空间集中在回龙湾镇。先从地理物产说起,从采药引出当归村的矮子戏生。戏生是改革开放后的大能人,革命先烈"摆摆"之孙,地方皮影戏签手"乌龟"之子,能下狠心,能使得手腕。在农村经济大开发的浪潮中,鸡冠山(下辖八个村)开发金矿、搬迁村庄、收购耕地、道路拓展、新店铺开张。与此同时,回龙湾镇不断出现死亡事故。上湾村、祁家村、下湾村、巩家砭,炸山时候炸药故障、村间械斗、推土机翻车、砖瓦窑塌方。在这样的背景下,镇政府新来的文书老余成为左右戏生命运的大手。虽然他官职不高,却仍然是国家与地方衔接的枢纽,是国家政令之所必经的最下级实施者。尤其,老余的父亲是县人大主任、匡三司令内弟的本家侄子,而这内弟又是省发改委的副主任。盘根错节的关系网、不平衡的城乡关系和上下级关系,是戏生必须委身和利用的。

值得注意的是,在小说中分别构成"国家 vs. 地方""强者 vs. 弱者"这一对子的老余和戏生,其行动不是直线的,而是以迂回的方式去打交道、做交换;同时人物的语言与行动往往并非开门见山,而是十分间接地指向了意义。可见,人物处于乡村习惯、亲缘关系、宗族宗教等杜赞奇所谓的"权力的文化网络"①之中。杜赞奇的考察范围主要是在晚清到 40 年代的华北,而这一种基层自治形态在建国后的 50—70 年代遭到破坏,其在改革开放后的重生形态正是小说描写的对象。老余

---

① 杜赞奇认为:"这一文化网络包括不断相互交错影响作用的等级组织(hierarchical organization)和非正式相互关联网(networks of informal relations)。诸如市场、宗族、宗教和水利控制的等级组织以及诸如庇护人与被庇护者、亲戚朋友间的相互关系,构成了施展权力和权威的基础。'文化网络'中的'文化'一词是指扎根于这些组织中、为组织成员所认同的象征和规范(symbols and norms)。这些规范包括宗教信仰、内心爱憎、亲亲仇仇等,它们由文化网络中的制度与网结交织维系在一起。这些组织攀援依附于各种象征价值(symbolic values),从而赋予文化网络以一定的权威,使它能够成为地方社会中领导权具有合法性的表现场所。"参见杜赞奇:《文化、权力与国家:1900—1948 年的华北农村》,王福明译,江苏人民出版社,2010 年,第 4—5 页。

与戏生在一次次打交道,我们都可见他们的情谊在迂回的表达当中巩固下来,为爷爷申请烈属身份、请老余到家里吃饭、送人参、领扶贫款,戏生因为成为国家在乡村的中介,成为了新语境下的乡村能人。

随着经济开发对环境的破坏,秦岭的药材越来越少,传统药材采集经济陷入困境,小说穿插了濒临破产的当归村组织起来到外地捡破烂和偷窃的情节。回龙湾镇在开发金矿后贫富差距拉大,镇政府采用了干部包村的方法,老余包下了当归村,让戏生当村长,要将当归村发展成全镇的农副产品基地。老余动用其父权力关系,让村子学习外地山阴县土特产的培育养殖办法,戏生作为中间人垄断经营农药、化肥和种子,在村子整体经济发展中大捞一笔。凭着政绩,老余提拔为副镇长,继续包下当归村。致力于仕途的老余,并不贪图村中集体资金或者女色,他贪恋的只是权力,回村的时候只是在戏生家设宴豪饮,使戏生家成为村子的权力中心和社交中心。戏生组织村里给老余建接待站,既巩固自己的权势、霸占了一块宅基地又从中获得了经济补偿。好景不长,急功近利致富带来一系列问题,柿饼造成孕妇流产,豆芽、西红柿、黄瓜、韭菜等副产品导致人拉肚子和头晕,县药监局和工商局暗中调查,结果是当归村的农副产品生产严重违法,农药残余严重超标、饲料中拌有避孕药、激素和安眠药、连核桃仁也是泡过福尔马林的。戏生第一次垮台。

老余又介绍戏生去鸡冠山的矿区看守矿石。小说借机展现了基层矿山的生活细节,司机来偷矿石,利用妓女和金钱贿赂看守矿石的戏生。正当戏生委身矿区、压抑无聊的时候,转机来了,老余的爹住进了当归村。老余的爹成为村子的太上皇,在家里修了鳖池子养着别人进贡来的甲鱼,后来报应不爽,因为小楼失火而死。偷矿的司机给戏生带来的治疗皮肤病的药水,后来因为矿难而死,戏生颇为难过,颓然回村。新一轮事件开始酝酿,匡三司令的内弟当了省林业厅长,准备谎报秦岭华南虎的消息,以便获取大量省里政策和资金支持①。戏生成为这一出政绩工程的演员和受害者,被迫主导了老虎的"发现"。把戏戳穿,戏生第二次倒台。

老余再次提出种植药材方案,戏生通过与老余的关系,独家育苗、经销农药、收购全村药材、开药店、搞批发,成为镇上首富。终于,戏生成为致富模范,到市里领奖,也热心地到各个村庄推广种植经验,站在了一个农民所能达到的顶峰。就在这时,他提出见匡三司令。见到匡三司令的时候,原本言谈甚欢,满以为受到接纳的戏生张狂起来,便即兴表演起拿手好戏——一边唱着情歌一边剪纸朝司令靠近,竟被警卫员一脚踢开。这种农民对革命、国家和权力单方献媚的行为受到了挫伤,戏生心灰意冷。偏偏此时秦岭地区发生瘟疫,戏生对"国家"失望,担当起乡村社会的保护者。在被登记、隔离、检查、观察之后,戏生筹集板蓝根,试图挽救乡村。此时的乡村在大灾大患面前人心涣散、人情凉薄,老余无暇顾及戏生。最终戏生牺牲在对抗瘟疫的第一线,完成了对乡村的献祭与对自我的救赎。

在上文的概括当中,"关系"成为最醒目的关键词。正是实然的种种"关系",挤掉了小说前半部分占有分量的"奇想"。贾平凹自己在后记里说道:"如果从某个角度上讲,文学就是记忆的,那么生活就是关系的。要在现实生活中活得自如,必须得处理好关系,而记忆是有着分辨,有着你我的对立。当文学在叙述记忆时,表达的是生活,表达生活当然就要写关系。"② 学者南帆指出,从《秦腔》到《古炉》,贾平凹

---

① 这一段情节显然脱胎自 2007 年沸沸扬扬的陕西农民周正龙"假华南虎"事件。值得注意的是小说家以一个"国家—地方"的认识框架重新解释了这一事件。这不是农民的个体行为,而是地方政府向国家索要财政经费的伎俩。
② 贾平凹:《〈老生〉后记》,《东吴学术》2014 年第 6 期。

小说不断积累起了某种"细节的洪流"①。笔者以为,这些细节包括了上文所述作为方志所记载的山川、物产、日常器物等等,更重要的是包括了对日常人际关系的记录。小说之所以可以称为一种新式的方志书写,这种新意就在于对基层人际关系的表现②。

在小说开篇处,存在一种对"关系"的肤浅理解:"匡三的大堂弟是先当的市长又到邻省当的副省长。大堂弟的秘书也在山阴县当了县长。匡三的二堂弟当的是省司法厅长,媳妇是省妇联主任。匡三的外甥是市公安局长,其妻侄是三台县武装部长。匡三的老表是省民政厅长,其秘书是岭宁县交通局长,其妻哥是省政府副秘书长。……这个家族共出过十二位厅局级以上的干部,尤其秦岭里十个县,先后有八位在县的五套班子里任过职,而一百四十三个乡镇里有七十六个乡镇的领导也都与匡家有关系。"这种介绍性的文字,是对于"关系"的最为粗疏和容易的概括。进入这一关系网之中的个人,仿佛就能单独构成了某个特权阶级,行使法外之法——这种理解恰是小说中最薄弱流俗的部分之一。

小说中存在着的另一种理解是:关系是中性的,是可以创造性地利用的,同时更是人生存的基本状态。恰如梁漱溟所说:"人一生下来,便有与他相关系之人(父母、兄弟等),人生且将始终在与人相关系中而生活(不能离社会),如此则知,人生实存于各种关系之上。"③这种"关系"主要出现在第四则故事之中。前三则故事里,"强人意志"(如第一、三则故事的老黑、老皮,包括第二则故事里只手遮天的马生)都

---

① 参见南帆:《找不到历史——〈秦腔〉阅读札记》,《当代作家评论》2006年第7期;南帆:《剩余的细节》,《当代作家评论》2011年第9期。
② 但假如比较贾平凹此前的作品《带灯》,《老生》对"关系"的呈现力度与深度却要削弱许多。参见拙文:《现实感、细节与关系主义——"中国故事"的一条可能路径》,《南方文坛》2014年第5期。
③ 梁漱溟:《中国文化要义》,《梁漱溟全集》卷三,山东人民出版社,2005年,第81页。

大大压倒了"关系"——叙事是以人物个人意志来推进,而不是靠多个人物之间的斡旋中和来展开。①第四则故事中,"生"与"老"形成了某种呼应和平衡。戏生是乡村的强人——但已经失去了《浮躁》中金狗那股唯意志论式的自信;"老余"与之前的老黑、老皮不同,他的强大不在于个人手中的权力或超人的体力、毅力,而在于他对"关系"的尊重与积累。"关系"的积累过程归纳起来很简单:当戏生以歌师为跳板为爷爷摆摆索要烈属身份时,老余认可戏生的"懂事",主动到戏生家中吃饭。因为"家中来了干部",戏生在乡村地位提高。随后戏生对老余主动献出秦参,老余利用权力将扶贫款拨给戏生,他又获得了经济实惠。在镇干部包村协助发展的契机中,老余以镇文书的身份包下当归村,让戏生当上村长。戏生执行老余的发展农副业的思路,巩固自己在乡村的核心社会、经济地位。在急功近利、弄虚作假的农副业垮台后,老余利用戏生造假老虎消息,协助亲戚林业厅长创造政绩、套取经费。假老虎把戏戳穿后,老余再次让戏生组织药材种植,随着当归村摆脱急功近利的原始积累,老余也当上了副县长。

"关系"更涉及文化象征秩序与情感的再生产。献参一节值得在此引述:"好事传到镇街,老余便再次来找戏生,提出他要收购。戏生是要便宜卖给老余的,老余却说,他买这棵秦参要孝敬他爹的,肯定是他爹再孝敬省政法委副主任,副主任也再孝敬匡三司令的。戏生说:哦,

---

① 第一则关于老黑的故事里,强人的个人意志凌驾于传统关系之上。比如,王世贞以其"强人意志"摧毁了熟人社会以乡俗、契约为形态构成的"关系"——在娶四凤、休四凤一节,他所属的乡绅阶级抛弃了保护乡村的责任,蜕变为恶霸化的地主。但这一段落仍能找到一个让人印象深刻的细节:老黑为主家取中山装时忍不住试穿了一下,被王世贞的姨太太瞧见,姨太太非常间接地提醒王世贞穿衣服之前"掸一掸"。姨太太在不惊动王世贞的前提下提醒老黑注意主仆之分,而这种对老黑的示威又必须以"姨太太"这样的身份等级来发出,决不能开门见山地指出。老黑为了表示自己对姨太太的服膺,跟王世贞请命冒险去取独木桥对面的蟒蛇皮为姨太太做胡琴,这却又是以尽忠的方式来向姨太太示弱/示威。"姨太太"和"下人"的较劲就在财东王世贞的眼皮子底下进行,最终"下人"战胜了"姨太太",取得了信任。

哦,我去上个厕所。戏生去了厕所,却叫喊荞荞给他拿张纸来。荞荞说:那里没土疙瘩了?!老余笑着从自己口袋掏了纸让荞荞送去。荞荞去了,戏生叽叽咕咕给她说了一堆话,荞荞有些不高兴,转身到厨房去了,戏生提着裤子回到上屋,便给老余说秦参的钱他就不收了,老余待他有恩,这秦参就是值百万,他都要送老余的。老余说:上个厕所就不收钱了?戏生说:钱算个啥?吃瞎吃好还不是一泡屎!老余说:啊你豪气,我不亏下苦人!就以扶贫款的名义给了戏生五万元,只是让戏生在一张收据上签名按印。"梁漱溟曾讨论过,英美属于"个人本位"、苏联属于"社会本位",而中国属于"关系本位"的社会。懂关系的人是"油"的,但未必就是"坏"的,因为关系之中始终渗透着平衡物质主义的"人情"。老余索要礼物的方式并不是直白的,而他以要向上送礼为借口——这种说法又半是夸张半是哄骗。戏生要争取时间思考其中利害,借口是"上厕所",而要与老婆商量的借口则是"拿张纸来"。不明就里的荞荞随口说一句"那里没土疙瘩了",就暴露了戏生的意图。老余一下明白过来,所以"笑着""掏了纸让荞荞送去",从情理乡俗上给戏生留下了面子。戏生的不明说,老余的不戳破、留面子,既是小说对人际"关系"的现象学式呈现,又内涵了中国传统社会的"礼品经济"。

"关系"当中存在义务性和对强权的约束。美国学者杨美惠认为,"关系学"强调相互约束的权力和人际关系的感情和伦理特征。它强调的是权力以特定仪式的方式运行,权力双方彼此制衡、互惠,这其中既有自愿又有强迫,既混杂了物质利益又包含了情感与伦理的再生产。[1]即使在老余和戏生这种上下等级关系之中,一种非常容易被忽视的义务性隐然可见。在西方现代性洗礼之后的法理社会这往往被视为索贿和行贿,然而未必无"理"。"吾人亲切相关之情,发乎天伦骨肉,以

---

[1] 杨美惠:《礼物、关系学与国家:中国人际关系与主体性建构》,赵旭东、孙珉合译,江苏人民出版社,2009年,第4—5页。

至于一切相与之仁，随其相与之深浅久暂，而莫不自然有其情分。因有情而有义……伦理关系，即是情谊关系，亦即是其相互间的一种义务关系。伦理之'理'，盖即于此情此义上见之。"根据梁漱溟的说法，这些人与人之间的关系，强调的是"义务"——这里的义务就不是利用，而是回报与尊重。传统上，这种义务在经济上体现为赡养、顾恤，包括义田、义庄、义学等；政治上则是"父父子子""人人在伦理关系上都各自作到好处""天下自然得其治理"。①

从戏生与老余的"关系""关系学"，我们很容易联想到杜赞奇所谓的晚清到40年代的"华北经纪模型"②。戏生这个人物的复杂性在于，他不能简单用好人或坏人来概括③，甚至他是介乎杜赞奇意义上的保护型经纪和赢利型经纪之间的特殊群体。戏生的"坏"是20世纪西方现代性视野下的"假公济私"的"坏"；而这种"坏"（或者"私心"）在中国传统乡村结构当中是被容许的，是"保护型经纪"（例如明清以降的乡绅）存在的前提。戏生从帮助村子发展农副业到药材种植业，他就始终牢牢把持农药、育苗、种子、销售等各个渠道，从村子整体致富的大潮当中首先为自己狠狠捞了一笔——他从操持村子集体事务当中获得报偿；老余的私心体现在权力而不是金钱，他将当归村的成功作为自己的进身之阶，获得行政级别的提升——老余与杜赞奇笔下的胥

---

① 参见梁漱溟：《中国文化要义》，《梁漱溟全集》卷三，第79—115页。
② "经纪模型"是杜赞奇为分析中国农村社会变迁而创造的另一概念。杜赞奇将官府借以统治乡村社会的"经纪人"（或称"中介人"）分为两类，一类为"保护型经纪"，他代表社区利益，并保护社区免遭国家政权的侵犯。该经纪同社区的关系比较密切，社区有点类似于"乡村共同体"。另一类为"赢利型经纪"或"掠夺型经纪"，他们并不代表社区利益，也不代表国家利益，而只是乡村社会的贪婪掠夺者。参见杜赞奇：《文化、权力与国家——1900—1942年的华北农村》。
③ 陈思和在发言中提到："《老生》里有一个坏人，我一开始觉得他必定结局悲惨，没想到最后他因为抢救瘟疫感染成了英雄，这样的结局给人一团暖气。"参见陈思和先生在贾平凹《老生》学术研讨会上的发言《从〈红楼梦〉到"法自然"的现实主义》（复旦大学，2014年12月6日）。

吏有着本质的不同,并不以经济利益作为目的。乡村的"公"与"私"自有一套逻辑,一旦乡村面临毁灭性的危机时,戏生就要行使乡村"保护型经纪"的义务,承担起了乡村自救的功能。

我们还可以更进一步追问,戏生牵扯起了怎样的谱系?在30年代的陕南,老黑唱了主角,不存在以"生"字命名的人物,残暴的劣绅王财东与乡绅周百华分别构成乡村经纪的两副面孔;到了50年代,传统乡绅(例如被逼死的地主王家芳)退出基层政治舞台,马生在地方与国家的博弈当中彻底出卖地方;在六七十年代,随着中央自上而下权力体制的完善,乡村经纪活动空间全盘压缩,除了墓生这样出身不好、心地善良但仍然试图保护乡村的保护人之外,还有刘学仁这样熟悉乡村、钳制乡村的近乎赢利型经纪的干部。可以说,戏生作为最后一个亦善亦恶的主人公,其乡村经纪人的谱系可以上溯到王财东、马生、刘学仁这样的赢利型经纪人,也可以追溯到周百华、墓生这样的传统乡村保护人。

这样,我们的研究视野就从日常伦理学上的"关系"进一步抵达了政治学意义上的"地方"。《老生》在塑造一系列乡村经纪人的同时,预设了地方与国家的二元对立结构。民国之前,中国传统政权结构是"皇权不下县"。"地方"指的是县以下的自治空间。民国时期在华北设"区",抗日战争期间日伪政权在华北推行"大乡制",都是为了更好地完成中央财政对于地方资源的有效汲取,打破由乡绅把持的"乡里空间"。在杜赞奇笔下,这种沟口雄三理想中的"乡里空间"①,在晚清"新政"、民国政府、日伪政权的压力下濒临破产,越来越多保护型

---

① 沟口雄三认为,由明清乡绅把持的地方自治空间是辛亥革命的社会基础与思想策源地,"16、17世纪明末清初的'乡里空间'乃是'地方公论'展开的空间,其规模由明末的县一级扩充至清末的省的范围。'各省之力'成熟的轨迹,显见于这一地方力量扩大、充实的过程。然而,这一传统的轨迹却被'现代化'史观或'革命'史观所遮蔽,因而被隐而不见。"参见沟口雄三:《辛亥革命新论》,陈光兴、孙歌、刘雅芳编:《重新思考中国革命——沟口雄三的思想与方法》,台湾社会研究杂志社,2010年,第110页。

经纪退出,取而代之以赢利型经纪,形成国家汲取越多、赢利型经纪越发达的恶性循环的"政权内卷化"①。罗岗认为,在漫长曲折的过程中,乡绅逐渐变成权绅、劣绅,武装地主转化为恶霸、军阀,团练转化为武装割据②,因而革命的动力变成革命的对象,辛亥革命的"联省自治"必然走向新民主主义革命。建国之后,随着清匪反霸、土改、镇反等运动,以及随之而来的农业合作化运动,中央政权对于地方的控制达到空前的程度,表面上几乎不存在所谓的"地方自治",也就基本不存在地方经纪体制。随着1956年人民公社化运动,一直到1984年左右完成的"撤社设乡","国家"权力比起民国时期大为拓展,覆盖到了县以下的乡镇一级。相应的,在建国之后,"地方"缩小到人民公社和乡镇下面的村庄。而在改革开放之后,国家对于村庄的控制是逐渐放松的,鼓励乡村"能人"带头致富,地方经纪体制以一种丰富的形态重新出现。

因此,作为"地方"的代表,小说人物从未真正征服"县城"这一"国家"的象征,他们只能在"国家"触角抵达不到的边缘地带游走。小说中,30年代的老黑作为游击队的领袖,始终未曾攻占县城,永远只能在集镇间流窜;50年代的马生只能担当农会副主任,在村一级活动;60年代的墓生活动范围仅仅相当于县级以下的过风楼公社;而作

---

① 关于政权内卷化,杜赞奇认为:"国家政权内卷化在财政方面的最充分表现是,国家财政每增加一分,都伴随着非正式机构收入的增加,而国家对这些机构缺乏控制力。换句话说,内卷化的国家政权无能力建立有效的官僚机构从而取缔非正式机构的贪污中饱——后者正是国家政权对乡村社会增加榨取的必然结果。""更广泛地说,国家政权内卷化是指国家机构不是靠提高旧有或新增(此处指人际或其他行政资源)机构的效益,而是靠复制或扩大旧有的国家与社会关系——如中国旧有的赢利型经纪体制——来扩大其行政职能。20世纪当中国政权依赖经纪体制来扩大其控制力时,这不仅使旧的经纪层扩大,而且使经纪制深入到社会的最底层——村庄。"参见杜赞奇:《文化、权力与国家——1900—1942年的华北农村》,第67页。

② 相关论述参见罗岗:《人民至上——从"人民当家作主"到"社会共同富裕"》,上海人民出版社,2012年,第31—60页。

为全书收束的戏生始终未曾担任任何国家干部,势力范围局限于村庄,而以镇文书身份登场的老余则代表了国家——乡镇是目前国家最基础的政权组织。作家划出了一条地方与国家之间的分割线,通过这些主人公的行动,想象出了"地方"如何应对"国家"的整个博弈过程。从而,正是从20世纪民族国家立场的对面来书写"地方",构成了贾平凹《老生》的"新方志书写"的最大特征与成就。

四、结论:残缺的"地方"与有限的"招魂"

正如上文所描述的那样,《老生》试图建构一种与《山海经》开启的史传传统声气相通的"新方志"书写:在向中国本土历史地理志资源学习的过程中,小说在叙述故事的时候努力回归物质之"名",对地名、物产、礼俗和器物进行记载;随着叙述的进行,小说第四个故事几乎完全驱逐了前面的魔幻色彩,展开了中国陕南"地方"与"国家"之间彼此博弈的种种"关系",对20世纪末期地方经纪体制的运作进行了一定的描述,完成了站在20世纪民族国家对面来书写"地方"的任务。

文学史上,著名的作品往往与一个特定空间的文化逻辑紧密关联:老舍的北京,狄更斯的伦敦,沈从文的湘西,巴尔扎克的巴黎,张爱玲和茅盾的上海,周立波的元茂屯,柳青的皇甫村,等等。但是当下中国文学写作,已经很难辨认出独特的"地方",更多的是笼统的城市/乡村二分法,尤其包括莫言、余华、阎连科、方方等人最近的创作,也在有意无意地避免对"地方性"的落实。这种对地方性的抹擦同时伴随一种对"中国性"的自觉代入。反复吮吸80年代有限的思想资源、不断套用对中国社会的惯性判断,并不能生产更新鲜的文学作品。因此,新方志书写的意义不仅仅在于书写了某个具体空间,更在于表达了思考"地方"的努力与诚意,为如何重新面对真实经验、书写真正的中国故事提供了借鉴意义。

同时，我们必须清醒地认识到，就《老生》自身的完成度而言，它只是初步提供了通过"关系"回到"地方"的办法。在小说中，作家由于世界观与历史观的负累，无法真正还原如"地方"本身所吞吐出来的信息，更难以穷尽历史层叠当中更为鲜艳跳动的关系。首先，关于陕南商洛地区早期革命的情况，小说并未放置在当地历史的内部问题之内（土地集中①、地租剥削②、高利贷③、苛捐杂税④、匪患⑤、

---

① 据1950年减租反霸摸底，丹凤县可划地主493户2826人，占有土地1.39万亩；可划半地主或富农196户1119人，占有土地3702.9亩，他们平均每人占有土地4.5亩，且多为平地。而贫苦农民3.4万户16.18万人，共占有土地34.07万亩，平均每人占有土地2.1亩，多为山坡薄地，折合标准亩仅1亩多。参见《丹凤县志》。
② 地租方面，常见的是主佃对分及押租。《丹凤县志》记载：武关地主田子瑞，一户年收地租500余石，土地分布于武关、铁峪铺、寺底铺、桃花铺及商南县。其主要剥削手段为"分庄"，收获的粮食对分。其后，佃农除交一半外，又须另向地主交纳羁庄押金，按每亩地银币3、5、8元计，有的甚至高达20多元。交不起押金者，每亩地每季要多交1斗租子。
③ 查《丹凤县志》可知，商镇显神店地主王炳放账初为"加一利"（1元月利1角），到期不还，就将利作本，谓之"驴打滚""吃塔利"，债户还不起就用房屋、土地抵押。放粮，今秋借包谷一斗，翌夏还小麦一斗。如夏季未还，延至秋季须还包谷二斗。事实上，解放前由于农村资金匮乏、借贷困难、农业生产的周期性、农业生活的脆弱性，高利贷相当普遍，即使是土地出产丰盈的苏南地区，也盛行"粒半头"这样的高利贷形式。参见张一平：《地权变动与社会重构：苏南地区土地改革研究（1949—1952）》，上海人民出版社，2009年。
④ 1927年陕西陆军第五混成旅长姚震乾进驻丹凤近邻山阳县，每月索取8000余元，田赋增加30余倍。同时产生一系列抗捐抗租斗争，1927年11月，由于中共龙驹寨特支的影响，境内桃坪、梨园岔一带农民在李忠元率领下到县城"缴农器"（示威）。在恋庄街打死豪绅朱某等4人。省府委员前来谈判，答应当地免捐。参见《山阳县志》。
⑤ 查商洛地区的山阳县、商南县和丹凤县等地县志，我们会发现从20年代开始"豫匪"变成当地突出的问题。豫匪有名的有陈四麦、"老洋人"、石玉泉、李长有等。其中20年代石玉泉驻扎县城，令农民种植鸦片，抽取10元每亩作军需，县财政局长王志敦为虎作伥，发行"丰阳塔官帖"代货币，套取银币，造成通胀，民不聊生。1931年河南巨匪李长有率众数千占据丹凤县城（龙驹寨镇），男女老幼绑架为"叶子"，勒索银元烟土，三天烧毁民房三十间，十年县城未能恢复。

军阀滋扰①、地方武装团体的犬牙交错②），同时回避了中共作为政党在乡村所做的基层动员工作，将革命原因归纳为满足个人权力欲望的"拉杆子"。在叙述 50 年代早期"土改"的时候，也屏蔽了中共自身清理坏干部的整党整风③、建设基层组织的思想工作，对当时几大社会政治运动（镇反、整党）造成的人心波动全然屏蔽，对"土改"从陕南"剿匪肃特""二五减租"到正式土改、"查田定产"，从试点到展开的"点、推、跳"的具体细腻过程④几乎不提，而且忽略了土地政策与民间乡土文化内在的亲和性与互动性，使得"土改"变成国家单方面强制、农民被动接受、过程粗暴疏漏、容易被流氓掌控的政治运动。在一种"告别革命"的情绪下面，小说试图完成对中国革命

---

① 1920 年，豫军郭金榜被省督阎相文收编，驻军山阳、镇安，拉票摆赌、苛捐勒索。造成夏天小河口的大刀会与镇安皂河沟"神团"联合反抗。北洋陆军第七师团长魏明山骚扰地方。此外，靖国军和镇嵩军也是两股滋扰地方的军阀势力。
② 由于匪患，还会引起红枪会、大刀会等民间武装力量和乡绅组织的民团、民国政府组织的保安团的兴起，有时候地方上还要借助军阀的力量。这些武装力量，在之后彼此合作或者交锋，使陕南地区的情况远比小说自身呈现的复杂。例如，阮开科的红枪会就是在反抗 1930 年起家的商县夜村唐靖匪兵势力时成长起来的。1930 年，唐靖千人驻扎县城，杨虎城派员将土匪收编，委"陕鄂边防军司令"。1935 年，红二十五军西征主力从黑山到达小河，收编阮英臣大刀会为鄂陕抗捐军第四游击师，阮开科红枪会为鄂陕抗捐军第九游击师，领导农民土地革命。问题在于，红枪会为班底的第九游击师携带了游民习气，阮带有农民武装习气，生活自由散漫、与亲信明争暗夺、假公济私，在筹措给养等问题上与红军干部李洪章积累矛盾，后密谋杀李，携首级去县城请功。
③ 1951 年 6 月，山阳县委贯彻全国首次组织工作会议精神，进行整党建党。中心环节是对照党纲党章，逐个审查党员。划分为四类，一类是具备党员条件的，二是有较严重毛病必须加以改造的，三是不够条件的消极落后分子，四是混入党内的坏分子、阶级异己分子、叛变分子、投机分子、蜕化变质分子。全县 459 人参加，清除了 24 名三、四类党员。
④ 1949 年 10 月中共丹凤县委、县人民民主政府在全县实行"二五减租"（租粮不得超 25%）。1951 年 9 月，在老君乡试点，后分两期在全县开展土地改革运动。共划地主 610 户、富农 196 户。第一期土改从 1951 年 10 月 7 日开始，12 月上旬结束。包括西起棣花东至武关的 25 个乡 9 万多人，约占全县总人数 66%。第二期从 1951 年 12 月 23 日开始，1952 年 3 月 5 日结束。

的探讨与辨证,可惜的是这种辨析由于情绪上的抵触,依然外在于30—50年代陕南经验自身的过程与逻辑,从而没有提出真正有力的问题。

　　同样遗憾的是,小说在终点处才真正揭开了中国基层生活的内部肌体,而这种揭示又是不够充分的。单就第四则故事而言,关系网都是围绕老余—戏生这一自上而下的树须状结构来呈现,而很少展现戏生和荞荞、荞荞与老余、戏生与新村长、戏生与司机、戏生与当归村其他村民之间的横向结构。"与具有交流和预设通道的等级模式的中心化制度(甚至是多中心化的)相比,我们可以发现,关系网是一个非中心的、非等级的、没有首领也没有有组织的记忆或者说中心自律的指涉系统,仅仅是靠流的回圈来定义的。"[①] 德勒兹和瓜塔里的论述往往被当做抽象的哲学著作来对待,其实这段在人类学界颇为有名的论述恰恰帮助我们看到了小说的不彻底性:小说受限于自身预设的"地方—国家"二元关系之内,大多篇幅去写"地方"与"国家"的关系,并没有充分展现当下"地方"内部以块茎化形态出现的无中心关系网。这样看来,小说中所着力描绘的"地方性",仍然是残缺的。《老生》对"地方"的招魂,也就仍然有待进一步展开。

---

① Gilles Deleuze and Felix Guattari, *A Thounsand Plateaus: Capitalism and Schizophrenia*. Translated by Brian Massumi, Minneapolis:University of Minnesota Press, 1987, p.21.

现实感、细节与关系主义①
——"中国故事"的一条可能路径

叙事给人提供对世界、对历史、对自我的想象,甚至参与了关于上述三者的知识建构。叙事参与生成话语、产生权力,反向内生了我们的欲望(desire)、情感(sensation)和信念(belief)。杰姆逊曾经指出,第三世界文学都带有国族寓言的性质②。当下中国文学,可以理解为一个又一个的"中国故事"。讲述"中国故事",成为理解和建构关于"中国"、关于"中国人"的知识的关键。讲述"中国故事"也就成为中国知识分子介入当下、介入世界、重新将自身安置在历史社会之中的文学行动。

下文从当前"中国故事"的两种讲法入手,讨论当下中国故事隐含的现实感缺失问题;在此基础上,以《带灯》为例,探讨一种细节小说及其背后的关系主义,为"中国故事"提供一条可能路径。

---

① 本文在成文过程中吸收了南帆、李洱、方岩等先生在"中国故事与本土叙事传统"会议(2014年6月21日)的讨论意见,特此表示衷心感谢。
② 参见杰姆逊:《处于跨国资本主义时代中的第三世界文学》,张京媛主编:《新历史主义与文学批评》,北京大学出版社,1992年,第251页。

一、现实感:"中国故事"的两种讲法及其问题性

我们不妨检视一番面前现存的"中国故事"。为了论述方便,此处将其描述为一大一小两种"讲法"。第一种讲法为宏大的全景叙事。这个故事常常很雄浑、很壮阔,至少要有百年的跨度,要有革命、历史、资本,最好有知识分子、政治、温情、离散体验。在这一条脉络里,革命话语和启蒙知识话语彼此轮转(有时亦彼此啮合),"阶级斗争"或者"个人情欲"轮流担任历史动力。清末革命、军阀混战、抗战、建国一直到土改、合作化、"反右"、"文革"、改革开放、全面市场化,关于这些时期的现成结论往往成为左右故事情节与矛盾发展的"元话语"(meta-narrative)。这些外在的话语形成了外在于"故事",却又始终借助"故事"再生产自身的"在场"。另一种则是个人化的讲述方式。这批"小确幸"的故事聚焦于个人的体验与情欲,将历史、现实和更广阔的社会图景屏蔽在模模糊糊的黑暗处。主人公独自等待,或者个人悲伤,其尴尬、忧虑、感伤、茫然、憋闷被小说家切分、再切分,放大、再放大。

叙事的同时,就存在遮蔽。从康德哲学、现象学、存在主义到福柯的知识考古学一直围绕着这一命题的不同变体喋喋不休:语词出场,存在退隐。由于主体的先天限制性与欠缺性,我们永远生活在现象界。一套严密的、"科学"的知识,总是涉及对事(fact)的筛选、剔除与组合。文学叙事同理。将这两套叙事框架视为成熟的"本土叙事传统"可能言过其词。然而,当我们在寻找中国本土叙事传统的同时,这两套关于中国故事的讲法,正在不断生长与繁殖,仿佛具有人格一般,将作家、读者与批评家投注的精力与欲念转化为自身的滋养,蔚然大观。必须意识到的是,这两种越发成熟的"讲法"终究只是"讲法"。它在运转中越是成熟,就越受制于自身逻辑而关闭了向实在敞开的可能。比如最近出版的几部作品,阎连科的《炸裂志》、余华的《第七天》、方方的《涂自强的个人悲伤》、严歌苓的《妈阁是座城》等等,就都在不

同程度上依赖上述两种"中国故事"的讲法,而付出了现实感缺失的代价——无论是被话语高度结构化的现实还是彻底被推远压抑了的现实,都只是现实不同形态的缺席。

在这样的文学语境下,针对当下关于"中国故事"的两种讲法及其可能携带的问题,我们需要(刻意)强调《带灯》的特异性。这种特异性将为中国故事的讲述提供一条可能路径。必须事先说明,从"小说"和"作品"的角度看,《带灯》并不完善。下文中对这种特异性的强调,既是个人的也是有意的,仅供读者和作家去批判地理解。

二、细节:《带灯》的特殊意义

贾平凹的《带灯》写的是"中国故事",但呈现出来的面貌非常不同。一些作家朋友私下表示:"作品不错,但是读不完。"这种现象恰恰暗示其对这部作品缺乏理解。

《带灯》写的是一个农村妇女带灯的维稳生涯。小说通过镇综合治理办公室主任带灯与小姐妹竹子的行动,贯穿起了镇长、书记、马副镇长、白仁宝、翟干事、侯干事、乡村两户大姓元家和薛家兄弟、老上访户王后生、王随风、朱召财老婆、张膏药、十三位"老伙计"等诸多人物,以修建大工厂为情节组织核心,穿插了带灯对处于远方的知识分子元天亮的独白式倾诉,把"维稳"这一被当下新闻媒体不断炒作和本质化处理的主题,还原为"乡村综合治理"的复杂命题。

然而,这样的概括仍然无法真实呈现小说的阅读体验。小说的特殊性在于提供了大量的细节[①]。一些批评家和作家私下表示,它的问题就

[①] 南帆很早就观察到了贾平凹从《秦腔》《古炉》到《带灯》中不断增多的细节。参见南帆:《找不到历史——〈秦腔〉阅读札记》,《当代作家评论》2006年第7期;南帆:《剩余的细节》,《当代作家评论》2011年第9期。

是细节过多。整部小说是由一片又一片樱花般细碎的细节构成。从前，我们讨论一部作品时常常会采用"形式"与"故事"的二分法：放弃了"形式"实验的小说，叫回归"故事"。可是这么看，《带灯》能归为哪一类？《带灯》是把叙述、情节和人物完全"掰碎"，把节奏压抑得很慢，完全是以步行甚至爬行的速度来言说事件。小说中出现的事件都不大，却很多。事件不光很庞杂，彼此之前又相互关联，牵一发动全身。"有事儿说事儿"——这既说不上是一种新颖的形式实验，也说不上有任何传奇的故事。因此，对于这部小说的不理解，是可以理解的。

摆在我们面前的，是一部纯细节小说。西方叙事学常常做叙述与描写的区分。在韦恩·布斯那里，不存在无叙述的、纯客观的描写／呈现，也就是说不存在无作者介入的描写[①]。可以说，叙述与描写的区分，是作者介入程度、叙述节奏快慢的区分。那么把叙述隐藏在描写当中，叙事人躲得很深，节奏压得很慢，小说中就剩下了"细节"。细节首先不是流水账。流水账只有一种声音，洋洋洒洒，却千人一面的，仿佛《黑客帝国》里被复制了千百次的史密斯先生，整齐划一。真正的细节不是整齐的。但是它密度大。细节三言两语，往往接近于白描，不是靠语言铺排，而是靠"事件"本身的能量与质量，就那么梗着你。这里的细节还要区别于总体论意义上的"个别"。对于总体论而言，"个别"是为了整体而存在的，"个别"自身并无意义，它是被一个预设好的框架完全吸收和概括的。我们所说的细节，必须微弱地闪光着，像樱花一样纷扬，又像白裤子上的烂泥点子一样刺眼。细节是有表现力的自我呈现，是以自我为目的的在场。细节是浓缩过的，虽然多，但是在写的时候不能删、在读的时候不可跳过。否则一切就都过分简单了。细节小说的意义在于它的浓度、难度、密度和难以把握，读者需要付出的代价就是不快、烦躁与憋闷。

[①] 参见 W. C. Booth, *The Rhetoric of Fiction*, Chicago: University of Chicago Press, second edition, 1983.

纯粹的细节，一定不清爽。贾平凹大概也深为苦恼。他使用了至少两种平衡装置来妥协，以艰难维持细节最大篇幅的在场。第一是以小标题方式来规整这些细节，像小学生写段落大意一样，把细节装进了排布整齐的一个又一个框子里。第二是穿插一些带灯写给元天亮的独白式的情书。必须承认，这些来自农村他者的单方面献媚，大为削弱了文本自身的深刻与真诚，使作者难逃男性知识分子的自恋之嫌。但是作为文本的平衡装置，其客观上起到了休息站的作用。独白是语言的舞蹈，是柔的，是媚的，是感伤和汪洋恣肆的。独白却没有事件，没有复杂缠绕的人物关系，并不具有理解上的难度。于是读者的脑力得到了节约，在"愉悦"中得到休憩。无论是小标题或者是独白式情书，都让作家和读者得到短暂喘息，再接着去应对细节。这样的妥协，反过来说明了作家对细节的坚持。

遗憾的是，小说读到后半部分，线索越来越清晰，人物越来越明确，小说情节逐渐被"发展"与"维稳"、书记与镇长、元家兄弟和薛家兄弟的种种矛盾所框定。那些不明的烦躁、憋闷情绪逐渐消失。可以说，到了小说后半部分，小说是相对成功的、顺畅的、好读的。但"好读"就意味着特异性的消失，就意味着细节陷入"中国故事"现存框架的回收之中。

三、关系主义：细节的认识论意义及如何连带起对中国基层的感觉

在《叙述与描写》[①]中，卢卡奇曾经讨论过现实主义和自然主义的问题：是机械论的、自然科学式的、按实然的样子写现实的自然主义重

---

① 参见卢卡奇：《卢卡奇文学论文集》第 1 卷，中国社会科学出版社，1980 年。

要；还是有概括力的、为现实赋予历史哲学意味的现实主义重要——简言之，是要左拉还是托尔斯泰？在漫长的时间里，卢卡奇还展开了与布洛赫的表现主义之争。争论的焦点是，要托马斯·曼，还是布莱希特？[①]这些讨论并不局限于美学风格的范围。事实上，每一种美学风格，都携带如何认识世界和改造世界的问题。文学问题从来都要走到认识论、实践论和政治学。

《带灯》这样的细节小说可以进一步概括为关系主义[②]的风格。如上文提示，关系主义并不仅仅是一种美学风格，还至少携带了一种认识世界的方法。关系主义不是结构主义。它强调结构，但是在结构的多元关系之中存在一种动态的变化。关系主义因此不是实然的、机械论地描绘现存的世界，它不是左拉式的自然主义。关系是多变的。但它又不是庸俗的历史唯物主义，至少不会独断地为变化指明方向。一旦指明方向，变化就不再是变化，而是目的论的历史，关系主义就会蜕变为传统现实主义。关系主义的文学需要大量的细节，来呈现人与人之间的连带关系，以及人在不同关系中的不同状态。它对于"人"的呈现并不是孤立的和直接的，而是以行动的方式将"人"放置在一道经济学式交换流动的网络里面。

这样看来，关系主义是对现有文学制度的挑战。柄谷行人曾经指出，"内面的人"是现代文学的一项发明[③]。从鲁迅的《狂人日记》、郁达夫的《沉沦》、丁玲的《莎菲女士日记》到张承志、王蒙、张贤亮、陈

[①] 参见 Ernst Bloch, Georg Lukacs, Bertolt Brecht, Walter Benjamin, Theodor Adorno, *Aesthetics and Politics*, translation editor: Roland Taylor, London: Verso, 1980, pp. 9—59.
[②] "关系主义"的有关论述可进一步参见南帆：《关系与结构》，吉林出版集团，2009年，第3—18页。
[③] 对于柄谷来说，任何看似自然的文学观念（如风景、自我、内面、自白、儿童等），都诞生在这特定的、历史的装置（apparatus）之中，并通过颠倒、遗忘等手段隐瞒了自身的制度性起源，获得了自然化的面貌。参见柄谷行人：《日本现代文学的起源》，赵京华译，生活·读书·新知三联书店，2003年。

染、林白的作品,那个纠结的、自审的、忏悔的、独白的、不断说话的"我"构成了20世纪中国文学的重要形象。但必须看到,这种"内面的人"是一种文学制度。心理描写只是想象人的心智与意识的一种方式。这种方式的变体往往是以"他是……"和"他想:……"的形式出现的——前者是叙述者的评论,后者是叙述者退场、改用第三人称视角来直接呈现。从文学叙述上,这种"我想/他想"与"我是/他是"会构成一种对人的存在的相对稳定的认识。这种认识的形成不受太多外在信息的增补与颠覆。"想"和"是"是对人的本质的规定,于是"人"就变成了"人物","文学是人学"在实际操作中变成"文学是人物学"。心理描写、独白和人物,一个套一个地构成圆环,建立起一套难以挣脱的制度。戏仿拉康的术语,可将其视为文学制度对于人的原初压抑(primary repression)。我们回到一种现象学式的描述,人的存在状态真的是这样的吗?中国人又是怎样存在、怎样想事儿的?在这个视野之下,如果重读赵树理的一些小说,我们或许能够领会他为何会格外限制进入人物内心的程度,以及为何会刻意避免大段的心理描写。如何重新想象中国人的存在状态,也就是如何摆脱人物、独白、心理描写等等"现代"文学制度的问题。这样,当我们把赵树理和贾平凹摆在一起,也就并不十分突兀了。

关系主义和细节小说究竟具有何种文学史意义,我们暂时提示到这里。在本文的最后,让我们回到现实感的问题。

《带灯》采取关系主义来拆解人物、把人物还原为关系中的人。其重要性不在于文学形式的创新,而在于更好地在文本中生产了对中国基层的感觉。《带灯》没有把人物、事件孤立地写——那些细节之所以混杂不清,是因为彼此关联度相当高,枝蔓很多。主人公带灯要做一件事,就要疏通很多人,做多次的交换与斡旋,要让自己混入污浊的关系中。完成一件事的过程并不是一劳永逸的,其中既有坚持与反复,懊悔与决断,还有亏欠与偿还。她在镇子村子县里的政府、党委之间斡旋,工作几乎等于拆东墙补西墙。没有绝对靠得住的人,没有很分明的是非。人在行动中是多变的,农民既狡猾又淳朴,既健忘又容易自惭形秽;王后生既借上访中饱私囊又有觉悟与担当,陈大夫既真诚又耍小聪明,连"老伙计"们也必须不时报之以利。带灯的努力似乎永远无法促人向善。人的品格上升,然后下降。许多受过她帮助的人们在考验来临时纷纷原形毕露。但是经历过了,终究还是经历过了。种种似乎徒劳的努力,看似不留一点痕迹,小说终局处却让人猜测,那早已卑琐沉沦的人性,在历史中是不是被微微撬动了一点?这些小小的细节都是在否定一种本质主义的认识方式,试图去呈现具体情境的流动的关系——农村基层组织与运作。农村基层状况既不是"阶级论"的,也不是"宗族权力斗争",而是回到毛细血管般的交织中,回到活生生、带着血肉和烟火气的"过程"中。

  作为"文学"来说,《带灯》也许是失败的。贾平凹并未处理好细节与结构之间的审美张力。那些冗余的细节与关系构成了对大结构的破坏,甚至让人感到心烦意乱。可是这些烦闷、无趣、焦虑、挫败、幻灭的情绪正是属于中国的、当下的、基层的,这或许体现了作家的某种决断。从另一个角度看,对于许多拥有基层生活经验的人们来说,《带灯》对于中国基层状态的呈现又是远远不够的。这些关系中的细节如同地板上头发与灰尘缠绕在一起的毛球一样,但依然无法穷尽中国基层现存的种种矛盾。这样的文本,其意义也许仅仅在于标志"中国故事"的一条更有生产性的进路。在未来,通过一个接一个这样的文本,我们才得以冲破纸面与概念的束缚,重新贴身摩擦现实,在此基础上重新来设想"人",回到人活泼泼的"状态",通过这些点点滴滴的积累,进而帮助建立对中国的整体性理解。

"生活"的有限性及其五种抵抗路径
——以2014年短篇小说为例谈"80后"小说创作现状

美国小说家罗杰·泽拉兹尼（Roger Zelazny）曾有一部短篇小说《此处有龙》。在一个群山之中的小国，国王和臣民始终与世隔绝。皇家绘图师吉伯林先生足不出国门，为图方便，按祖传伎俩在地图上所有未知的地方用花体字写下"此处有龙"。由于地图上国家被各色残暴的喷火巨龙团团围住，臣民们以为处处有龙，只能待在家里，小王国就在绘图师因为偷懒而划定的范围内运转。好在官僚体制成熟，臣民忙于案牍与吹牛，谁也未曾真的想要做出任何规矩之外的行动。一直到国王在女儿生日那天突发奇想需要焰火，委派第四参事前去搞一头"会喷焰火、中等体型的龙"来，皇家绘图师的把戏才被拆穿，世界的一部分真实地形才展现在人民面前。

我们不妨将这部讽刺短篇当作中国小说家创作危机的隐喻：每一个小说家都要面对生活的有限性，人人都有在稍微偷懒的时候变成"皇家绘图师"的危险。一方面，在全球化、现代化和当下政治经济局势下，中国社会正在快速发生多个层次的变化，个人相对于快速变化的环境变"小"了。第二个方面，文学与作家已经变得十分专业化，作协、期刊、学院提供了舒适、安定的生活环境，我们很难想象如赵树理那样先熟悉30年代中国华北财税制度实际运作方式，才写出《催粮差》这样的小短篇；或者如柳青在长安县皇甫村那般工作多年，才写就《创业史》；更不用说如同狄更斯、巴尔扎克、麦尔维尔、海明威那样，上天入地、转换多种身份，看到当代生活的每一个层面。第三个方面，资讯发达的时代快速带来对生活的覆盖，泛滥的学院话语和各色公知再插上一脚，这些叙事不断重复对世界的陈词滥调，历史和现实的褶皱被这把大熨斗烫平。情色反腐、征地拆迁、村干部霸道、城管执法不公、政治小道消息、土改暴力、"文革"秘闻，再加上心灵鸡汤、洒上几点"感动中国"的泪水……我们被包围在群山之中，而偷懒变得好容易：于是鹅毛笔一挥，此处有龙！

生活的有限性已经构成了考验和挑战全体作家独立性、敏感性、技术性和意志力的大背景。这一点，对于文坛主力军之一的80后作家群体来说尤其紧迫。作家针对这一背景的抵抗方式各有不同，其欲望与姿态亦耐人寻味。我们不妨借用这一背景作为理解当下80后年轻作家创作的前提，对其创作路径给予逻辑上的说明。

一、出逃的企图

一般而言，80后作家的生活阅历相对狭窄同质化。"求学—上班—结婚—生子"是他们相对接近的轨迹。工作单位有行政部门、部队、国企、外企，更多在报刊、媒体和学院。或许在这些作家的经历中，"生活"就等于领导与同事之间的勾心斗角、蜚短流长，经济压力、观念差异、职称考评、代际冲突等等。因此，在这批作家笔下往往出现了一种对被命名为"日常生活"的特定都市生活世界的拒绝。

比如文珍的短篇《银河》（《中国故事·虚构版》，2014年第9期）。从早期的《第八日》《动物园》《色拉酱》到最近的《衣柜里来的人》《银河》，那个秩序、庸常、琐碎、市侩的世界里，总是飞翔着那些脆弱的精灵,她们要精致的生活、要对当下时间永恒之美的发现,但又不敢颓废放荡,甚至不敢口吐脏字,对这个世界所做的最大革命无非是"一场说走就走的旅行"。

《银河》里处理的还是"向死而生"的问题。两位主要人物都在银行工作。银行(及其内包的金钱、规矩、市侩、虚伪、家长里短、流言蜚语)是我们世界的象征秩序。两人都是生活中唯唯诺诺、毫不起眼的小角色,小城市或乡镇长大,父母也都能力平庸,个人资质中等,打卡、上班、"房奴"。剩女"我"与已婚的老黄发生了心灵感应,在人群中找到彼此——另一个不合格的"普通人"。可是为什么要做"普通人"?然而他们又成为不了魔鬼或者英雄,创造性也欠奉,连偷情亦被捉奸。而且,竟然可笑到私奔。幸好旅途本身还算风光旖旎。各种动听的地名与异文化纷至沓来,库尔勒、托克逊乡、轮台、龟兹博物馆、昭怙悝大寺、库车河,看千年的壁画、巴扎的风情,在沙漠中恐惧被抛弃,夜宿拜城,逃离丑陋的阿克苏,穿越民丰县、柯坪县、巴楚县、阿图什县、喀什来到帕米尔高原,抵达终点塔县。虽然看似过足了"生活在别处"的瘾,但现实生活的脚步实际早从后面追上了他们的越野车。老黄的手机不断响起,他率先做了逃兵,不断悄悄和妻子张梅联系。大家心知肚明下面的故事无非是计划回程,飞速收拾生活的狼藉。两只大行李箱此刻变得无比的可笑。但"我"不愿回头,执意让这场爱情与私奔的英雄剧目终止在塔县——就终止在赛马会。盛大的场合,最适合做一场轰轰烈烈的葬礼。"我"迎向奔腾的马蹄。

更进一步看,"爱情"其实不是故事的主角,而是故事借以对抗世界的工具。"我"与老黄与其是真心相爱,不如说是惺惺相惜。但这种同为弱者的命运与共的相依感,使老黄的退缩背叛变得更不可忍。"我"的死亡使得小说最后跳出爱情小说的限度。文珍世界的宽度和深度因此增强。

同样拒绝日常生活的还有蔡东。今年《收获》第五期"青年作家专号",发表了她的《我们的塔希提》。麦思与春丽是发小,春丽打来电话,不堪忍受琐碎工作的她竟然鼓起勇气辞去公职,从留州到深圳去"写点东西"。撕裂感深深攥住了麦思,她完全能够体会春丽的痛苦,因为从研究所被调整到资料室的她早已深谙个中滋味。独自旅行、周五不坐班的时光、崇光百货大"血拼"、对精致生活器皿的挑选,这是麦思从密不透风的生活中解脱出来的避难所——当然是暂时的。麦思的丈夫高羽同样"生活在别处",让他从当下的生活中解脱出来的方法简单一些,一个永远对妻子上锁的抽屉,以及在足球经理游戏中所向披靡的"斯托克城队"。本来夫妻两人已经与不堪忍受的生活达成了平衡,春丽的介入就像一枚催化剂,用小说的话,是如同"一只浑身带电的深海生物",让丈夫高羽萌生出逃的念头。反过来看,女主人公麦思始终都在贯彻一种更踏实和更少戏剧化的"行动"——她不像文珍笔下的人物那样"说走就走",不过是因为她想得更透彻,早就看见前路茫茫。

同样走不掉的还有春树。短篇《超级月亮》(《青年作家》第 12 期)同样刻画了一个危机当中的小说家。她与周围的世界格格不入,而格格不入的原因恰是她的"真诚"。以她看似执拗单纯的真诚之眼看去,世界与人群如此庸俗虚伪市侩,我们真是只好逃到美国去。此时此地的日常生活是不值得过的,那么当我们问问主人公,理想的生活又是什么样的:她也只能够说出"美国""军队大院"和"学院精英"这样苍白的符号。毕竟小说中的那位小说家没有真正的行动力,她的"真诚"(比如结尾处那一场纵火)无法掩盖她对理想的向往只是一种姿态。

那么,如果真的从日常生活断然出走了,又怎么样呢?七堇年的《夜阳》(《收获》,2014 年第 5 期)像某种纤细花俏的织物,里尔克、费尔南多・佩索阿(Fernando Pessoa)的诗、马德里丽池公园(Parque del Buen Retiro)、1881 年的阁楼、星点残雪堆在街角、飞机缓缓划过天空、里斯本的大海、深渊上血红如日的月亮……一个厌倦了平庸的生活与丈夫的中国女生,远赴西班牙马德里,在车厢遭遇扒窃的时候被一位后来才知道患有躁郁症的葡萄牙女作家所救；在同居之后，她终究无法忍受女艺术家的"不平庸"，迅速从那样动荡激烈的生活中退场。在"叶公好龙"的女主人公面前，一面是平庸的生活、崇拜成功学的丈夫，另一面是 15 岁被渔夫咬掉乳头的女同性恋者、躁郁症者、在冰淇淋店打工的"女作家"、炽烈的爱人、绝不平庸的 Nox。女主人公在平庸和不平庸的道路之间，搁浅了。

"娜拉出走之后"的命题，始终没有得到解答。即使主人公拥有娜拉所不具备的种种能力，也不可能在日常生活之外发现一个诗意而又安稳的空间。"出逃—落网"似乎是这批女作家笔下主人公的共同命运。

二、焦虑的表演

一旦对"生活"全部定义发自"北上广"与"职场、媒体、单位、学校"这样的小圈子，生活自然就变成面目可憎的"秩序"。出逃注定是悲剧性的，因为一种新的整全生活很难从无根的反日常生活的情绪反应当中诞生出来。由于丧失了在秩序之外想象新生活的能力，一些同样感受到"娜拉困境"的作家转向内心情绪的表达。内心，又断难完成对创作的长时间输出，她们焦虑着。一旦对于写作自身的焦虑俘虏了她们，这些聪明的"老灵魂"还会趁势将这种对写作资源枯竭的焦虑转化为写作资源本身。

周嘉宁、张悦然的创作中，出现了一系列"失败艺术家"形象。张悦然《动物形状的烟火》(《收获》2014 年第 5 期）里，主人公林沛是一个穷困潦倒的艺术家，最致命的一点是他的灵感荡然无存、泯然众人。小说从林沛受邀参加宋禹的跨年派对开始叙述。带着隐秘的兴奋与重新受宠的期待，林沛在派对上遭到无情的打击。非但宋禹对他不理不睬，他所见到一个又一个女孩，如今都投入了他人怀抱，甚至连往日画室前台小姐颂夏都咸鱼翻身,开了自己的画室。报复心让他必须从晚会上带走些什么,于是他看中了在别墅中不受欢迎的养女。谁知,他的"动物形状的烟火"的把戏早就被恶童识破,自己成为了晚会的最大笑柄。原来艺术家没有了"创造力"这样的任性资本以后,竟是如此焦虑可怜。

周嘉宁《让我们聊些别的》(《收获》2014 年第 1 期)最具有症候性。小说选入了 2014 年短篇小说集《我是如何一步步毁掉我的生活的》。"我"在小说中是一位得了抑郁症的女作家——"我"无论如何都"写不出来"。"写不出来"源于"我"无法与周遭日常生活建立意义关联。一直对女作家施加压力的经纪人天扬与始终霸道成功的男作家大澍,向"我"灌输各种宏大叙事,在男人的眼中,"好故事"才是文学的真谛。而"我"下意识觉得虚伪,他们的"故事"只是一种关心地沟油的虚假"悲剧"。"我"焦灼地想要证明自己,却找不到属于自己的"故事",又羡慕他们所具有的锐利的攻击性。于是在向外的"羡慕嫉妒恨"与向内的懊悔、愧疚、怀疑、自责在心中形成不断扩大和纠结的漩涡,这个漩涡吞噬着她所有的行动力和自信心。沉溺在这一漩涡中,"我"丧失了作家基本的敏感性——错过了发生在身边的露露的死。当"我"觉得她只是一个"二十多岁、肥嘟嘟、穿着荷叶边短裙,露出一截藕色的大腿"的时候,"我"已经彻底丧失与日常生活建立联系的希望,变成了一块"迟钝的旧橡皮"。

必须提醒的是,这种焦虑感自身变成文学表现的对象时,可能沦为一种表演。为表演焦虑而表演,为表演焦虑而焦虑。表演性会抽空真正的改变与行动,因此不能真正解决焦虑问题,更不能真正跨越"有限的生活"的地平线。

在此基础上,"焦虑"书写很容易滑动到和明星制挂钩的、以作家形象作为卖点的"真人秀"。比如,我们可以看到小说家对海明威、菲茨杰拉德、伍迪·艾伦等等如今成为流行文化一部分的艺术家形象的模仿与盗用——要知道"写作的焦虑"早已成为这些20世纪时尚代言人笔下的俗烂主题了。到了这样的时刻，最迟钝的读者也会发现这种从庸常生活当中出逃的姿态，无非是另一种讨好庸常的手段而已。

三、理论的激荡

　　成熟的作家总是追求一种穿透生活本质的深度结构。而这种思辨色彩的形成还有更切实的原因：如果日常生活无法进入写作，而内心又缺乏足够持久的输出能力，80后作家的阅读与知识结构使其中某些人更容易与理论话语产生联系。这一写作倾向未来的发展尚未明朗，毋庸置疑的是学院教育使得一种与西方理论更高级的互文形态成为可能（这方面80后小说家拥有远超前辈的优势）。

　　王威廉出生于1982年，曾在中山大学攻读人类学系和中文系，获得现当代文学博士学位，也是首届"紫金·人民文学奖"的得主。王威廉对于人与人之间的暴力关系有着格外的敏感（比如他的"法"三部曲《非法入住》《合法生活》《无法无天》）。这一次《当我看不到你目光的时候》（《十月》2014年第6期）的切入点选在"看"与"被看"的关系。我们将他的作品作为这一现象的代表。

　　小说以某种非现实的逻辑开始——未来社会中，一名照相馆摄影师在感化女犯的过程中体会到了视觉装置所带来的主体权力与快感。"我"本是照相馆的摄影师。政府规定主人公必须道德感化一名女杀人犯，其罪名是将男友禁闭在一间满是摄像头的房间内造成其死亡。女犯住到"我"家，这种亲昵温馨的关系并没有让"我"放松警惕，而是令"我"对杀人动机产生了兴趣。女犯讲述了其父亲及其男友怎样先后沉浸在看与被看的快感之中，以及男友如何在屏幕中发现自己的渺小可憎，而从快感模式中被无情抛出，就此虚无绝望，自杀身亡。"我"

逐渐被女犯反向"感化"，开始产生对"看"的自觉意识。通过镜头，我瞬间变为大他者，镜头中的客户在大他者的目光下开始面目绯红、享受被看的快感，将自己嵌进了大他者规定的欲望客体的位置。新的主体被成功询唤出来。

小说中的"看与被看"，灵感来源于法国哲学中的"凝视"理论。"凝视"（gaze）既可以被彻底抽象地理论化，又可以进一步放置在特定历史当中去描述人对人的监视及控制。前者肇始于科耶夫1933—1939年在巴黎所做的黑格尔精神现象学讲座——这一讲稿经过施特劳斯高足布鲁姆翻译整理出版，其中就以恋人之看来佐证其主体理论，座上三位听众萨特、梅洛庞蒂、拉康后来都在各自的拓扑学发展当中延伸了肇始于科耶夫的理论雏形，暂不细表。后者——历史地考察观看关系的脉络，最为人熟知的自然是辈分再小一些的福柯，而后殖民领域大名鼎鼎的萨义德对东西方关系的比附也来源于此。一般通俗理解的主体对客体的看，涉及一种爱欲、控制、将对方物化的倾向。

那么，有可能从暴力的构成性的视觉关系中挣脱吗？小说的态度是基本悲观的。理论上，第一种对于这种凝视的破坏方式是回看（gaze back），通过目光的对视来脱出掌控，从而使对方经由窥探所积聚起来的虚假（爱欲）主体，瞬间破灭成灰。这是萨特在《存在与时间》中提供的路径——小说中的女孩跑到了房间之外，抓住了正在通过窥视自己获得性快感的男友，从而破坏了他的欲望及根据这一欲望构成的主体。可是，问题来了——挣脱之后的空虚感和无意义感是无法承受的，存在/实在界本身向他敞开，他却要重新回到欲望和主体之中。"看"之途被堵死，他由是必须通过"被看"来重新获取身份与欲望。他奢望一个"性致勃勃"的大他者，通过它的眼睛能够看见自己的千娇百媚。于是恳请女友充当看者，而自己扮演欲望对象。可是一旦让他/它站到大他者的位置上凝视自己，他发现想象中的自我并非千娇百媚而是如此卑琐可笑，他看到了自身的盲点，其存在的灰败性——进而感应到大他者的性无能和空洞性,其想象主体也就瞬间破灭成灰。当其存在的无意义性第二次向这位不幸的男人现身,他选择了自杀。萨特或许还是会说他是懦夫,一个无法承受存在之无意义、不敢直面其存在的懦夫——他不能"去-存在"(to-be, as to become)。相反,按照拉康-齐泽克某些中国门徒的立场,他的死亡却是一个主体闪闪发光的事件,是对大他者的彻底拒绝。至少,自杀时刻留给世界的目光,是对这一世界当中最大的挑战——作为物的回望,总是让人不寒而栗,被凝视的物变成不能被主体/客体之分所框定的小客体a(petit objet à),充满死本能的目光逼视我们,戳穿了我们这种植根于生本能的视觉主体内在的缺陷性。

当然这么勉强区分其实殊途同归,当小说限制在存在主义的整体进路(无论是萨特还是拉康-齐泽克一代,法国理论家某种意义上都具有存在主义的内在理路)之内时,其实世界早已经是一间铁屋子了——装不装摄像头,懦夫还是烈士,倒还是其次。小说另一个漏洞或者说缺憾在于,女性似乎从这套视觉—欲望—主体装置之中被轻易地豁免掉了。

唯一使人担心的是,一旦脱离了现实经验的土壤,进入与理论话语的近身调情,小说如何能够提供比理论更丰富的东西?写到这里,笔者又不禁想起,这样一篇小说会不会正在期待上文这样充满西方理论的凝视,而笔者是不是又恰好一步步陷入这种凝视的快感当中了呢?也就是说包括笔者在内,很可能已被小说文本所感化,自觉充当了理论大他者眼中的欲望客体。

四、情绪的升腾

生活的有限性并不必然带来体验和感官的有限性,恰恰是感受/体验的有限性需要被打破。是的,对生活的感受是已经被历史限定的。

感觉被不同的结构（话语知识型）组织起来的时候，就"先天"地被赋予了形式。结构会形成对感觉的压抑，无法进入结构的感觉被放逐。那么，对于历史形成的话语形式的拆解与重新探索，使得文学同步承担了解放感官、发现感官并促成认识进步的任务。于是我们永远需要一些小说家，让线条挣脱轮廓，让色彩挣脱对象，用一种"情"（affect）的能量打破认识的网格，摧毁对于"对象"（object）的刻板印象。

甫跃辉的《坼裂》（《十月》2014年第4期），情绪核心在于站在满是裂纹的冰湖时那种即将下沉的黑暗、冰冷、无望之感。这种精雕细刻的无望感，是小说能够从众多文本当中脱颖而出的原因——小说的情节和人物反而不再重要。作品开始不久提到"灯光浮油一样凝在地面"，但这样黏稠、烟熏火燎而颇有虚实辩证性的感觉其实并不是小说的主调。小说还是很空灵很纯粹的爱情小说。开头就轻柔飘忽，颇有流动感，两位主人公顾零洲和易沄的名字也是轻烟一样。小说"本身"的逻辑很简单，这是一场悲凉的告别仪式，在第七个城市，婚外情走到了尽头，沉重的压力令男主人公终于欲振乏力，而女主人公无非是生孩子之前最后疯狂一把。小说先预设了离婚之不可能，然后强调了维系婚外情的艰难与无力。这样，"坼裂"说的是现实压力之下婚外情的沉没——读者于是感到绝望无奈与撕心裂肺的双重包夹。

甫跃辉这篇小说美中不足的地方在于思考力的故步自封。他太执着于呈现轻薄，因此愿意将所有伦理拷问都屏蔽在男女主人公流云般的生活之外。我个人想将思辨与伦理的维度重新放入作者设置的"结界"之内，为小说打开额外的两个扇面。

第一个可供打开的层次：爱情之消逝。我个人更偏好罗兰·巴特式的命题：主人公对于爱情的消逝既绝望又无奈，而任何挽回的企图都不可避免地导向失败。根据甫跃辉着力制造的爱情信条，看似男女主人公分手的原因还是来源于外部的社会压力，而实际上男女主人公又都清楚，激情的给养就是危险与禁忌。小说隐藏的一个悖反命题为：

压力恰恰是欲望的动力。他们打一枪就换一个地方——当代"婚外情"带上了这些仪式,就带有 19 世纪小说中"通奸"式的郑重其事。他们怕被发现,于是只能宅在宾馆做爱。但做爱变成超量的做爱,又变得程式化。于是渴望安定、渴望暴露在光天化日之下,因为安定变成了一种非常态,从而是可欲的。可是即使暴露在光天化日之下,比如看场电影《一代宗师》,难道爱情就能够继续漂浮吗?话说,"通奸"的感情如何维持?"通奸"会不会变心,即在对配偶的背叛之后会不会对自己千辛万苦得到的情人进行又一次的背叛?他们心中满腹狐疑,可是这些满腹狐疑又以海誓山盟来掩饰。可是他们分明是厌倦了海誓山盟才走到了一起,于是他们在挣脱枷锁的过程中被枷锁追上了。渐渐感到腻味的两个人,聪明地在腻味之前完成了体面的结束。毕竟,爱情如同自在之物,随时会从生活看不见的裂痕里喀拉一声就掉入深渊。无论是宾馆里、情人黏腻的汗味里、漫长两地分居的形迹可疑里、突然瘫软松脱的身体里,还是日常的关怀中,总会听见冰湖碎裂的喀拉声。

仅仅这样子这篇小说好像还有些单薄。我个人会再附加第二个层次,离别的结尾处也许还可以再处理出一个反讽的维度:爱情主题真的存在吗?顾零洲背对冰湖大声复诵《一代宗师》,这些种种纷至沓来的情绪意象,岸上那被生离死别击倒的身影,这些所谓爱情的经典场景,难道不是欲望驱动下的一次角色扮演?我们似乎也可以这么理解:男主人公诸多心念百转,只是因为女主人公很心机地说了一句"不做爱",于是非要再次得手不可;而做爱之后的诸多疲沓空虚,以及伴生而来的离别戏码,或许预示了他们下一次在另一个城市的旧戏重作——《一代宗师》里不是有一句屡遭吐槽的"念念不忘,必有回响"吗。由是,小说的伦理立场便不会显得固执而单一。

一部以情绪为塑造对象的小说,有可能走向三个方向,情绪的烈度、特异性与复杂度。尽管这样的区分十分粗疏,柏格森大概不会同意这种以外在空间性的思维方式去臆断人类的内在的绵延性的方式,但简而言之，小说所唤起的情绪如果无法达到某种凛冽与澎湃的能量值（比如某种纯粹的恐怖或者崇高感），那么至少应当形成与常情的差异和距离，或者应该拥有多多少少显得饱满丰富甚至彼此冲突的层理。做到这种程度，生活就开始变得"无限"了。

五、辩证的思想

真正的思想，不是通过逃离生活，而是通过与生活的纠缠产生的。逃离生活的"思想"，是抽象，更是虚妄。既然我们要求作家为世界提供精神养分，那么这种养分必然是一种活生生的精神史。这种对精神状态的呈现与诊断，就必须建立在与当下活的、带有血肉温度的经验的批判性思考的基础上。思想，尤其是文学中的思想，并不来源于学院派的"理论见解"，而是直视日常生活、对其进行"辩"与"证"的超克的结果。

正是在这个意义上，马小淘的《章某某》（《收获》，2014 年第 5 期）提供了一种活生生的思想。小说通过一个动荡不安、空心的人格典型章某某，描述了一种本身充满毛病的伪"理想主义"。章某某不断地换名字，生活在自己为自己搭建的小世界里，恋爱受辱、求职受挫、辛辛苦苦为了自己的"理想"努力着。她对于自己的可笑毫无自觉意识——用斯洛文尼亚学派的拉康主义新锐理论家 Alenka Zupancic 的话说，成为了"摧不垮的 id"。章某某最大的理想是当"春晚主持人"，而这一理想的根基其实只是来源于小县城里儿童节目主持人带来的"虚荣"。最终"梦想撑破了胶囊"，她在嫁给商人妇之后念念不忘自己的"理想"，被送进了疯人院。

小说太容易被完全归为一部《涂自强的个人悲伤》式的作品，比如书写底层青年如何在大城市的物欲横流中被磨蚀了理想信念、随后同流合污，最后难以承受自身的堕落而陷入疯癫的煽情故事。这种解读显然既低估了马小淘对于底层青年的区分能力，又高估了"涂自强"对于底层青年的概括力和理解力。试想章某某如果遇到又土又木讷的涂自强，一定第一时间嗤之以鼻吧。细看去，叙事者对于章某某绝非一味感伤的怜悯与同情，而始终带有着俯视的视角——尤其是小说前半段的讥诮与讽刺、后半段对于章某某不再犯傻的怅然若失。谁说这种目光一定是认同与羡慕？作者用这样的叙述距离要戳穿的是，章某某不是"小镇普通青年"的神圣化身，而是一种病态"小镇文艺青年"的标本。试想，章某某是《狂人日记》里的狂人，抑或更接近于《阿Q正传》里的阿Q呢？马小淘对于章某某倒是带有同情的，但那是鲁迅对阿Q的同情。

章某某不断改名，说明她始终对于自我、对于理想缺乏一个由内而外再由外而内的坚实认识，并从中获取行动的循环能量。她的行为是极度空壳的，细看她的"奋斗"轨迹，听风就是雨，也是随波逐流，人云亦云。表面看上去她是"坚定"的，是"文艺"的，实质上是"心灵鸡汤"和"成功学"堆砌出来的。她是多么"上进"啊。在城镇化高速发展中，中国三线城市生产出的"文艺青年"一方面无法融入当代都市物质文化生活，受挫之后以"文艺"作为自己的心理保护和应激反应；另一方面，其理想是被给予的，既空洞脆弱无法支撑他们走远，又充满杂质要他们很快向物质生活投诚。也就是说，这种"坚定"的理想主义是随时可以放弃并被金钱逻辑所俘虏的空壳理想主义。章某某的悲剧在于她始终没有获取"自我意识"——她没有反过来意识到自己"意识"（理想主义）的可笑性。当许许多多小说家甚至评论家、理论家都在大力讴歌"理想主义"的时候，马小淘的文本以一种隐微而豁然的方式，重新向我们提出了对"什么是真正的理想主义"的质问，从而交付与我们一种真正与生活大胆辩证的"思想"。

六、结语：继续前行，抑或"此处有海蛇"？

生活的有限性植根于我们存在的被规定性，尤其可被视为作家共同面对的大背景。对于一些80后的年轻作家而言，由于生活阅历更为狭窄和稀薄，他们对"生活"的定义也就相对接近"北上广"的上班族。"从日常生活出逃"变成他们的集体选择，背对生活之后的"焦虑"又成为他们的表演。另一些80后作家转向更为学院化的资源，比如"与理论话语形成互动"。尽管学院话语尚未对小说本身构成穹顶一般的宰制，然而今后这一方面的影响必然愈演愈烈。有些年轻作家并未选择正面以头撞墙，而是在文学世界之内试图创造出一种少见的"情绪"，搅扰我们的感官方式；但是，更让人赞赏的某些作家对我们生活的边界做出了勇敢的跨越，对于空心的伪"理想主义"做出了反常识的探讨，提供了一种以直面生活的写作来对抗生活有限性的可能。

不幸的是，生活的有限性，是不断生成的。我们一旦突破世界的边界，一条新的地平线就会重新出现。当我们回看近年来成名作家的小说创作，不仅是阎连科的《炸裂志》、方方《涂自强的个人悲伤》、余华的《第七天》这些长篇作品，包括王蒙的《杏语》、刘庆邦的《琼斯》、须一瓜的《贵人不在服务区》、鲁敏的《徐记鸭往事》、盛可以的《弥留之际》、范小青的《南来北往谁是客》等短篇创作，也一定程度陷入了惯性写作之中。我们必须不断提醒自己，因为一旦停止了前进的脚步，又将回到那个绘图师的命运中。

作为全文的结尾，我们可以参考一下美国小说家泽拉兹尼《此处有龙》的结局：

一条真龙贝尔奇思终于忍无可忍，狠狠教训夜郎自大的国王与信口雌黄的绘图师之后，抓起皇家绘图师四下飞行，指点脚下江山，逼他一一标在地图上，不许他从此以龙为借口、胡乱偷懒。于是，国家走向开放,国王开始鼓励贸易,人们纷纷走出小国同其他国家学习交流。

可是有一天,国王开始琢磨地图的四角,发现都是海洋,他召来皇家绘图师:陆地边界的海之外有什么东西?

> 吉伯林先生拂了拂胡子(他的胡子又完好如初了),用了很长时间研究地图,然后他拿起羽毛笔,大笔一挥(用花体字),在所有水域的边缘处写道:
>
> 此处有海蛇。

第二辑 主体

作家的问题意识并不是反映论意义上对历史事件的记录：例如农民生活燃料供应困难、鱼塘承包纠纷、农业产业结构调整、社队企业供销紧张等等。他深邃的历史感体现在对被"历史"所裹挟的"人"(主体)的状态的关注。

——《经济理性、个体能动与他者视野——高晓声笔下"新时期"农村"能人"的精神结构》

官僚化、城乡分化与主体的唯我化

——从高晓声笔下的干部形象看"新时期"的三重危机

对于高晓声这样的作家来说,"文学"并不是"为文学而文学"的"艺术"。更多时候,高晓声将自己当做时代的传声筒,将作品当做回应现实、反映现实和"干预现实"的中介物。如果无法摆脱在90年代之后形成的关于"纯文学"的"认识装置",就无法理解高晓声大部分作品的真正意义。这也是现在的文学史为何仅仅提到高晓声的《陈奂生上城》,而无法正面评价其他作品的真正原因。

除了农民之外,高晓声在作品中描绘了一系列的干部形象。如果批评家贪图方便,未将高晓声的作品当做整体来进行研究,很可能将农民"陈奂生"当做高晓声笔下人物的唯一代表。事实上,从刘清(《李顺大造屋》)、吴楚("陈奂生"系列)到刘场长(《大好人江坤大》)、刘山洪(《大山里的故事》)、崔大牛(《崔全成》)、刘长春(《我的两位邻居》)、许光(《聪明人》)、周谷平(《绳子》)、宗松生(《山中》)、恽成(《老友相会》)等,干部构成了作家笔下的另一条人物长廊。

在云谲波诡的七八十年代之交,高晓声笔下的干部可以划分为三种不同的类型。读者如果有心,从这三种干部的精神状态中,就能够嗅出一丝危机的意味。如果我们大胆推测,不妨认为高晓声以三种干部形象呼应了当时的社会问题。通过这三种干部所呈现出来的精神面貌和为周遭人们带来的诸多麻烦，反映了"新时期"所遭遇的三重危机。有鉴于此，这三种文学形象及其对应的理论问题，将成为文学研究者进入 80 年代历史的路标。

一、谋私型干部与官僚化问题

干部的官僚化问题，是高晓声多年来的胸中块垒①。因此，高晓声笔下的第一种干部是谋私型人物。这批干部的共同特点是：从"文革"到"新时期"在官僚制度中占据或高或低的位置，随着政策的变动而左右逢源，以权谋私、贪污腐化、剥夺底层利益等等。这样的彻底利己主义者编织成了一幅连贯漫长的历史长卷：50 年代，"说尽真理、做尽坏事"、以"改造小资产阶级个人主义"为名欺压演员妻子的剧团副团长刘志进（《不幸》）②；"文革"时期，靠哑巴社员尸体升官的公社第一书记（《尸功记》），阴谋骗取李顺大造房钱的革委会主任（《李顺大造屋》）；"批邓"时期，敲诈动物园未果、以珍奇动物向上级邀功的干部刘山洪（《大山里的故事》）；"农业学大寨"时期，围湖造田提升政绩不成、组织群众开挖"金库"的许光（《聪明人》）；"新时期"初期克扣

---

① 高晓声被划为右派就是因为当时轰动文坛的"探求者"事件。1957 年，高晓声、方之、陆文夫、陈椿年、叶至诚等人筹划同人刊物"探求者"，并在《雨花》上发表了发刊《启示》和《章程》。同年 6 月，高晓声发表了小说《不幸》。如果有心人深入解读"探求者"事件的动机以及高晓声所作的《不幸》，都可以从中看出反官僚主义的革命激情。这种激情的构成值得进一步研究，尤其是《不幸》与契诃夫小说的互文关系及改写，可以视为中国革命的平等主义与"五四"启蒙思潮的混合。
② 这篇小说发表于 1957 年。在这一年，高晓声不仅和方之、陆文夫、叶至诚、陈椿年等人发起"探求者"、个人起草了"探求者"发刊《启事》，还发表了探索小说《不幸》，因而同年被划为"右派"，下放原籍江苏武进农村。从这篇小说的主题和"探求者"反对行政机构办刊的宗旨，我们都可以读出浓重的反官僚化的意味。

农民工钱、骑在江坤大身上过泥地的刘场长(《大好人江坤大》);曾经独揽大权、在"包产到户"之后丧失威信与生存能力的生产队长崔大牛(《崔全成》)。官僚制度所赋予的权力使他们得以逃避体力劳动和直接生产,个人权力的扩张又使他们往往在分配制度中占有优势,革命激情的丧失使他们只关注个人的官僚位置以及物质享乐。我们不打算再多做说明①。

不仅高晓声,从王蒙、张洁到陆文夫,这批从 50 年代走来的作家都是如此。这样的共同焦点看似偶然,实际上与这批作家的革命/中国经验息息相关。

作为后发现代性的国家,中国始终面临着现代性追求与革命之间的紧张关系。现代性的必然后果之一,就是科层制所带来的官僚化;而革命的平等主义,又要从根本上铲除官僚化。但有些时候,作为官僚化的对立面的革命,却会反过来为官僚化提供条件。"在一个饱受政治分裂和贫穷之苦的国家里,国家的统一和经济的发展要求在政治上建立中央集权制,但中央集权的确立又进一步加强了那些本来就有利于官僚化的历史条件。而且,有产阶级即地主阶级和资产阶级的消灭(尽管这是社会的进步,是社会的需要)为强有力的独立的官僚机构的成长清除了最后的障碍。革命后的中国社会与其说是被社会各阶级之间的差别所分化,不如说是为更加突出的统治者与被统治者之间的差

---

① 这一类人物尽管随处可见,却并非高晓声的艺术独创。在整个"新时期",对贪腐干部的抨击成为"干部书写"的通行法则。问题在于,将官僚制度本身的问题归因于个别干部的道德品质败坏,是对这一制度真正问题的虚假批判和实际回避。这与"新时期"名为"反思"、实为终止思考"文革"的这一主流意识形态导向是一致的:"四人帮"就是一小撮篡党夺权的"野心家"的化身,而他们的基层代表就是这些谋私型干部。这样的"反贪"批判,既不需要更深刻的历史经验总结与理论探索,也不必冒任何意识形态上的风险,在艺术处理上更不必面临许多暧昧不明的命题。无论是出于"告别十七年"的目的或者"复制十七年"的目的,许多作家们心照不宣地会合了。

别所分化。"① 与黑格尔以来的西方社会思潮观念不同的是，马克思主义倾向于将国家和官僚机构看做人被异化了的"史前"和篡夺了人类社会权利并凌驾于社会之上的异化权力的反映。在迈斯纳的认识中，中国社会的官僚化问题之所以没有达到苏联的地步，源于两个主要原因。其一固然是毛泽东个人的巨大声望，使之始终能够以个人意志掣肘整个国家官僚体系，甚至能够越过官僚机构直接发动"文化大革命"这样自下而上的群众运动。另一个不可忽视的原因是中国革命的传统，将平等主义、群众路线等观念贯彻到人心之中，反过来限制了官僚主义在精神层面的土壤。1955—1960年间，这些限制官僚主义的因素逐渐发挥作用，甚至大跃进、农业集体化以及"双百运动"都对既得利益的官僚阶层构成了威胁。我们也就不难理解，为什么像高晓声这样的作家，始终带有反官僚主义的敏感和积极参与现实政治的主观能动性。

在文学上，建国初期"干预生活"的作品因应而生。如果不算1951年就遭到批判的《我们夫妇之间》，从1954年到1957年我们看到了大量这类作品：何迟的相声《买猴儿》、何求的独幕剧《新局长到来之前》，文学特写有刘宾雁的《在桥梁工地上》《本报内部消息》《本报内部消息（续篇）》、耿简《爬在旗杆上的人》，小说方面有孙谦的《奇异的离婚故事》、李凖的《灰色的帆篷》、刘绍棠的《田野落霞》、邓友梅的《在悬崖上》、张弦的《甲方代表》和王蒙的《组织部新来的年轻人》等等②。这样的文学激情，从1957年"反右"运动开始就受到多次的整顿与压制。

从现实层面看，出于种种国内和国际局势，官僚主义会以种种方

---

① 莫里斯·迈斯纳：《毛泽东的中国及后毛泽东的中国——人民共和国史》，杜蒲、李玉玲译，四川人民出版社，1990年，第331页。
② 关于"干预生活"的文学，董之林对其历史条件及重要篇目有较为详尽的分析。参见董之林：《热风时节——当代中国"十七年"小说史论（1949—1966）》（上），上海书店出版社，2008年，第106—122页。

式卷土重来。"革命"对社会秩序、经济生产、国防安全、个人日常生活的影响以及精神领域的震荡，使之很快让位于现代性的国家组织方式。迈斯纳指出，在大跃进之后，"由于面临着为了纯粹的生存而挣扎的境地，群众的情绪变得消沉并厌恶政治。……情绪低落以及对政治不感兴趣的人民群众是官僚主义始终兴盛的一个条件"①。大跃进后的精神状况实为"文革"后期中国社会的提前出现的镜像。工农业生产下降，粮食和物资供应紧张，交通运输和分配制度混乱，这样的时代气氛呼唤列宁主义的秩序、纪律与组织，这为当时官僚主义的复辟提供了温床，从而构成了毛泽东发动"文化大革命"的部分动机。中国学者汪晖将这样"革命-现代性（官僚化）"的矛盾进一步充实、表述为"政治化"（Politicization）和"去政治化"（De-politicization）的双重变奏②。进入70年代、尤其是"文革"结束之后，中国面临一系列复杂的社会问题，特权阶层卷土重来。从1979年开始，在这场以市场为导向的经济改革中，执政党调整工业比重，降低积累率，促进消费品工业，恢复城市工人的各种奖金制度与利润分成制度，改善了80年代初群众的生活水平。各种不平等现象也如影随形。"城市中最引人注目的现象是技术人员、管理人员、知识分子和职业官僚等精英集团的权力和特权的巩固，新政权显然是把这些集团作为实现四个现代化的主要力量和自己根本的社会基础。"③邓小平时代与苏联最相似的几个现象之一就是"实行有助于加强官僚技术特权阶层和强调追求功名和职业专长的社会政策"④。官僚特权阶层高速发展，成为整个80年代初文学所对应的现实问题之一。

---

① 莫里斯·迈斯纳:《毛泽东的中国及后毛泽东的中国——人民共和国史》，第332页。
② 汪晖在其论文中所提到的"去政治化"与"政治化"之间的辩证，其理论视野不仅限于迈斯纳所讨论的中国现代性进程与革命的矛盾，还涉及国际视野，尤其是跨国资本的运作。参见汪晖:《去政治化的政治、霸权的多重构成与60年代的消逝》，《去政治化的政治：短20世纪的终结与90年代》，生活·读书·新知三联书店，2008年，第1—57页。
③ 莫里斯·迈斯纳:《毛泽东的中国及后毛泽东的中国——人民共和国史》，第595页。
④ 同上书，第598页。

二、独白型干部：从官僚化到城乡分化问题

第二种干部形象可以概括为独白型人物：教条主义、作风独断、主观主义、对农民世界的情理缺乏充分认识，等等。这类干部也并非自私牟利，他们常常同时具备对社会主义实践和执政党政策路线的忠诚以及对农民一厢情愿的好意。在高晓声眼里，他们属于犯了错误的"好干部"。

《李顺大造屋》的刘清书记是第一个值得注意的独白型干部。这一位作风正派的党代表，在文本中非常隐蔽地分裂成前后两个形象。如果说，对于"文革"期间落难的刘清书记，李顺大与叙事者一同采取了同情的态度；那么，叙事者对"大跃进"时期的刘清书记，则持有一定程度的怨言——这非常隐蔽地延续了1956年整风运动触及的"官僚化"问题。在"大跃进"之后，刘清书记说服李顺大放弃退赔的话语，具有一种"自说自话"的独白色彩："区委书记刘清同志，一个作风正派、威信很高的领导人，特地跑来探望他，同他促膝谈心；说明他的东西，并不是哪个贪污掉的，也不是谁同他有仇故意搞光的。党和政府的出发点都是很好的，纯粹是为了加快实现社会主义建设，让大家早点过幸福生活。为了这个目的，国家和集体投入的财物比他李顺大投入的大了不知多少倍，因此，受到的损失也无法估计。现在，党和政府不管本身损失多大，还是决定对私人的损失进行退赔。除了共产党，谁会这样做？历史上从来没有过。只有共产党，才对我们农民这样关心。希望他理解党的困难，以国家集体利益为重，分担一些损失；经过这几年，党和政府也有了经验教训，以后发展起来就快了。只要国家和集体的经济一好转，个人的事情就好办了。你要造那三间屋，现在看起来困难重重，其实将来是容易煞的。不要失望。"选段中弥漫着不容置喙和无法辩驳的修辞力量，一气呵成，没有插嘴的余地。这段独

白是模仿干部刘清的语调来写的。之所以称之为"独白型"人物，是因为他在说话时并没有和农民的事理真正形成对话和辩论。农民李顺大的声音和意志并没有办法得到再现与承认。

高晓声很擅长以"不可靠叙述者"（unreliable narrator）与反讽来表达对独白型清官的批评。韦恩·布斯认为，叙述的不可靠性是指叙述者与隐含作者的规范之间的距离[①]，距离带来反讽（irony）。由于视角与认识能力的缺陷，独白型的人物叙述越是笃定、越是缺乏自觉意识，距离隐含作者的观念越远，小说反讽的程度也越大。人物刘清恰是最好的例子。

这一人物的独白性让人想起丁玲的小说《太阳照在桑干河上》。土改工作组组长文采同志的内心独白始终采取这种"伪对话"的形式："他也承认自己是缺乏经验的，但他也不承认他们的见解会比他高明。他们的微薄经验，有什么重大价值呢？没有总结过的经验，没有把经验提升为理论，那都是片面的，不足恃的。他承认他们比他会接近群众，一天到晚他们都不在家，可是这并不就等于承认他们正确。指导一个运动，是要善于引导群众思想，掌握群众情绪，满足群众要求，而并非成天同几个老百姓一道就可以了事的。毛主席完全了解中国人民，提出各种适时的办法，可是他就不可能成天和老百姓一起。所谓群众观点，要融会贯通地去了解，并非死死的去做。只有这些幼稚的人，拿起一知半解，当《圣经》看呢。但他还是原谅了他们。他觉得他们都只能是半知识分子和半工农分子，两者都有点，两者都不够，正因为两者都不够，就很难工作了。文采觉得自己还是要同情他们，在工作上也需要团结他们。这末想来，文采就比较坦然于对他们的让步了。"[②]"他

[①] W. C. Booth, *The Rhetoric of Fiction*, Chicago: University of Chicago Press, second edition, 1983, pp.158—159.
[②] 丁玲：《太阳照在桑干河上》，人民文学出版社，1956年第二版，2009年重印，第80页。

承认"的后面总是跟着"但他也不承认",文采表面上在承认群众的意见,事实上依然以自我和主观意志来消化对方、"原谅"对方。从技法上,高晓声与丁玲对人物内心世界封闭性的塑造,是异曲同工的。对独白型人物的讽刺,最精彩的一幕出现在第十八章,当自我陶醉的文采在对农民演讲时,他的独白型人格让农民忍无可忍,会场吵闹嘈杂不堪,甚至民兵队长张正国也假借查哨溜出会场。小说从文采身上彻底宕开,忽然插入一段极其空灵的景物描写。月下的村子、沥青色的天、树林里的薄烟、喀喀叫的毛驴……这段风景描写所激发的身体感受(affect)相当关键。深刻的讽刺,一定要诉诸感性。当读者伴随人物读到这种让人舒了一口气的景色,同人物一起感到心旷神怡——此刻,一种"心有戚戚焉"的妙悟发生了。读者反过来"体会"到了农民之前听报告时的气闷,也就从立场上加入了作者对文采的讽刺。

丁玲抨击的是 40 年代土改中的一种从教条出发的、虚假的"群众路线"。即使在丁玲的小说结尾,文采同志始终没有真正地"同群众结合",他还在自我改造的半路上:"他坐在评地委员会,听着他们的争论,他从原则上可以发表意见,却不能解决具体问题。……他觉得群众不易接近,他常常就不知道该和他们说些什么话。……当然文采还是很轻松,有他的主观,还会装腔作势,但他的确已在逐渐修改自己,可以和人相处了。"①40 年代末,在丁玲看来,地方干部与群众之间还存在着裂缝。到了 50 年代末,这条裂缝并没有从高晓声笔下消失——高晓声意在指出列宁主义国家机器对中共所一贯宣传的"群众路线"的偏离。独断独行的主观主义和教条主义往往以乐观主义和乌托邦主义的面目出现:"你要造那三间屋,现在看起来困难重重,其实将来是容易煞的。"这种盲目乐观和居高临下的作风,使"大跃进"时期的刘清站在了叙事者的对立面。唯有刘清"文革"时期"落难"了,他的形

---

① 丁玲:《太阳照在桑干河上》,人民文学出版社,1956 年第二版,2009 年重印,第 236 页。

象才越发正面化,而李顺大(农民)和刘清(干部)才做到了"结合":"有一次,他在邻村换糖唱歌,偶然碰到了在那里劳改的走资派——老区委书记刘清,悲喜交集,久久不忍离开。最后刘清央求他再唱一遍希奇歌,他毫不犹豫地唱起来,那悲惨、沉重、愤怒的声音使空气也颤抖,两个人都流下了眼泪。"①刘清的形象分裂到此结束。

我们需要重新评价《陈奂生上城》里县委书记吴楚的形象——他是另一个潜在的独白型干部。吴楚急人之难、拔刀相助,让车站中病倒的陈奂生住上了招待所。这一举动决定了陈奂生此后的命运。吴楚在营救陈奂生的过程中,当然是"独白型"的:"又听书记说:'还有13分钟了,先送我上车站,再送他上招待所,给他一个单独房间,就说是我的朋友……'"吴楚将陈奂生安排到招待所单间并在结账之前离开,这是整篇小说的喜剧动机。吴楚何以未替陈奂生付钱,这一点在《陈奂生上城》中始终未明(根据后来的《转业》,他显然是"疏忽"了)。一方面,从小说结构看,陈奂生必须自己付钱,这"5元钱"所携带的喜剧能量和对小农心理的批判意识才能够借助情节来展开。从另一方面看,为何一次"疏忽",就能造成这么大的后果?除了干部的特权的巨大力量之外,吴楚的"疏忽"同时透射出掣肘机制匮乏所造成的"专断"。

恰恰在吴楚身上,我们看到高晓声对自己所向往的"清官政治"的颠覆——当然,这种颠覆只发生在文本的无意识层面。"清官"仅仅是道德意义上的"好人",他依然存在犯错误的可能性。他的心是"好"的,却很可能"疏忽大意"。越强调官僚干部的个人修养,越说明组织机构的结构匮乏。在《上城》里,高晓声为了吴楚的"好心"提供了几乎过分充足的说明:他曾在陈奂生的生产队蹲点、"这吴楚原是和农民

---

① 某种程度上,"文革"的"清官落难"叙事套路成为弥合这条裂缝的不得已的选择——这也反映了作家当时在文学能力与历史理解方面所遭遇的普遍困境。

玩惯了的"、他要乘夜车到省里开会、"吴书记做了官不曾忘记老百姓"、吴楚着急赶夜车("还有13分钟了")。尽管如此,作家对于吴楚的"疏忽"(和特权)还是耿耿于怀,觉得对这一人物的正面性需要进一步加强。在接下来的《转业》中,作者设计了一批反面的官僚形象。那些寄生在吴楚身边的职业官僚,对农民心理和农村经验完全陌生,在最好的情况下是官僚主义者和主观主义者,在最坏的情况下则是丧失了社会主义理想、谄上压下的权贵阶级。与此相对,吴楚本人虽雇有保姆,却只是他乡下的亲戚,雇佣关系被农村互助传统所冲淡;吴楚概不收礼,却只接受陈奂生以乡情交换为说法的土特产;吴楚作为城市职业官僚,却怀有小农式的田园理想,甚至在家也整治了一块菜畦……通过有意设计这些人物和情节,吴楚对农村经验的熟悉、对农民情理的尊重、对劳动及其伦理的体认,才能够建构起来。这样过分周到的叙述与近乎喋喋不休的辩护,反过来又透射出作者怎样的担忧?一名干部需要具备怎样完美的个人道德,才能不滑落到谋私型和独白型的境地?可是,农村世界以及民间形态所提供的个人道德范本,并不是官僚化的解药。尽管吴楚的"专断"和"特权"被压抑到了暗处,但作者对"清官政治"的无意识怀疑总是浮出水面。在这一由于"疏忽"诱发的喜剧背后,除了陈奂生所携带的国民性批判,还隐藏着一种更深刻的对清官身上的"结构性官僚主义"的批判。

如果说刘清和吴楚作为高晓声对理想干部的想象、只在某些角落或片段出现独白型的色彩或趋势;那么在《柳塘镇猪市》(1979)、《极其简单的故事》(1980)、《极其麻烦的故事》(1984)之中,这种独白型的清官渐趋大观,甚至形象越发负面。把人民当猪养的养猪能手、"文革"中的走资派、官复原职的公社书记张炳生(《柳塘镇猪市》);利用"文革"闯将陈宝宝推广和阻挠沼气化、对国家政策搞"小动作"的土改老干部周炳焕(《极其简单的故事》);农村能人江开良筹办"农民旅游公司"时面对的所有干部,尤其是始终与"能人"路线对抗、始终清廉节俭却被时代远远甩掉的副部长刘安（《极其麻烦的故事》）：这些独白型的清官在"新时期"的"历史"面前，无法担当好领路人的角色，往往成为"经济改革"和农村发展的敌人。1980 年，在创作谈《船艄梦（代前言）》里，作家摆渡者遇到的关云长"曾经是红脸""不要脸""向后看"，说的就是这种独白型的干部唱红脸、官僚主义作风、观念保守以及对"新时期"改革的阻碍。清官为什么变成了农民的敌人？

清官的"独白性"最终关联到一个中国特色的结构性难题——城乡分化。清廉的干部服从于现代性的要求、代表国家进行对地方的组织和控制，那么在城市 vs. 乡村、工业积累 vs. 农民生活、国家 vs. 地方的一组组对偶之中，干部立场总是倾向于前者。那么，在干部与农民群众的对话中，无论如何权衡城乡矛盾，他们都不可能真正满足后者的要求。

在《转业》中，吴楚对采购员陈奂生的帮助是以"犯错误"为前提的。相对于身边的腐化干部，吴楚自己才是铁面无私的现代性官僚体制的化身。陈奂生最终还是"走了后门"，他依靠中国农村"互助"传统"腐蚀"了铁面无私的官僚体制，让吴楚为自己批了材料。之后，在陈正清的提醒下，他羞惭不已。显然，这种干部对农民、对乡村经济的个人支持所遭遇的最大困难在于：这种个人帮助行为与国家"现代化"的整体战略背道而驰。我们不需要更多的证据来读出这一结尾的反讽意味。夸张（exaggeration）与多余（excessiveness）往往是反讽的标志。高晓声要问的是：陈奂生真的需要如此责怪自己吗？为什么"清官"恰恰不可能按照正常渠道帮助农村发展？从"十七年"开始到"新时期"所蕴含的城乡关系预设了怎样的不可逾越的权力等级？80 年代城市现代化与"部分人先富起来"的发展路线又是怎样重新以牺牲农村利益为前提的？现代化生产出了哪一种具有政治正当性的"官僚"——怎么理解那些帮助农民致富的"贪官"？这些都是我们要继续思考的问题。

三、偷生型干部：孤独的主体

第三种干部是偷生型的干部。新时期以来，出现了两种老干部的形象。第一种为"拨乱反正"之后、正面的"归来者"形象，如王蒙的《蝴蝶》、高晓声的《老友相会》。第二种却为负面的、丧失了革命激情的、斤斤计较个人得失、贪生怕死者的极端保守形象。这一批胆小、猥琐、市侩气十足的个人主义者恰恰是新时期的反官僚化作品着重批判的对象。单以"老干部怕死"为主题的讽刺小说，值得一提的就有陆文夫的《圈套》，谌容的《减去十岁》，冯骥才的《37℃正常》，以及高晓声的《我的两位邻居》《山中》等。如果不能以"新时期历史条件下的官僚化"为认识前提，我们就无法理解"怕死的老干部"与现实经验的关联，也就无法定位这批作品的文学价值。

《我的两位邻居》描述了"我"的两位邻居老干部方铁正和刘长春在"文革"结束之后回归岗位的不同表现。方铁正重返工作之后争分夺秒、浑然忘我，只希望还能"再活五年"。他不顾肺心病，也不计较官复党委原职，每天都在窗前批改学生作业，甚至熬夜帮助邻居老刘起草递交组织的报告、辅导老刘即将考大学的子女、接待文学爱好者等等。老刘则惜命如金。他有计划地进行持久的体育锻炼、定时作息，并四处搜罗补品，还不断向"我"和老方灌输他的保命理念；更有甚者，他十分计较官位得失，不官复"一把手"之前拒绝上班。在他与老方的辩论之中，他一方面明示老方不必玩命工作，一方面又因为自己的事情让老方熬夜写申诉书；一方面嘲笑知识分子"没有当过头头"，不懂得"一把手"的好处，一方面又号称自己拒绝上班、锻炼身体是"为了将来更好地为人民服务"。这些不断自相矛盾的话语终于让圆滑的老刘露出了真面目。三位老邻居都对"文革"之后搞运动似的"追悼会"风气不满，都认识到了开"追悼会"恰恰是以感伤的情绪掩盖真实的历史错误,以"追悼"的形式取代"追究"的行动——"追悼会"对"文革"中存在的暴力的掩盖。然而,恰恰是在老方死讯发布时,老刘"忽然像女人一样大声地哭起来",要把儿子和女儿都叫回来参加老刘的追悼会。"追悼会"变成负罪者的标记。当然,在"追悼会"之后,作者发现,老刘又满面红光地、大汗淋漓地开始了他的锻炼。

有意思的地方在于,小说不断在"人情"与"革命"这似乎互不相容的两极之间摇摆。小说的反讽并不稳定,或许体现了小说家内心的犹豫。

一方面,我们看到"我"对老刘的作风越发厌恶,以至于最后一个自然段已经无法再以谐谑的口吻叙述事件,而直接跳出来发出议论。(如"我心头蓦地涌起一股非常厌恶的情绪……我愤怒,我憎恶,我顿时背叛了我一贯称羡的东西,我诅咒这种锻炼!……我竟辨不清什么叫生,什么叫死,不知道我的两位邻居,活在世上的究竟是老刘还是老方。我强制自己不再想下去,以免真的发起疯来。")另一方面,"我"又始终对老方怀有懊悔之情,比如并未及时注意他的健康状况等等。再回到开头,"我"采用了一大段关于邻里之情的叙述,为自己马上要进行的反官僚主义话语"打圆场"——这种叙事立场与情绪的反差,使小说格外意味深长。首先,我们发现反讽将批判的矛头指向了故事内的叙事者"我"——作为一个看客,"我"与老刘之间并无太大的距离("如果我今天对你的称赞,比老方逊色,便觉得不乐;那么我郑重保证,只要我能死在你后头,我一定有机会象称赞老方一样称赞你的。如果倒过来,要劳驾你参加追悼我的会,那也幸甚,像我上面说的那样,你也只会叨念我的好处了。我充分理解我们都能够顾全大局,所以我毫无后顾之忧。");其次,作为倒叙,小说开头在时间顺序上应该发生在结尾之后,那么结尾处那种义愤填膺式的议论何以最终退化为一种平心静气、含蓄的"提意见"?("落笔写我的两个邻居,很觉得为难","所以,我历来主张,同邻居应该和睦友好"。)一种革命激情的重燃，为何在文本的旅行当中蜕变为对"人情"的妥协与纵容？可是，"我"终究决定将这样的故事记述下来，以自己的行动（尽管是非常有限的行动）对新的官僚化现象作斗争。高晓声看到了这种"养生"背后的危险性，只是对于批评尺度举棋不定。

老干部普遍重视保养与锻炼，实际涉及个人主义复苏的时代命题。出于晚发现代性国家的历史实际，中国革命一贯强调"国家"观念，往往以鼓励个人"牺牲""奉献"甚至"解放"的形式，将个人组织到现代性国家之中①。四五十年代以来的文学作品都从不同视角强调了"为大家弃小家"的利益取舍，比如《创业史》《暴风骤雨》《山乡巨变》《红岩》《艳阳天》等等。个人主义不仅是"中国"革命的敌人，而且是"无产阶级"革命的阻碍——尤其是其背后的资产阶级私有财产观念。从20年代开始，毛泽东的一系列重要文章都谈到了个人主义的危害，例如《关于纠正党内的错误思想》（1929年12月）、《反对自由主义》（1937年9月7日）、《青年运动的方向》（1939年5月4日）、《纪念白求恩》（1939年12月21日）、《整顿党的作风》（1942年2月1日）、《为人民服务》（1944年9月8日）、《反对党内的资产阶级思想》（1953年8月12日）、《一九五七年夏季的形势》（1957年7月）、《做革命的促进派》（1957年10月9日）②之中，宗派主义、主观主义、官

---

① 李杨指出，集体对个人的生产与征用是从五四时期就开始的："正是由于晚清'国家'的发现，才造成了'五四'进一步的'个人的发现'，因为国家建设的需要产生了个人建设的需要。'五四'将'个人'从传统的家族结构中解放出来，目的是为了使人以具有普遍性的个体和作为同质性的个体去参与民族国家的构成，其结果，个人不再是作为一个家庭的基本成员，而是作为社会和国家的基本单位而存在。也就是说，'现代'在解放了'个人'的同时，实际上已迂回前进的方式极大地加强了对于个人的控制。"国家以解放个人为名义，实际上将个人组织到了现代的国家之中，完成对个人的直接控制和管理。参见李杨：《50—70年代中国文学经典再解读》，山东教育出版社，2006年，第188—189页。
② 参见毛泽东：《毛泽东选集》第五卷，人民出版社，1977年。

僚主义等都与个人主义发生互动与关联。针对"个人主义",我们需要以"锻炼"为名的思想改造工作。无论实际效果如何,其意图是以"锻炼"去除主体身上的小资产阶级个人主义(包括私有财产观念)。在赵树理的讽刺短篇《锻炼锻炼》、萧也牧的长篇《锻炼》中,可见这一思想改造的过程的复杂化和历史化。"锻炼",与其说是以个人健康为目的的个人身体活动;毋宁说是以理论联系实际的实际行动提升精神境界的社会实践,更接近于集体主义引导下的精神修行。

"锻炼"主题在"新时期"逆转了。干部老刘的"锻炼"仅仅是一种个人主义意义上的"锻炼",是为了个人获取利益、享受特权服务的目的而进行的。这种身体锻炼不再具有精神提升的面向,而仅仅具有维持生命本能和延续享乐的功能。但这种完全匍匐在肉体欲望之下的个人,并不就是真正的个人。恰如旷新年指出的,50—70年代的"当代文学"对于"日常生活"的焦虑并不是对于"日常生活"的简单拒绝,而是对中产阶级欲望与价值的拒绝和批判;而日后"个人化"写作对"个人"欲望的强调,很可能以资本主义个人取代了全部的个人,因而抹杀、压抑了作为个人、生活的诸多可能性①。作家不会看不到这一点。因此,在小说的最后,"我"诅咒这种"锻炼"。"我竟辨不清什么是生,什么是死",结尾如此急迫地想要召唤出毛泽东《为人民服务》中"生与死"的辩证法,1980年的高晓声忧心忡忡。

问题是,经历了从50—70年代充满挫折和苦难的中国社会主义实践,作家又在归来后的文学实践中逐渐认可"偷生保命"作为"人之常情"的一面。故而,我们就很难确定这篇小说以现在的口吻开启回忆时对邻里之情的娓娓道来,究竟是一种对老刘这样的偷生干部的更深刻讽刺,或者是对这种现象无奈的退让;这种温和与商量的口气,究竟

---

① 参见旷新年:《告别伤痕文学》,《写在当代文学边上》,上海教育出版社,2005年,第170—171页。

只是形式上"破题",或者已然代表了作家的结论?不仅是作家,从研究者的角度也很难对这种"偷生"干部下定论。

我们不妨比较一下陆文夫的《圈套》①和谌容的《减去十岁》。相对于高晓声的莫衷一是,陆文夫和谌容的作品分别朝着两个相反的方向走得更远。

陆文夫对偷生型干部的辛辣讽刺,到了令人拍案叫绝的地步。开篇,偷生的问题就以很明确方式提出了:"一切问题都解决了,却出现了一个无法解决的问题——要死!"死的威胁出现在主人公的视野里,是伴随物质享乐而出现的,"前几年,赵德田还没有想到这个问题。那时候他虽然也已年过半百,却没有想到死的可怕,只是觉得生的可悲:职位没有恢复,房子被人侵占,子女没有上调;还有,老伴不幸去世,总要续个弦什么的……"官复原职之后的主人公,房子、子女和续弦的问题相继解决,"几经挑拣""几经考虑"搬进了小楼、娶了年轻的媳妇施小梅。他"心满意足了,想不到还有今天,再不好好地受用,那就自己对不起自己"!只有到了这个时候,"死"所代表的一切享乐的终结,才笼罩在他的头顶。陆文夫设计了一个喜剧的动机,意外的"吐血"事件。这一事件彻底打破了赵德田追求"快感"的生活,逼得他不断到医院挨个科室检查身体,从心肺到口腔科和五官科。他吐的一小口血,既可能是消化道出血也可能是牙龈流血,因此诊断不出吐血原因。赵德田认定自己得了癌症。于是他独上高楼,进入了"独自莫凭栏"式的凄惨自怨:"这天早晨起来,赵德田浑身无力,倚在红漆栏杆上,看着秋雨梧桐,心里十分凄戚。偶尔看见一片梧桐叶,经不起风雨的吹打,悄悄离开了母枝,飘飘荡荡,无声无息地躺在浇花井的石栏圈旁。赵德田觉得自己也和这桐叶一样,将来不知道躺在什么地方,悄悄地化作泥浆!这安静的庭院,这三间楼房就会另换主人,

---

① 陆文夫:《小巷人物志》第一集(小说集),中国文艺联合出版公司,1984年。

肯定是个年轻的后生,就站在他的位置上和施小梅远眺青山,喜笑盈盈⋯⋯"莫怪主人公庸人自扰,喜剧常常围绕自扰的庸人。老干部赵德田畏惧的不是死亡本身,而是由于肉身衰朽而带来的快感的消逝:楼房易主、鸠占鹊巢(年轻后生与自己的新太太"远眺青山、喜笑盈盈")等等。

陆文夫在小说中暗藏了一个关于"卫生"的辩证法。赵德田希望"卫护"自己的生命,每天都试图从自己的痰迹之中找到血丝以便观察病情。而无忧无虑的新太太施小梅尽管觉得痰盂"不卫生",最终只得选一个花哨漂亮的大花痰盂送给丈夫作为礼物。用来"卫生"的东西,究竟卫不卫生,或者,在何种意义上又是"不卫生的"?小说的喜剧性除了来自赵德田的自怨自艾、自怜自伤,主要就归功于这个中途出场的道具——痰盂。一个喜剧性的突转:施小梅竟阴差阳错将铁皮痰盂套在了丈夫头上。痰盂一旦套上就取不下来。赵德田只得肩膀上顶着痰盂、遮遮掩掩,去医院寻求帮助。医院诸多科室早已熟知这个怕死的赵德田,那个痰盂遮面的身影一路躲闪,当然也一路引爆笑声。为什么这个让赵德田出洋相的道具不能是别的,必须是"痰盂"?陆文夫的匠心就在这里:痰盂是"卫生"的,却是最"肮脏";最卫护生命的,却最让生命失去意义。这难道不是赵德田的"卫生"(偷生)思想吗?这一文本与契诃夫《套中人》在技术上的联系,或许还值得更进一步研究。但已经显而易见的是,与契诃夫一样,小说家将主人公脑中看不见的观念搬到了脑袋外面,让它以痰盂的滑稽形象现身。

相比陆文夫而言,谌容《减去十岁》对于个人主义的认同更多,而讽刺的含量更少。《减去十岁》同样是一篇充满复义(ambiguity)的文本。由于"文革"十年耽误了大家的青春,故而"中国年龄研究会"发布文件,规定每个人的年龄减去十岁。小道消息传来,人心耸动。理想/欲望重新被点燃:六十四岁的官僚干部、三十九岁的科研工作者、三十九岁的半老徐娘、二十九岁的未婚大龄女青年对个人的生活可能性浮想联翩；官僚想重掌权柄、知识分子要出人头地、小市民重新安排婚姻、老姑娘则重回校园。文本荒诞的逻辑随着欲望的疯狂燃烧而濒临崩溃。狂欢的人群聚合成庆祝游行的队伍，骚乱就此发生——早已离休多年的老干部们要分一杯羹，十八九岁的青工和幼儿园的娃娃则大力反对。不知读者能否从这种近乎丧失理智的欢乐与混乱当中嗅出不对劲的苗头。莫衷一是之下，只有"按文件办事"。小道消息又何来文件？好容易抓住最后一根稻草的老干部季文耀"冷静下来"，呵斥请示解散队伍的办公室主任："为什么要解散？先找文件！"谌容替"文革"之后各阶层的情感与心态留下了模棱两可的影像。一方面，对逝去青春的缅怀、对历史代价的补偿是这种疯狂的正当借口；另一方面，这种欢乐中的疯狂很难说不是"文革"的后遗症。换一个角度，这些小市民与官僚主义者的欲望遭到了无情的嘲弄；可是，作者又偏偏对科研工作者与渴望重返校园的大龄女青年网开一面，甚至刻意将老姑娘林素芬放在最后叙述，以同情而非反讽的语调贴着人物的心理，呈现她因"减去十岁"产生的希望与憧憬、苦闷与彷徨。固然偷生型干部（如季文耀）的个人主义受到了嘲弄，被耽误了青春的知青一代（老姑娘林素芬）则受到了肯定。作者对于个人欲望的态度相对缓和了。

除了涉及对世俗化个人欲望的暧昧书写，高晓声笔下的"偷生型"干部还涉及第二个问题——即"新时期"唯我论式[①]的孤独主体。

[①] 技术上，我借用了形而上学的术语来描绘这种主体。哲学中的唯我论（Solipsism）是一种形而上学理论，主张只有我和我的经验存在。唯我论者断言，每一种关于存在什么和我知道什么的主张都是基于经验的，不能超越经验，但经验对我而言是直接和私有的，因此在我和我的经验之外别无他物。世界即我的表象。唯我论与英国经验主义（如洛克）的"知觉为知识来源"的论述密切相关，同时也与笛卡尔的"我思故我在"相关。维特根斯坦在《逻辑哲学论》中认为，既然语言界限意味着我的世界的界限，那么唯我论也有正确的东西，尽管它无法用事实语言表达出来。参见尼古拉斯·布宁、余纪元编著：《西方哲学英汉对照辞典》，人民出版社，2001年，第940—941页。

> 一九八〇年前后,有许多人对党的政策,对今后怎么办,对前途都缺乏信心,使我很有感触。当时听到一句话,就触发我写了一篇小说《山中》。我有个朋友到了××山,走在一条又窄又陡挺危险的山路上时,突然想到,如果碰到歹徒推我下去是很容易的。……这个人走在那条路上为什么有这样一种思想?这种思想代表了我们现在好多人的思想:总有一种危险感。①

尽管根据高晓声自己的说法,这篇小说主题是对害怕"速度"、习惯"向后看"的保守思想的批判。然而,恰恰在文本里,主人公贪生怕死的观念却更多来源于对外部世界的不信任。谁都明白,"登山"的恐惧不是对速度的恐惧、对未来的恐惧,而是对环境的恐惧。套用新批评的看法,若以作家一面之词曲解文本,就是"意图谬误";实际上,文学形式早已颠覆了作家意图。而正是在这种时代的开放空间恐惧症中,这种对环境的、对他人的不信任感,构成了所谓的唯我论主体(solipsist subject)。

一方面,宗松生害怕自然环境:

> 心中不住想着这锦绣山河,也要有胆量才能欣赏,早知如此,就该以看画片为满足。看来这次出游,是第一次也应是最后一次了。想着这些,又不免时时抬头看看。究竟也算来了一趟,到了不看,也太亏待了自己。但那眼色,恰如姑娘初会情人,一瞥便又低头看脚了。

另一方面,他却与陌生的来人彼此恐惧和提防:

---

① 高晓声:《生活·思考·创作》,上海文艺出版社,1986年,第64页。

"我的老天,他是谁?"

"同志吗?歹徒吗?"

"看上去那人并不异样,象个游客。但能光看外表就信任一个人吗?哪个坏人脸上写了字的!"

"现在又没得审查他的条件。"

"那就大喝一声吧,叫他靠边站,让开路,我好上去!"

"他会听你的吗?就算能听吧,他靠哪一边站呢?崖边还是渊边?不管哪一边,靠近了你照样可以动手!"

"为什么不在这儿设一个岗哨,站一个警察!"

当宗松生的紧张被来人觉察时,两人陷入警觉和僵持,在狭窄的地带开始了紧张的对峙。"祸不单行",山道上又下来一个魁梧大汉,影影绰绰仿佛握着手枪,宗松生吓得几乎晕去。

高晓声将他对人物限知内视角的特长运用到老干部身上时,首先故意放大了人物对外部世界的无知与恐惧,尤其是关于"死亡"的妄念;其次限制了全知视角的出场和对真相的揭露,刻意隐藏所有关于陌生人的信息,以保持故事悬念;在这两者基础上,刻意强调了人物对可能危险的猜测、遐想与自以为是的解决方案——通过反复自我辩驳来展现多疑人格。这基本上就是《山中》的技巧。

迈斯纳始终将毛泽东的中国革命实践的唯意志论[①]维度视为一个

[①] 在哲学层面,"意志"(Volition)指在身体运动之前的意愿活动,有时与选择、决定和偏爱通用。意志被认为是意向活动或自愿活动与纯粹的行为之间的区分的基础。在此基础上我们推断许多活动是主动的、意愿的或由意志引起的。在一般意义上,"唯意志论"(Voluntarism)则指将意志视为世界本源的倾向。它认为意志是一切本质秩序和道德规则的根源。有意义的都是被意欲的。意志高于理智(intellect),理智则要服从意志。这与十四五世纪中世纪非理性主义以及19世纪末期哲学思潮息息相关,可分为形而上学意志论、伦理意志论、神学意志论等。参见尼古拉斯·布宁、余纪元编著:《西方哲学英汉对照辞典》,人民出版社,2001年,第1062—1063页。著名的意志论者,(转下页)

双刃剑：乌托邦主义、理想主义与唯意志论是息息相关的；一种人定胜天、"人有多大胆、地有多大产"的豪情。而我们目前所讨论的唯我论是另一种独断论，或者说，那是一种极其严重的独断式的怀疑的唯我论（dogmatism-skepticism-solipsism）。可是，这种"唯我独尊"的唯意志论与"唯我存在"的唯我论，究竟有多远的距离？尤其是当唯意志论受到挫伤，"主体退避到一个无广延的一个点"（维特根斯坦）、开始怀疑一切表象的真实性，并独断地为表象赋予意义时，主体就滑动到了这样孤独和僭妄的唯我论位置。

文学的孤独主体和作为思想史的80年代是紧密联系的。如果我们更有理论想象力的话，孤独主体呼应了"人生的路为什么越走越窄"（潘晓事件）的社会思潮。从而，对高晓声笔下孤独主体的描绘，将可以关联起一副更为广大而复杂的社会思想图谱。

四、小结

如果说，在三种官僚干部的书写当中，高晓声还在延续着十七年以来"反官僚化"的主题；那么，恰恰在后两种干部身上，高晓声的写作在困境中依然呈现了突破性的思考。这些暧昧与困境，作家有意无意地勾画出了当下的两个内在危机：其一、贯穿整个中国"反现代的

（接上页）就有叔本华和尼采。比如，叔本华在《作为意志与表象的世界》第一卷第22小节写到："一切表象，不管是哪一类，一切客体，都是现象性的存在。唯有意志是自在之物（thing-in-itself）。作为意志，它就决不是表象，而是在种类上不同于表象的。它是所有的表象、对象、现象、可见性和客体化的根源。它是每一个别之物和整全的最内在的内核。"Arthur Schopenhuaer, *The World as Will and Idea*, Translated by R.B. Haldane and J. Kemp, London: Kegan Paul Trench Trubner And Company, 1909, Volume 1, pp.142－143.

现代性"与"现代化—工业化"之间的内在矛盾,即城市与乡村的政治、经济差别问题;其二、社会主义实践遭遇挫折之后,主体的迅速孤独化和唯我论化问题。正是通过这样的文学书写,高晓声在被时代所忽略的角落,继续保持了一名"探求者"对现实敏锐的洞察和艰难的应对。

经济理性、个体能动与他者视野
——高晓声笔下"新时期"农村"能人"的精神结构

高晓声是一名具有历史感的作家。当然,作家的问题意识并不是反映论意义上对历史事件的记录:例如农民生活燃料供应困难、鱼塘承包纠纷、农业产业结构调整、社队企业供销紧张等等。他深邃的历史感体现在对被"历史"所裹挟的"人"(主体)的状态的关注。比如,除了对陈奂生这类劳动力强、勤奋诚恳的农民在"新时期"的持续跟踪外,还包括经历"文革"的干部如何重新恢复活力与信心的期待,也包括对挫折后的知识分子如何对世界和他者恢复连带感的思考,更包括对于"文革"之前一代革命主体"随波逐流""无主心骨"状态的片段呈现。

在高晓声笔下众多"人"的状态中,其有活力的部分往往存在于一批农村主体身上。我们从1979年直到1985年度结集的短篇小说[①]当中能够观察到:这批活力主体始终在困局中捕捉政策与形势,不断调整自身与他人的关系,试图为自己包括乡村共同体争取更大的伸展空间。作为高晓声小说基础研究的一部分,本文有意将这类"新时期"农村主体命名为"能人",通过修辞学分析与社会史解读,重新描述高晓声笔下农村"能人"的精神结构,探视作家对"新时期"历史脉动的理解与呼应。

---

① 1985年的小说集直到1988年才出版,改名为《觅》。

一、"劳动贬值"为背景:"旧人 vs. 能人"的镜像结构

社会主义话语内部"劳动"话语的悖论,是始自50年代的历史脉络。一方面,在"革命"的叙事中,如蔡翔所强调的,"劳动"使农民获得了尊严①——比如《艳阳天》里马老四拒绝政府救济粮的例子。但是,这种尊严并不体现为具体的生产和分配制度的自主权,具有脆弱性与空洞性。具体说来,在50—70年代"现代化"的线索中,农业劳动不断再生产农民及其主体,并限制了他们离开农村的可能。必须看到,"十七年"以来由国家主导的工农业"剪刀差"、统购统销等一系列制度,在分配中造成了"劳动"及其尊严的内在损耗;国家一体化对农业生产的指导、控制与劳动纪律等等,也从生产上对"劳动者"的主体构成威胁。

如果说,作为社会主义话语重要组成部分的"劳动"话语,从50—70年代开始就因为"现代化"所内含的"科层制""三大差别"等而充满危机,那么"新时期"以来"劳动的贬值"可以视为这一危机爆发的表现。以"陈奂生"系列为例,高晓声从《"漏斗户"主》到《出国》,不断埋伏着对"劳动"既排斥又眷恋的态度。《"漏斗户"主》描绘了1978年按1971年"三定政策"落实粮食分配的后果:"劳动"重获价值。然而,到了《陈奂生上城》,陈奂生在1979年依靠"劳动"获得的尊严,令人瞠目地贬值了,而这样的背景恰恰是小说喜剧性的来源。在城乡二元结构中,陈奂生所住的招待所"五元钱一夜","困一夜做七天还要倒贴一角,……几乎一个钟头要做一天工,贵死人"!《转业》中陈奂生客串一回供销员。篇末,供销员的600元奖金令"劳动"的危机充分暴露出来:"为什么出力流汗拖板车却没有报酬?为什

---

① 蔡翔:《革命/叙述:中国社会主义文学——文化想象(1949—1976)》,北京大学出版社,2010年,第222—272页。

么不出力气却赚大钱?"当然,"劳动"还没有彻底失去往日的荣光:正是因为把吴楚家的荒园整治成了菜畦,陈奂生才要到了社队企业所需的工业原料。高晓声以喜剧的方式证明:"工业"真的是建立在"农业"基础上。但这已是"劳动"最后一次的绝地反击。其后的《包产》《战术》《种田大户》当中,对"劳动"的眷恋与其说是一种自愿选择,不如说是一种堂吉诃德式的滑稽之举。到了《出国》里,陈奂生式的农业劳动价值观遭遇了毁灭性打击。美国人的度假生活与广阔的自然风景,使陈奂生发现"劳动"本不必成为生活的中心。他自作主张将艾教授的草坪改成菜畦的举动,是体力劳动挽回尊严的堂吉诃德式的尝试——美国人这次终于没有领情。如果说,此前《转业》"把荒园改成菜畦"象征了农业劳动在现代化面前喜剧性的自我救赎,那么《出国》中"菜畦再改回草坪"则预示了劳动愈发惨淡的命运。

在"劳动的贬值"背景下,高晓声仍然创造了一系列 80 年代农村改革当中的活跃主体。如果将陈奂生和这批"能人"相互映照,研究者将惊人地发现,陈奂生正是"能人"的喜剧性镜像。"农民进城"的故事,可以翻译为"旧人到了新时期"的故事。作为时代的"旧人",陈奂生始终不断与外界给予他的期许发生错位,只能在"新时期"里一惊一乍地"历险",而不能真正主宰"新时期"的历史。相比于陈奂生唯一的追求——农业劳动,"能人"们试图在"劳动贬值"的总体历史中,找到个体和集体无论是精神或物质方面的更大的空间。

二、"做蒲包"还是"进工厂"——《水东流》中的经济理性

"能人"必须是精于算计的。陈奂生这样的"投煞青鱼"——善于冲刺、凶悍而没头没脑的青鱼——是无法成为"能人"的。陈奂生拥有坚韧的秉性和超人的劳动技能,却偏偏不擅长算计。

"算计"的内涵并不简单。"能人"必须至少具备成为"尖钻货"（苏南方言）的素质，"尖钻货"却未必能够成为"新时期"的新一代"能人"。在50—70年代社会主义文学中，这类"尖钻货"在农业集体化背景下，往往以梁生宝式"社会主义新人"的对立面出现。他们自私自利、勤俭节约、贪小便宜、锱铢必较。小农意识说的就是他们，"自给自足"——生产缺乏长远计划、拒绝集体协作、拒绝复杂的市场交换。"算账"这一细节，早在40、50年代农村题材小说中就处于重要位置。从《李有才板话》《福贵》《地板》到《李家庄的变迁》，算账的对象是地主，算的是"剥削账"，"算账"作为"诉苦"的内在组成，构成生产左翼主体的情节装置。当时的各种运动——减租、减息、土改——都以算账为基础展开，唯有如此，这些运动和政策才能为农民所理解。50年代以后，"算账"暴露出内在的多种可能性。首先，抵制互助合作运动的个体农民，需要工作队来帮他"算账"①。算账成为说明历次互助合作运动的优越性的重要方式②。其次，"算细账"是合作化时期反面人物的特长，比如柳青《创业史》中的郭振山、赵树理《老定额》中的"落窝鸡"和《锻炼锻炼》中的"小腿疼"。集体农业比个体农业往往在田亩利用、机械化、抢火色、推广良种和化肥等方面具有优势，但也相应带来生产计划、协作方式、评工记工、人际关系、日常生活等等的麻烦，一方面要求高度的经济学的算计或经济理性，另一方面又要求高度的政治理性，尤其反过来强调不能"算细账"③。"算计"的类型学——是否擅长算账、算哪种账、怎么算账，成为区分"社会主义新

---

① 例如邓秀梅就依靠"算账"来说服土改后的新中农"秋丝瓜"加入合作社。参见周立波：《山乡巨变》（上），第二十章，人民文学出版社，2005年。
② 参见《一九五二年农业生产合作社发展中的一些问题》和《川底村的农业合作社》，史敬棠等编：《中国农业合作化运动史料》（下），生活·读书·新知三联书店，1959年，第312—320、570—585页。
③ 参见邱雪松：《赵树理与"算账"》，《文艺理论与批评》2008年第4期。

人"与"尖钻货"的分水岭。

高晓声是一位"用算盘写作的作家"①。不仅在小说中,甚至在散文和访谈中,他都暴露出对于"数字"的偏好。虽然在新时期的小说中"算账"情节并不鲜见②,但像在高晓声那里占据如此核心地位的却不多。在这里我们围绕这一情节来说明"新时期"的"能人"与"尖钻货"的差别。

《水东流》发表于 1981 年③,小说背景是苏南地区家庭联产承包责任制改革阶段,大队落实生产奖励到户,个体手工业发展,农村经济水平正在恢复,农村道路发生分化。刘兴大是"尖钻货"的代表:"他从不错过能挣一分钱的时间,从不放过节约一分钱的机会。他儿子长到十三岁,他就安排下养活二十只兔子的任务,当年就赚到了口粮钱。……女儿淑珍更出众,八岁学会做蒲包,十岁学会摇棉花,十四岁初中毕业,一家的洗、烧、缝、喂都包揽了。"

"做蒲包"这样的家庭手工业是老一代"尖钻货"刘兴大致富的唯一手段。电影放映队来到村里时,全家老小放弃做蒲包去看电影,他却觉得误工、浪费。电影断电时,有人叫他去当搬运工,他又在心中与"做蒲包"收益率进行横向比较,盘算起来。他与女儿的代际冲突在小说中体现为到底是"做蒲包",还是买收音机、看电影并最终"进工厂"。刘兴大反对女儿与社队工厂技术员李松元在一起,从情感上因为看不惯他的"不踏实",从理性判断上又对社队企业的前景与现状充满担忧。表面是生活方式、人生道路的差异,核心却在于"算计"方式的不同,即是否已具有在"新时期"崛起的经济理性。

如果说,农业合作化时期的经济理性——"社会主义新人"和旧

---

① 参见王彬彬:《用算盘写作的作家》,《小说评论》2011 年第 3 期。
② 参见张帆、杨旸:《政治经济学的退出、美学的转移与"启蒙"的辩证法——"新时期"文学转型的一种解释》,《中国现代文学研究丛刊》2015 年第 12 期。
③ 参见高晓声:《水东流》,《人民日报》2 月 21 日,《新华文摘》第 4 期转载。

式农民的差别,更多在强调长远计划、集体协作、技术改良等方面;那么这种"新时期"再度崛起的经济理性,则重点在于"市场交换"的意识。刘兴大的精神结构中,不具备对"作为交换的生产"的意识。他的"算计",仅仅是一种不加反思的区域农业手工业传统习惯与政治感觉杂糅积淀而成的感性结构。"做蒲包"是他所熟悉、能掌控的生产方式,也是在遭遇种种新中国政策波动后的最安全的生产——"做活路"毕竟是集体化农业对农民控制相对较为宽松的地带。女儿淑珍不仅如其父亲对产品的价格具有充分的敏感,更对不同产品彼此之间的交换关系了如指掌。在小说结尾处,女儿淑珍分析说:"什么都要自己做,好像工夫不要钱!其实细算算,做一双鞋子的料,比买一双只差几角钱,倒要花两天工夫才做得出,一工算一元,就大蚀本。就是不肯买,赶着你起早磨黄昏,半点没空歇,想学习不得学,想看电影不得看,想外面去见识见识不得去;有了钱买块糖吃还说吃馋了嘴,这日脚过了有什么意思!"上文着重号标出的表达,不但表明"能人"的算计能力,更表明"能人"的算计与"尖钻货"的小算盘不同:劳动力标出价格然后投入市场是天经地义的事情("好像工夫不要钱"),而"尖钻货"拒绝市场交换的"非理性"("就是不肯买")已经到了可笑的地步。

三、"进城"之外——《蜂花》的个体能动性

上文淑珍的引文值得再次留意——她反复强调"学习""电影""外面""见识""意思"的重要性,可见新一代"能人"与父辈的区别,不仅在于物质层面的经济理性,还存在一种精神层面的诉求。1983 年高晓声发表小说《蜂花》[1],同样以代际冲突的形式展现了

---

[1] 参见高晓声:《蜂花》,《收获》1983 年第 5 期。

父亲、老教师苗顺新与新一代"能人"苗果成的观念差别。小说大量篇幅是以老教师苗顺新的视角进行的。叙述者以第三人称内视角的方式进入落后人物的内心,以其固执、不安的口吻讲述父亲对儿子苗果成、儿媳张静静一心扑在养蜂事业上的不解与鄙夷。而小儿子苗果全的出路——是随哥嫂留在农村"养蜂"还是以父亲"病退"名义进城"顶职",则成了两代人代际冲突的具体表现。小说的真正意义却并不局限在"反映农村农业产业结构调整中的问题与阻力"。表面上看,高晓声在 1983 年苏南经济高度发展的时期,去写农村出现的新生事物并不奇怪。1981 年《极其简单的故事》①和《宁静的早晨》②写的是苏南农村燃料缺乏的现状,以及相关的沼气推广和煤炭黑市问题——只是套了一个"知识分子归来"的反思文学式外壳。对副业和多种经营的关注从 1979 年就已开始,《柳塘镇猪市》③的背景是苏南农村生猪养殖、收购与肉类加工厂的兴建,《大好人江坤大》④的背景是个体户尝试养殖白木耳,延续到 1983 年就是个体户养蜂致富的《蜂花》,还有篇目持续关注苏南农村渔业从"文革"到"新时期"的变迁,比如《水底障碍》⑤《荒池岸边柳枝青》⑥。但高晓声在对农村改革的每一个分解动作的跟进中,并不简简单单是"歌颂"新生事物、"图解政策",更存在对历史断层中人的某些特殊状态的敏感与回应。在这里,我们看到的是他对某种特殊的个体能动性的设想。

在《蜂花》中,我们首先嗅到了"养蜂"在经济维度之外的精神属性。"他是从小就习惯了劳动的人",但是集体劳动的强制性和僵化的

---

① 高晓声:《极其简单的故事》,《收获》1980 年第 2 期。
② 高晓声:《宁静的早晨》,《新观察》1980 年第 1 期。
③ 高晓声:《柳塘镇猪市》,《雨花》1979 年第 10 期。
④ 高晓声:《大好人江坤大》,《花城》1981 年第 3 期。
⑤ 高晓声:《水底障碍》,《雨花》1981 年第 7 期。
⑥ 高晓声:《荒池岸边柳枝青》,《雨花》1984 年第 8 期。

计划性、记工形式的不合理①，这些"莫名其妙的事情"都是让他抗拒农业劳动的原因。更重要的原因是苗果成的初中文化和年轻人的激情与才智完全无法实现在现有的农业劳动中："这一切都象一块大石头压在苗果成身上，透不过气来。""养蜂"的经济维度应作为突破某种精神压抑的手段来予以理解。

  小说对这种精神压抑的着墨，主要体现在家庭结构中。小说开篇就写苗顺新作为柳塘公社中心学校的语文老师，是一个"做塞子"的大师，惯于讲大道理堵对方的嘴，让对方哑口无言，对其唯唯诺诺。对这样的"归来的知识分子"，高晓声并没有如"反思文学"惯例甚至社会主流舆论那样处理成为悲情的启蒙者。高晓声提前指出，一种新的压抑结构已经形成："苗顺新由于环境和职业的原因，五十年代后期就有过极好的训练，早就有过人的能耐，周围许多人的嘴巴都尝过苗顺新瓶塞的味道，假如不是文化大革命，苗顺新至今可能成了这一行的大师。"对于自己不听话的儿子，他是鄙视的。叙述者用他的腔调，描绘他眼中的果成："流里流气，油腔滑调，光打空算盘，种田不上行，总说辛苦一年，还不如碰运气多打一次蜜。自己赚不着，用钱却大手大脚，三朋四友常来串联，一谈半天，吃五六斤酒、两三包烟，把苗顺新省下来的家用钱，三下五除二，很快花光了，一点不长肉。"不会种田、油腔滑调、交际太多、不知节省。"除了果成不成器之外，果全其实成了个半文盲。这孩子二十一岁，身材修长，背阔腰细，一表人才，挑两百斤担子，推一千斤板车，握六斤半铁锚，都没得话说；但是捏只钢笔写字，歪歪斜斜手发颤，十分、一刻钟就会出汗。还能成什么气候！"于是开始酝酿自己"病退"、让"不成气候"的小儿子果全进城"顶职"，远离"流里流气"的大儿子果成。这种判断与态度，部分源

---

① 关于集体农业记工评工问题所牵扯的复杂性，可参见高晓声《磨牙》，《钟山》1982 年第 6 期。

于苗顺新作为知识分子和长辈的精神权威，另一部分源于现实处境中的优势地位——苗顺新一家只有他本人是城镇户口（公社教师），家属都是农业户口，长期以来他的工资是家庭的现金来源和主要收入。

作为打破这种精神结构的力量，"养蜂"首先提供了对"自我"价值的确证。对于果成的弟弟来说，养蜂使得被父亲视为愚笨的他扎实地找到了自身在世界上的位置与价值："果全这个小伙子挺神，长相英俊，行动轻捷……蜂场上的事，都能插一手，挺能干的，完全想象不出他竟连读了三年小学二年级。"除了果全的身心得到安顿之外，小说中以果成媳妇静静对养蜂生活的体验，提供了一种关于"逼仄与舒展"的辩证法。在村里苗果成觉得"自己蹲在一个很狭窄的地方，好象人多了你挤我推，壅塞住了，大家都施展不开能耐"，但养蜂时"他们同另外一些熟悉的同行，合起来包了一节火车皮"，"养蜂人则蜷曲着身子挤在蜂箱旁边过日子：躺下伸不直腿，拥抱用不着手，白天任凭太阳晒，夜来同星星比赛眨眼睛，风霜雨露，日以为常；饥饱无时，天天如此，任你大声笑，任你高声唱，碰到装着有水果的车皮，口渴不过就去拿几个尝尝也不算偷。有什么吃什么，谁有什么都大家有份，吃光算数，真个是大公无私，除了爱人和蜜蜂，别的都可以共产……"第一层是，村庄尽管空间很大却感觉逼仄；第二层是，养蜂人要接触的天地（追逐花期各地流浪）很大，然而在日常生活中其生活空间（火车皮）却也是很逼仄的、甚至比村里的空间要小；但是日常生活空间的狭小、肢体上的蜷缩，却并不让他们的精神感到无从伸展——"任你大声笑，任你高声唱"。

这种精神伸展（个体能动性的发挥）并不以抵达"个人"边界为限——"个人"与"他人"的充分连结、调动，才是"养蜂"所提供的最佳状态。"流里流气、油腔滑调、花钱大手大脚"是旧人眼中的"能人"形象。这背后自然有其经济理性："放蜂事业，亏本赚钱都很容易。不过亏也好，赚也好，都要慷慨大度，不能小气吝啬。放蜂好比筑渠，让钱象水一样流通，如果一有水就打坝堵住，后面的水就流不进来了。"

细看去，这种经济观念与放蜂员这一职业的社会性息息相关，绝非"花钱大手大脚"。放蜂人需要跟随季节追赶花期而四海为家，不断接触陌生群体，吃住、运输、场地、安全都需要当地人帮忙，"但是所有的人你都不了解，都不熟悉，都没有交情。他们原是可以不必关心你的，全在你能否博得他们的好感。"地方风气不同、采取策略也不同，放蜂员最后获得的舒展或逼仄的结果也将不同。受了这种生活状态熏陶的小儿子果全，帮父亲苗顺新拦到了陌生司机驾驶的拖拉机；而媳妇张静静迅速融入养蜂群体、巧妙化解家庭矛盾的手法也让人叹为观止。"放蜂"所提供的个体能动性，并不是将个人与个人对立起来，而是把主体连结到更多的个人——苗果成夫妇在处理与父亲之间关于弟弟是否顶职的分歧时，始终都没有将分歧往激进方向推动，而是不断试图去激发父亲的理解力与活力。

我们还可以将"养蜂"所内含的个体能动性视为对"新时期"城乡二元结构的回应。80年代，大量具有一般知识水平，并未脱离农村，然而又具有"知识青年"特点的农村青年（果成），其身心受到压抑的问题如何解决？更进一步追问，那些非知识青年的农村青年（果全），其身心压抑的问题就不存在吗？日常生活（家庭关系）的不自由、生产劳动的不自由、个人能力与知识得不到运用和承认，这一切都导向了对更广阔空间的乌托邦式想象。这种想象容易将城乡二元结构当作理想实现的障碍。于是，农民必须进城。可是"进城"就能解决他们的物质到精神的苦闷吗？《平凡的世界》中，孙少林同样选择"进城"，但这个人物成问题的"能动性"却是必须以"孤独"为代价的——虽然作为文学引起读者共鸣，"进城"却并未真正替农村青年赢得"空间"。

"顶职"作为一个重要社会史事实，成为这批农村青年"进城"的途径。然而高晓声早已指出，"顶职"并不是解药。小说结尾处写到，一方面很难搞到"病退"所需的医疗证明；另一方面"顶职"之后，父亲拿退休金、儿子从基层干起，原来家庭工资收入增加有限、农村家中因少了一个主要劳动力无法完成农业定额，儿子到城市当工人后又因被城市孤立而苦恼。作为对照的农村青年卞得洪，成为了"进城"却未能安居乐业的反面案例。有鉴于此，能人的个体能动性试图在超越城乡二元对立命题之外，去思考农村个人的身心安置问题。

四、"亏欠"与"规划"——《大好人江坤大》与《崔全成》的他者视野

1981年《大好人江坤大》依旧以苏南农村改革特定阶段为背景，讲述了"新时期"初农村干部利用特权、算计农民最终却自食其果的故事。卑微的农民江坤大培养银耳致富，大队书记表哥、C市郊区跃进公社卫星大队副业长的刘场长也要如法栽培，要其代购培养银耳用的枫树枝。在采办树枝的过程中，刘场长推己及人，怀疑江坤大虚报数目、缺斤少两；在江坤大前来要工钱时，刘场长又心生一计，以"斤两不足""调查真相"恐吓江坤大，以便抓住痛脚、未来继续控制江坤大。谁知这位懵懂的农民对"调查"采取极其欢迎的态度，贯彻从头到尾絮絮叨叨、为别人打算的态度，反而让刘场长自食其果。

表面看来，小说的人物符合西方喜剧理论中的"优越论"。情节则通过康德式的"期待—落空"效果制造喜剧性——聪明反被聪明误，聪明者刘场长才最愚笨。然而，更深入地看，江坤大的"愚笨"并非一种真正的无头脑的痴愚。"尽管不少人害怕同他合伙，但有些时候，又偏偏不能离开他，偏偏还要请教他、依靠他，央他合伙。因为他不但人缘好，身强力壮，而且聪明，会动脑筋，很有本领。"江坤大并非缺乏算计的能力，很多时候他明明知道吃亏的后果，却依然选择放弃算计。

分析江坤大的性格，他的"不算计"背后蕴含着一种对他人的"亏

欠感"。他从一出生就觉得自己"亏欠"他人，总觉得自己是"讨债鬼"："江家村有个大好人，名字就叫江坤大。这个人挺妙，认为自己活在世上，全亏大家帮忙，否则是活不下去的。"小说多次提到的"亏欠"，足以牵扯出深厚的理论背景。所谓基督教的原罪（guilt），就是亏欠（guilt）。这种亏欠/罪，从神学的立场上，是对不明的大他者（Other）的亏欠。有鉴于此，本雅明在其讨论资本主义的片段中为"亏欠"重新恢复了一个从神学到社会分析的整体视野[①]。根据亚里士多德在《尼各马可伦理学》中对神（god）的讨论，作为第一因的造物主全知全能且无需依赖任何外物存在[②]，那么上帝何以需要创造世界？这一创造行为何所从来？本雅明认为，既然神创造了世界，那么在这行动的瞬间，他受自己的意志所左右——那么，上帝对自己的意志有所亏欠，因而上帝是有罪、有亏欠的（guilty）。分解为行动的上帝和意志的上帝之后，上帝变成自我分裂的和自我亏欠的。世界的最高范畴并非因（cause）、果（effect），而是"亏欠"。神性不再是遥不可及，神性恰恰就在这种人神共有的"亏欠"当中。如果上帝本质上是亏欠/有罪的，那么这一事实通过漫长的历史（History）将带来对人间之罪/债的取消——从而在神学层面上，为救赎的弥赛亚提供了可能性。[③] 在

---

① Michael Löwy, "Capitalism as Religion: Walter Benjamin and Max Weber", *Historical Materialism*, Vol. 17, (2009), pp.60—73.

② 关于神的完满性、自足性以及由是推出的神的行动上的无所作为，参见 Aristotle, *Nicomachean Ethics*, translated and edited by Roger Crisp, Cambridge: Cambridge University Press, 2000, Book X. Chapter 8.

③ 根据 Hamacher 的看法，这一阶段的本雅明始终是在神学的层面探讨资本主义的宗教逻辑。在对古希腊宗教与基督教这样的偶像崇拜的异教（cult-religion）进行一番剖析之后，本雅明认为资本主义全球化是亏欠逻辑发展的最高阶段——它使得世界导向彻底的崩坏；但是，从激进唯物辩证法的角度，恰恰是这种最坏的情况构成了亏欠逻辑自身的崩溃以及弥赛亚的唯一可能。参见 Werner Hamacher and Kirk Wetters, "Guilt History: Benjamin's Sketch 'Capitalism as Religion'", *Diacritics*, Vol. 32, No. 3/4, Ethics (Autumn-Winter, 2002), pp. 81—106。

另一条理论脉络上，这一亏欠的瞬间，也是责任感和他者生成的时刻。晚期德里达提供了相关阐述：正是主体被亏欠感（the affect of guilt）和羞愧感所骚扰、占据（haunted），他／她才能感觉到在其之外还有一个幽灵般的在者①。不知羞耻，是因为感觉不到他人存在。那么，只有感受到回应（respond to）不明他者的责任（responsibility），主体才成为主体（subject）。

如上文所提示的，江坤大的主体始终被亏欠感所穿透，受亏欠感制衡。也就是说，他的主体始终将不明的他者纳入地平线。那种浪漫化的、未知的、未来的和已死的他者，总在江坤大遇到任何一个他人的时候显影和实体化（embodied），作为前提而左右江坤大的行动。这种意志与亏欠的共生性，使他的主体在行使算计功能时始终怀抱着集体（community）的维度。表面上，江坤大是痴愚的；实际上，江坤大是无法控制地被这种不明情绪所左右，以至于他明明看见了利害关系，却不由自主地超越了那些"事理"。换句话说，江坤大尽管在经济学算计的方面有所不足，却具有伦理学规划的维度。

关于"规划"，我们有必要联系高晓声的另一篇小说《崔全成》。《崔全成》以一个农民进城帮生产队长买猪苗、帮助其恢复生产的故事，传达"包产到户"之后的"新时期"农民反过来从经济、生活和思想上帮助在新经济形势下无所适从的生产队长的主题。

"包产"之后搞副业致富的崔全成是善于算计的，同时，崔全成对于包产之后大权旁落、社会地位暴跌的崔大牛夫妇，还有了清晰的认识与可行的改造方案："种田不养猪，秀才不读书，总不能看他圈里老是空着。还是应该帮他解决。给钱他自己去买吧，明知他也不是识猪的人，未见得拣得好的。还怕他故意买个落脚货，好省下钱

---

① Jacques Derrida, *Specters of Marx: the State of the Debt, the Work of Mourning, and the New International*, translated by Peggy Kamuf, New York and London: Routledge, 1994.

来买烟吸。也罢,送佛送到西天,还是自己替他买一只算了。钱多钱少,横竖有发票;至于他以后究竟还不还,由他。糊涂账也不是这一笔,粗粗算一算,九年来用在崔大牛身上的钱,十只苗猪也不止。"他对干部的反复掂量的"算计",已经不能仅仅用经济扶持和人道主义同情来解释了,这种"算计"是一种连对方主体的重建也考虑在内的规划:崔全成试图让对方重新恢复劳动与生产、恢复与最淳朴的农村生活的直接联系、恢复原来的婚姻关系,最终从利己主义主体中解脱出来。

小说的主题并不能局限在"包产到户之后农村干部如何重新找到自身在农村的位置"这样具有时效性的社会学命题,或者简单看做对十七年小说中"干部—群众"关系的喜剧性颠倒,因为崔全成的他者视野并不仅集中在干部崔大牛一个人身上,而将自身与整个村庄相互关联,自觉地将乡村共同体连带地考虑在内。他"从来没有像现在这样关心过全队社员各家各户的生产和生活。他从自己的利益出发,觉悟到他的命运是和大家联系在一起的。他从茶馆大学得到许多好处,或者是现成的经验,或者是访问的线索,他把自己学到的一切有用的东西搬到生产队来,使大多数社员找到了适合自家发展的副业"。这种新型的乡村主体在官僚制度和城市知识分子面前,甚至保有了尊严,"茶馆"成了他连结乡村与城市、个人与乡村共同体的舞台:"以至有一次能够不动声色地用求教的口吻巧妙地击败了一位退休干部兼业余理论家。"这种新型主体对生产队长的责任感、对红杏出墙的队长太太的规劝、对农业集体的感情以及对城市专业知识分子与技术官僚关系的重新看待,都呈现了能人精神结构中的他者视野。

五、有待展开的脉络:"能人"与 80 年代精神史的脉动

上文对高晓声短篇小说笔下的"新时期""能人"进行了一番描绘。作为"陈奂生"这样喜剧人物的镜像对照,"能人"至少拥有三个层面的精神结构,即经济理性、个体能动和他者视野。有意思的是,"能人"内在精神结构含纳了复杂甚至矛盾的潜能。在许多时候,经济理性并不因此造成了对个体能动的统治,因为个体能动始终都带有精神层面的追求;个体能动又并不固守着封闭的个人,从而导致个人主义、唯我论的孤独,甚至是对"他者"的你死我活的主奴关系,它可能一开始就内含着他者的视野与共同体规划,现实地呈现为对他人的调动与我—他关系的重组。

那么,这样的"能人"理想在"80 年代"的文学史、精神史中处于怎样的位置?在缺乏更系统的研究前,过快地将"能人"作为 80 年代重要精神事件"潘晓"讨论的直接回应,既是笨拙的,又是草率的。然而,在文章结尾处,假如我们非要将"潘晓"讨论所指向的命题收拢到"无法承受的自我"("孤独""无法建立交谈对象""利己"与"利他"的割裂)、"理想主义内在的虚无"("事业""理想"与"自我"的脱钩)等方面①的话,那么高晓声笔下农村主体的昂扬状态与这些时代困境之间的关系就值得进一步考究了。

---

① 相关讨论请进一步参见贺照田:《从"潘晓讨论"看当代中国大陆虚无主义的历史与观念成因》,《开放时代》2010 年第 7 期。

"断桥上的戏谑者"的形象史与文学史意味
——重读陈建功小说《鬈毛》

重读,是以新的视野打开文本的意义平面,解救埋没的隐秘潜流。另一方面,重读也意味着修正文本与其他文本的关联,拆解或重构文学史、思想史的谱系。更深的用意在于,这样的重读立足当下执念,更意欲对既定的阐释植入爆破装置,打碎桎梏思维的演绎链条,从而解放出未来的无限可能。

那么,当我们重读陈建功的作品《鬈毛》[①]会发现什么。小说主题,是一名特立独行的青年的人生观和人生道路的选择问题。这个游手好闲、玩世不恭的青年何以不愿与世沉浮?从修辞学的角度看,充满京味的叙事声音与主人公的心理空间呈现何种契合,而这种修辞契合是否先天规定了主人公的无地彷徨,并对小说的结局起到了限定作用?从而,我们还可以顺着"形象史"的谱系进一步追问:80年代中期的这个青年形象,有何承前启后的地位?最终,在借鉴自德勒兹的文学史视野下,这种写作具有怎样的开创性?

[①] 陈建功:《鬈毛》(中篇),《十月》1986年第3期。

一、路口终究是断桥：后启蒙时代的"没劲"

对叙事作品的最基础、最传统的阅读，是不带理论先见地去解读人物的"精神气质"及其成因。

"鬈毛"是报社副总编的儿子，高考失败，在常人眼里是待业在家、游手好闲却牢骚满腹的高干子弟。整日里，他对周遭的一切都提不起兴趣，也看不过眼，文本中因此充满诸多不恭敬的嘲骂。然而主人公并不如何强大，他的不合时宜的嬉笑怒骂，总会最后指向自身。"没劲"是他的口头禅，"窝囊"是他的自我评价。

以主人公"在路上"的显性结构，小说家构造了一条价值寻觅的隐性线索。小说开端，主人公在十字路口因为分神，打碎了价值八十元的收音机。如何赔偿，构成了"我"（"鬈毛"／卢森）的烦恼源泉，亦成为情节的推动力。不得已，"我"为了八十元四处奔波，在金钱与尊严、利益与自我之间徒劳而固执地往返，无法安处于任何一个端点。

"回家—离家—回家—离家—回家"——"家"在此反讽地构成了让"我"不安和反感的主要来源，"我"不得已而外出，但初步卷入现代性的城市的失控与疯狂，又使"我"在挫败后退回家中。可我一旦回"家"，强大的反感就会令"我"立刻选择再次出逃。空间的疲惫挪移，影射着内心的焦躁跋涉。嬉笑怒骂的背后，他何以如此不安，如此近乎神经质地唾弃现成的一切？

不同于80年代开始流行的寓言性写作，陈建功小说中人物的烦恼或价值寻觅，都拥有现实的根底。因此，我们不妨进一步审视"路口""家""城市"这些空间。这些空间之内栖居着怎样的人物，他们又何以构成了主人公规避的梦魇？

父亲是"鬈毛"最主要的精神敌手。"报社副主编"的头衔值得注意，他的年龄和社会身份定位于"文革"前的一代知识分子，言行举止无不带有早期"启蒙者"式的优越,甚至写《"师道"小议》来批判语文教师"馄饨侯"的"格调太低"。然而,他们又是后革命时代的实际掌权人,表面上对社会的市场化进程忧心忡忡,实际上则借助政治地位成为市场化的直接受益者。他一方面语重心长地教训"这代人"的"精神面貌",另一方面私欲滚滚,不老实的手总想伸向年轻女记者。不仅如此,在与"我"的精神较量中,虚伪世故的父亲永远胜出:

> 老爷子穿着白底蓝条的睡衣睡裤,脚下趿拉着拖鞋,身子几乎把房间的门堵严了。他面无表情,手里捏着一叠钞票。
> "森森,爸爸这儿正好有现钱!"在他的身后,传过来老太太的声音。
> "够吗?"
> "够了。"
> ……
> 他又摆出了我早已熟悉的那副模样:弓着背,探着身子,两肘戳在大腿上,胸脯一起一伏。他打量着我,半天没言语。我在削苹果。看了他一眼,我猜到了他会干什么。
> "如果你以为自己那个脑袋还挺美的话,以后最好回自己的房里美去。"
> 还是既不叫我的小名儿,也不称我的大名儿,连看也不看我一眼。还是什么表情也没有,吩咐着他的裤裆。

面无表情、沉默少言的父亲永远是那道堵死门口的巨大阴影。"身子几乎把房间的门堵严了"——这句话点出了我的无处可逃。父亲作为启蒙者的道德制高,作为体制内干部的官僚气质,以及作为年长者的智力与经验优势,构成"我"最为反感却也最无力抵抗的"三位一体"。

与"启蒙者官僚"合谋的代表是"髽毛"的哥哥。他回来找老爷子的原因除了"蹭饭",就是"生意"(区委组织部办的公司)出了麻烦。他是通常所谓的"官商",同时又是与"我"彼此知根知底的兄弟,是向"启蒙者官僚"之父妥协的另一个"我"。文本设计了一个"相视一笑"的机巧场面,来提示这种兄弟相似且陌路的镜像关系。

> 我们俩你看看我,我看看你,突然都笑了。我不知道他在笑的时候想到了什么,我只是觉得他笑得开心透了,只有厚颜无耻的人才能在这么一句话面前发出这样的笑。我虽然也在笑着,在他的笑声面前却感到了一种自卑。

与哥哥一样服膺"启蒙者官僚"的其他人物,构成文本的一大群落。母亲、嫂子肖雁、都都、杜小曦,都对"我"的"不识抬举"而惊诧莫名、扼腕叹息。

如果说父亲是启蒙者官僚的代表,那么"盖儿爷"则是80年代早期个体经营者的代表(还有冠北楼老板等人)。作者在对各个人物进行诸多嘲讽之后,将些许温情赋予了这白手起家的小人物。发廊老板"盖儿爷"成为我抵挡父权的最后一面盾牌。他给的八十元,让我在父亲面前最后风光了一把。尽管如此,因为价值观念的差异,"我"始终没有选择走向"盖儿爷"的道路:放弃坚守与道德,投身自由市场。

再有一类,比如李薇,是投靠自由市场的知识分子。当启蒙年代远去,知识分子退离中心,她和馄饨侯一样,一方面寻求体制有限的庇护,另一方面都在本职工作之外"打短工",寻求自由市场带来的微薄利益。"下海知识分子"在滚滚红尘中的狼狈踉跄,无法帮助"髽毛"获得人生的意义。

文本中最后一类人,是老北京遗民。老剃头匠以及店内的抬棺人忠祥大哥,不难让人想起"谈天说地"系列中(《找乐》《放生》《耍叉》等）的旧北京奇人。根据王一川的看法，陈建功作为"第二代京味作家"，与寻根思潮密切相关①，作品的追怀凭吊意味甚浓。在老北京遗民面前，"我"的位置与以往作品稍显不同。"我"/叙事主人公与遗民之间体现了前所未有的距离感。作为现代化都市的产儿，"我"在"逗"或者在"哄"那些行将就木的老人时，忍俊不禁，表情复杂。显然老北京遗民无法构成"髭毛"的未来，甚至无力为之提供任何灵感。

对上述五类人物（启蒙者官僚、官商、个体经营者、下海知识分子和老北京遗民）及其代表的五种生活方式，"髭毛"以空间旅行的方式进行了考察与体验。

回溯文本我们发现，频繁出现的"带劲""没劲""来劲"，是主人公评价各种人生价值的关键词②。在"髭毛"看来，父亲总有一股子"老爷子劲"，行为举止却"没劲透了"；都都向往的生活以及四处追逐刺激的生活，也不"带劲"；个体户们包场起哄的《美酒加咖啡》其实"顶顶没劲"；老北京遗民则有一种可笑的"得意劲儿"；而"我"戏谑期间的畅快的"开心劲儿"，总是迅速消失不见，取而代之以茫然和自卑感。

小说开篇貌似光明的"十字路口"，最终成为一座阴暗的断桥：年方二十的主人公，恰恰站在哪也去不了的断桥上，无地彷徨。"没劲"——这是他对人对己的最后戏谑。

---

① 王一川认为："20世纪80年代中期渐兴的文化'寻根'热潮，为京味文学的兴盛提供了有力和有效的文化语境。随着对'文革'的政治反思迅速深化为对中国过去更长时期历史与文化传统的审美反思，对行将衰败的故都北京风情的寻觅与追挽，就成为长期定居北京的作家如林斤澜、邓友梅、刘绍棠、汪曾祺、韩少华、陈建功等人不约而同的自觉选择。"参见王一川：《京味文学：绝响中换味》，《北京社会科学》2006年第6期。
② 粗略统计，这类词语在文本中反复出现了19次之多。

二、形式陷阱或者逃生口：京白叙述的保驾护航

读到这里，《鬈毛》无非是借粗俗青年之口讲述"人生的路口何以变成断桥"的故事。我们需要追问的问题是：断桥何以形成？也就是说，我们应当追问这一充满紧张感的审美形式的来源。同时也应当思考，断桥式的开放性何以没有在结尾处被重新关闭？

这一节，我们必须入手探讨陈建功作品的"形式感"。尽管"形式感"一词曾经误导性地被滥用于先锋文学一脉，然而先锋文学寓意狭窄的形式冲动，并未与"形式感"本身宏阔的内涵相重合。最一般的意义上，文学形式预定了主人公得以活动的空间。"断桥"的形成与陈建功的京白叙述密切相关。

陈建功在小说开篇处有一段"元叙述"：

> 别以为往下该讲我的什么"桃花运"了。是不是我又在哪个舞会上碰到了她，要不就是在什么夜大学里与她重逢。我才没心思扯这个淡呢。

这样的情况极为罕见：读者明了这一段叙述的发出者是叙事人，而并非"鬈毛"。尽管同样采取某种圆滑自得的语气，然而此后的发展却与"我叫马原"式的先锋套路完全不同——陈建功并未往叙述声音的自我暴露方面用力，实际上恰恰相反。自是以后，陈建功极力抹掉叙述声音的独特性，让其消融在主人公的心理空间之中。

> 我正蜷在毛巾被里胡思乱想。我要是把想的什么都说出来，那可太流氓啦。当然，这也没什么了不起。二十岁啦。"年轻人嘛"，老爷子爱说的半句话。啊前途。啊理想。啊四化。啊人生。你也得容忍一个小光棍儿望着对面阳台上晾挂

的乳罩想入非非。

随着小说故事情节的展开,叙事声音变得和人物的话语难以区分。首先,在《鬈毛》中,人物对话清晰可辨,规范化的引文标注使读者清楚地看出是谁在出声说话。然而,在心理描写中,小说家刻意取消了引号的标记。其次,我们亦无法从话语风格上区分"鬈毛"与叙事人。小说家是"贴着人物"在讲故事,采取人物的口气来组织情节。这就是"京白叙述"。

语言形式本身的重要性,已经在一些学者讨论京味文学的文字中逐渐体现。赵园的奠基性著作《北京:城与人》认为:"'京味'是由人与城间特有的精神联系中发生的,是人所感受到的城的文化意味。'京味'尤其是人对于文化的体验和感受方式。"[1]王一川在对前人的概念梳理之后,归纳出京味文学的"地、事、风、话、性"的五大要素[2],其中"北京话"已讨论了老舍、陈建功的语言风格。到了贺桂梅则加入了对叙述语言的强调,"人物语言和叙述语言的'京白'化"[3]成为京味文学的第一要义。

在前人研究基础上,本文提出"京白叙述"这一概念。在《鬈毛》这篇作品中,"京白叙述"特指叙事人采取与主人公难辨彼此的市井京白口吻,对故事进行组织和评论。京白叙述除了语言风格的特征之外,也尽量采取人物的限定性视角,对事件发出的评论也尽量贴近人物立场。

"京白叙述"本身具有陷阱。贺桂梅已观察到,原本作为寻根文学一支的京味文学内蕴两种对待传统的态度——文化批判与文化挽歌。然而,越到80年代后期,批判的声音逐渐隐没,认同式叙述从对地域

---

[1] 赵园:《北京:城与人》,北京大学出版社,2002年,第14页。
[2] 参见王一川:《京味文学的含义、要素和特征》。
[3] 贺桂梅:《人文学的想象力——当代中国思想文化与文学问题》,河南大学出版社,2005年,第154页。

文化的有距离的兴趣,转为深切的感同身受的同情。如《辘轳把胡同9号》(1981)尚存国民性批判,而从《找乐》开始到"谈天说地"后来的篇目《放生》《耍叉》等,这种"老人"或"历史"的认同达到顶点①。我还需要补充一点:京白叙述的技术化、完善化,自身构成了"文化挽歌"的形式动因。这种叙述技术,很容易导向一种对传统的无批判、无距离的认同。

有意思的地方在于,《鬈毛》中的"京白叙述"由于采取市井青年的口吻,反而孕育了前所未有的批判性潜能。本篇中的京白叙述(包括俚语与粗口),曾经是作品被排除在京味文学之外的理由②,然而却是作品挣脱京味文学固有陷阱的逃生口。

我们知道,京白叙述固然在美学上赋予读者气韵连贯的感受,使读者不至于因觉察出人物和叙事人之间的断裂而不时被迫"跳出"情节;然而另一方面,京白叙述也有其限定性。首先,叙事人无法从高处俯瞰全场,小说各个部分的统一感和有机感亦有削弱——这就是小说采取空间旅行的线性结构的原因之一。其次,叙事人无法直接从"客观"立场评论事件,它对事件的看法,很大程度受制于人物(青春期叛逆青年"鬈毛")的认识水准。这构成了"断桥"的生成因素。

基础的叙事学说:"同情的产生和控制是通过进入人物内心与人物距离的远近调节来实现的。"③但叙事学甚少告诉我们"同情"产生之后发生了什么。贴近人物的京白叙述,会造成特定的文本逻辑:一旦读者形成了对人物立场的"同情",任何强加的叙述或过分拔高的观念,

---

① 参见贺桂梅:《人文学的想象力——当代中国思想文化与文学问题》,第156—160页。
② 赵园:《北京:城与人》,第70页。参见唐宏峰:《新时期以来京味文学研究述评》,《北京社会科学》2008年第5期。
③ 马克·柯里:《后现代叙事理论》,宁一中译,北京大学出版社,2003年,第26页。

都与文本本身格格不入,而必定遭到舍弃或忽视①。断桥一旦形成,就无法被叙事人以个人意志再予以接引——断桥必须是断桥。

小说最后两段的结尾,人物/叙事人显得有些疲惫而意兴阑珊:

唉,那么,盖儿爷那儿呢?下个月还去不去辘轳把胡同一号剃脑袋了?

明儿再说吧。

我们无法从文本中推断,"鬈毛"能否长时间维持他如此激烈而内耗的批判性。同样,我们也无法推断,他最终会投降作为启蒙者官僚的父亲(变成官商"哥哥"),或者投降个体经营者"盖儿爷"(变成李薇或者"馄饨侯")。叙述者退隐,人物在前台左右为难。"断桥"因此成为断桥。

必须补充声明的是,"断桥"一词不仅不具备任何贬义色彩,我个人反而认为它涵盖了陈建功小说创作的最高水准。"断桥"意味着对历史谜团的老实、客观和极为勇敢的呈现。在狂飙突进、日新月异的80年代,《鬈毛》认真探讨了青年人生出路的困境。在这一困境面前,任何启蒙主义式、自由主义式或保守主义式的先定之见,都无法让人信服。在结尾处轻易交付给人物任何一种出路或任何一种"光明"的前景,都必然流于形式不同的廉价②。作家所能做的最恰当的事,只是对各种可能性进行一番批判性的描绘。

在此,京白叙述为《鬈毛》的成功保驾护航。

---

① 这让人想起十七年小说如《创业史》,文本对梁三老汉这一人物的同情效果,使不少读者一定程度上忽略了作家试图传播的主导观念。

② 从个人阅读的感受而言,陈建功的《盖棺》《丹凤眼》《放生》《耍叉》之所以丧失应有的力度、强度与推进感,与其结尾处的明晰、简单与乐观是分不开的。

三、断桥上的戏谑者:"没劲"的形象史与文学史意味

文本分析到此告一段落,然而《鬈毛》的形象史与文学史意义却有待阐明。

如何评价陈建功,一直是批评家的难题。洪子诚在《当代文学史》中呼唤"在 80 年代的'京味小说'中,陈建功的作品值得注意"①。这种不温不火的呼唤,很难得到大面积的响应。我们放眼 80—90 年代,对陈建功作品的研究为数不多。同时,我们会发现那些在今天看来最中肯的评价,基本位于京味文学和城市文学②的两大框架之内。对作家的认识与定位,也就难以超越这两个范畴自身的限度。

《鬈毛》却是例外,它的形象史意味值得挖掘。主人公鬈毛是新时期以来第一个被成功塑造的城市青年形象。正是在"鬈毛"充斥着"没劲"的慵懒、戏谑和自反的精神气质中,他与此前的"知识青年"形象划清了界限,也与此后的"欲望青年"形象拉开了距离。

"知识青年"让人想起陈建功成名作《飘逝的花头巾》,以及更著名的刘索拉的《你别无选择》和徐星的《无主题变奏》《城市的故事》等等。这些青年对物质与欲望保持或懵懂或谨慎的距离。他们沉浸在理想主义的狂热当中,视野与认识受限于知识的象牙塔。更多时间里,这些返城青年、作曲系学生或文痞们成群结队地从柴米油盐的现实地表起飞,在形而上的虚拟空间"带劲"地滑翔,毫不落地。

从"新写实"到"晚生代""美女写作",刘震云的《单位》到邱华栋、韩东、朱文和卫慧的某些作品,启蒙话语、理性话语的符号失效与现实物质的力量凸显,使"欲望青年"得以逐步产生。无论是新写

---

① 洪子诚:《中国当代文学史》(修订版),北京大学出版社,2007 年,第 284 页。
② 汪政、晓华的论文《老年的城市与青年的城市——陈建功小说谈片》(《读书》1986 年第 11 期)是这方面最早亦最有启发性的成果。

实对个人经验合法性的确认、朱文对欲望话语的凸显或是邱华栋对城市消费奇观的物恋化（Fetishism）呈现，这些"欲望青年"都活得无比"带劲"。这是一种新的"带劲"，是对新的总体性力量的全面拜倒。

在这两种青年形象之间是否存在第三种可能？"带劲1"（知识青年）与"带劲2"（欲望青年）之间的平滑运动是否具有必然性？"没劲"，是对各种召唤主体的"带劲"的意识形态的彻底解构，那么"没劲"的批判性潜力在现实面前是如何衰变、磨损和异化的？是谁在文学史的不起眼处，标注了这一转折的最幽微的坐标？

本文的第一个结论是，陈建功在作品中成功处理了多种青年形象的可能性，并对诸多可能性进行了力所能及的辩难与批判，对我们重新反思80—90年代社会与文学转折，提供了更为精确的断点和更微观的视角。因此，我们有必要将《鬈毛》放置在形象史的谱系中重新定位，并在此基础上开展进一步研究。

如果说第一个结论更侧重于从"断点"的角度强调《鬈毛》的形象谱系学意义，那么本文第二个结论将从"绵延性"的思路去考察该文本在"文学史""文学传统"上的地位。

我们可以说陈建功是很"传统"的（即从经典作家以降的、维持一定重复性的特定叙述形式、主题、人物、情节套路等）。但这样的直接评价于事无补，甚至可能被误解。

这牵涉到我们对传统（tradition）和重复（repetition）的重新认定。德勒兹始终强调文学的生成性（becoming），强调真正的新鲜性（the eternally new）和传统（tradition）之间的重合关系。

我们为何还要阅读莎士比亚这样的传统作家？显然不是因为作家肯定或想象了文艺复兴时的英国。我们重读经典，是因为它使我们重新遭遇观念的形成、创生和重组的瞬间[1]。在这个意义上，德勒兹去分

---

[1] Claire Colebrook, *Gilles Deleuze*, New York: Routledge, 2002, pp. 63—64.

析卡夫卡,强调"小文学"的观念。在一个辩证的逻辑内卡夫卡最具有创新性,是因为他延续了自莎士比亚以来的文学传统——那个不断自反的形式创新的传统,那个解域化的冲动不息的绵延体。

在《什么是小文学》中,德勒兹和居塔里概括了小文学(minor literature)的三个意涵:更高系数的语言的解域化(deterritorialization)、政治性的以及承担集体价值的[①]。尽管无意在此将当代作家的评价问题过分抽象化,但我需要说明的一点是,是否具有"创新性"始终应是衡量作品的标准。创新性的意涵不在于摒弃传统,恰恰在于捕捉和重复传统/经典生成那一刻的新鲜活力与叛逆性。

《鬈毛》不仅区别于陈建功此前和此后的作品,亦逃逸出了京味文学的总体框架。我们不知道"没劲"是否还有形式层面的隐喻,无法确定作家是否意识到了京味文学套路自身的"没劲"。单就文本自身而言,对京味文学套路的转换,对现实复杂性的洞察,对青年群体当下命运的关切,以及对认识困境的毫不隐晦的呈现,这些都构成了《鬈毛》的特征。在这个意义上,本文的第二个结论认为,《鬈毛》是一部足以留在德勒兹意义的"文学史"内的"传统"作品。它是"新"的,因此是"传统"的。

[①] Gilles Deleuze and Félix Guattari, *Kafka: Toward a Minor Literature*, Translated by Dana Polan, Minneapolis: University of Minnesota Press, 1986, pp.16—27.

珍妮佛，来敲门

——黄崇凯对台湾年轻知识主体的状态呈现与自我意识

黄崇凯《坏掉的人》起势就很猛。化名为尼欧的主人公在夜半被酒精上脑的灼痛唤醒，伸手抚摸珍妮佛躺过的凹痕，再醒来已是第二天上午。新的一天晚餐过后，他一如既往打开衣橱，她还躺在衣橱里——珍妮佛是一只真人大小的充气娃娃。

黄崇凯的长篇小说《坏掉的人》描述了三个背景相似的年轻人身心流亡的状态。尼欧是社会学本科、历史系硕士，休学后参军、退伍后硕士肄业，始终没有找到固定工作，以做家教为生。他曾经在本科做家教期间被独守空房的家庭主妇勾引，在性启蒙之后又有了"SM"经历。中文系出身的哥哥被关在疯人院，一心说服他相信自己就是电影《黑客帝国》当中的救世主尼欧。尼欧对现实的感应能力又的确出了问题，他无法与真实肉体发生感应，只能在充气娃娃珍妮佛身上实现欲望。一开篇就出场的珍妮佛，是主人公之一尼欧的性爱玩具。她连阴道都栩栩如生，然而货真价实是具行尸走肉，正如小说中"坏掉"的人。

猛冲一段后，小说放缓了节奏，开始对矛盾的积攒。顺着尼欧的线索，小说家引出另外两个"坏掉的人"。在网络世界找到尼欧的历史系女博士生崔尼蒂也过着双面人生。她出生在保守的乡下，继父酗酒借债，母亲除了不断催逼她结婚工作之外就是不断索要生活费，从小亲近的奶奶在读大学的时候过世。在现实的压力之下,她假期到底层妓寮卖身赚取生活费,并且在身体的被践踏中获得心灵的麻木状态。不难推断,这一秘密一定要被揭穿。一直暗恋崔尼蒂的历史系博士学弟阿威是尼欧的好友,他跟踪崔尼蒂到云林乡下妓寮而洞悉了她的双重身份。无法释怀的他闯入崔尼蒂家中,带着奥巴马的面具恐吓、捆绑崔尼蒂,却又始终不敢踏出强奸崔尼蒂的一步。哈姆雷特曾经喟叹:"这是一个失序的时代!唉,倒霉的我却要负起重整乾坤的重任!"(The time is out of joint—O, cursed spite, that ever I was born to set it right.) 在这句话中带有某种命运赋予个人的责任。可是我们的主人公却在知识话语的海洋当中载沉载浮,既缺乏对时代、生活、社会的分析能力与介入能力,又无法在过量的自我心理分析当中完成对自我的诊断,更是畏首畏尾、手足无措,只能躲在部落格(blog)和脸书(facebook)的世界里喋喋不休。情节至此进入某种停顿。

停顿必须被打破——三个人物的故事线索交叉于尼欧的家中。我们有了一个让他们三人碰面的场所——尼欧家的公寓。尼欧出身中产,母亲和父亲各自另有伴侣、哥哥又关在疯人院,四人都不愿回到家中来住,于是这套公寓变成了堆放杂物的储藏间,也就被阿威借用为宿舍之外的临时住处。不出所料,崔尼蒂与尼欧一旦邂逅就会擦出火花,彼此败坏的肉体恢复了情欲。读者会心一笑——《黑客帝国》里面早就如此设定。然后偷情一定要被撞破,果然长期占用尼欧家宅的阿威回来,发现二人的性事。他忍无可忍带着奥巴马面具冲两人咆哮,却被尼欧打倒。此刻,崔尼蒂终于知道阿威就是奥巴马面具人,她欣然同意三个人同住一个屋檐下。类似嬉皮公社的温馨"家庭"就这样组成了。三人其乐融融,阿威负责做饭,崔尼蒂在两个勤快的男生照料下宛如受宠的公主。崔尼蒂又产生了对尼欧的好奇心,某日进入尼欧的家中,发现了他所隐藏的珍妮弗,将珍妮弗悄悄毁掉,试图帮助尼欧回到日常生活。看起来,小说原名《家庭计划》的用意,就在想象一段怪温暖的三人行。

读者相信事情不会好转得如此简单，于是危机接踵而至。某日先是尼欧的父亲与母亲相继回来，见到独守空屋的崔尼蒂，竟误会为儿子的女友，好在也算相安无事；更大的危机则是，孟菲斯逃出了医院，闯入了三人小家庭，绑住了阿威和崔尼蒂，威胁尼欧"跟他一起离开母体"，逼迫他在崔尼蒂脸上撒尿以示侮辱。尿，还是不尿？灵魂伴侣在外来暴力之下显得如此脆弱。小说却也没有因此推上高潮，尼欧悄悄拨通医院电话，哥哥孟菲斯最后被闻讯而来的医生带走，一场虚张声势的危机就这样解除。情节有限的可能性也几乎被穷尽，故事在冷空气来临的 11 月渐渐休止。

小说所写的"坏掉"是一种现代的时代病。从陀思妥耶夫斯基《地下室手记》到萨特的《恶心》，一种对现代资产阶级化的日常生活及其配套生产的自我的反拨力量就一直蠢蠢欲动。1999 年开始上映的系列电影《黑客帝国》，只是用象喻的方式重新讲述这种符号界的"身份"及想象界的"欲望"的虚幻性。一切红尘滚滚无非机械世界制造的幻觉，于是齐泽克借机大谈"Welcome to the desert of the real"（《欢迎来到实在界的荒漠》[①]）。当下的自我是被给定的和非本真的。可是主人公又不知道是否存在真正的生活与自我，其焦灼的内在探索并不能赋予其改变现状的欲望与能力。"坏掉"既是身份认同的失灵、脱位（out of joint），又是内心无穷的怀疑与诘问，也是主体丧失行动力的瘫痪状态。简单概括的话，"坏掉"呈现了三个词之间的直接黏合：厌倦、焦灼和慵懒。

"坏掉的人"其实是文学史上的熟题。白先勇笔下那些历史的弃民，红尘纷扰挡不住她们的游园惊梦。朱天文、朱天心姐妹笔下，大多

[①] Slavoj Zizek, *Welcome to the Desert of the Real: Five Essays on September 11 and Related Date*, London: Verso Books, 2002.

是古都中的老灵魂。陈映真的《赵南栋》里，革命者赵庆云生下的两个孩子，大哥赵尔平被资本主义规训成为商业精英，小儿子赵南栋成为丧失灵魂的欲望身体——"他喜欢吃，喜欢穿扮，喜欢一切使他的官能满足的事物。但他不使大坏。他不打架，不算计，不讹诈偷窃。最主要的是，噢，有谁相信呢？他的弟弟甚至是'善良'的"。"革命"生产出的后代都以各种方式坏掉了，而承载革命希望的小芭乐最让革命者绝望，他不再能像父辈一样同外部社会历史产生真正的关联，却是悬空漂浮在感官世界之内。

相比于前辈，黄崇凯的文本抽离了本应有的社会及历史意涵，显得更凌空蹈虚，也更"文艺"。我个人则愿意把小说描绘的"坏掉"状态放置在当下台湾大龄知识青年这一群体当中去讨论。三个主人公都是知识青年，每个人都具有一整套学院规训而来的对世界的"解释"。他们饶舌却无效。自我的、本己的状态，不可能在这套对世界的空洞解释中得到澄清与肯定。小说轮流采取第三人称内视角，出入三个人物的内心。有时让人不禁猜测，这三个人物的相似感实际上是小说家对于介入深度的不加区分所造成的幻觉。无论如何，同样深入的介入使我们得以全面了解每个人的心灵世界。于是我们发现，人物的知识话语也呈现同构性。比如治晚清思想史的崔尼蒂，最欣赏德里克、列文森、钱穆、余英时、王泛森，对林毓生、张灏也有好感，文艺方面的精神滋养来自张爱玲、村上春树和马尔克斯，王家卫和昆丁·塔伦蒂诺、艾德·伍德分庭抗礼，顾尔德1928年版《郭德堡变奏曲》和爵士、摇滚是她闲暇时的心头好。她的书架上则全是大部头，《钱宾四先生全集》《刘申叔先生遗书》等等，文化史方面趣味作品还有《乳房的历史》《太太的历史》和《女人的世界史》。阿威挂在口中的是萨义德、韦伯，书架上摆着柏拉图到桑塔格，《中国近代社会史》《中国社会史》《中国文化史》《近代中国社会文化变迁录》，还有那部最后出场的《辛亥革命十年间时论选集》。书籍、学历乃至知识在小说中是用来建筑反讽的道具，用来加剧身份与实际行动之间的距离——这又让人想起黄凡2004年的长篇小说《大学之贼》。这些高深的知识与职棒比赛得分的距离被拉平，多看几本书和疯狂的体育迷之间毫无区别。顾颉刚"上穷碧落下黄泉，动手动脚找东西"的史学方法，约等于在部落格和脸书的蛛丝马迹间对另一个人生活的窥探。

从而，"知识"不仅不能构成对坏掉的修复，反而构成坏掉的原因。这些"知识"必须加上引号，因为它们都是冰冷的、机械的，如同矽胶玩偶一般有着仿真的面目，却无法带来真正的历史感。它们是外在于人的，名叫尼欧或者崔尼蒂的软体动物无法从这些硬邦邦的外壳当中直接获取骨头、充盈自身。通过遁入虚假知识构成的文字大厦，人物无法真正生产出理解当下时刻、理解世界、理解自身的知识，更无法产生包括实践在内的黑格尔意义上的大写知识（Knowledge）。与其牵强地说，是尼欧父母之间冷漠的关系或者说崔尼蒂家庭背景的特殊性造成了他们的问题——小说对这一部分的空洞描写委实让人想到八点档连续剧，不如说他们所深陷的学院制度加剧了他们与生活的隔绝，从而导致思考能力和行动力的萎缩，并进而寄居在学院制度的保护之内，以不思不动和自恋自怨的方式生存于世。

正如颓靡的主题需要纤细妖媚的华美语言，知识者的"坏掉"也需要一种特殊形式感作为依托。为了创造对一种坏掉状态的摊开性呈现，小说的语言抛弃了文人雅化的精致纤细，但也并不带有乡土作品的生蛮活气，而采用了"废话"叙述的形式。无论是阿威的内心独白或者他与尼欧、崔尼蒂之间的对白，都可见一种疲沓、松垮、近乎稀烂的节奏和意义深度。灰烬一般毫无营养的对话，恰是刻意营造的"废人废语"。

作为历史系博士毕业生，黄崇凯是迷恋"坏掉状态"的。微妙的是，作为内容和对象的"坏掉"，反而会产生对形式和对主体的辐射。如同我们凝视深渊所感应到的那股黑暗的吸引力，"坏掉"自身也构成了作家主体的黑洞。小说越来越迟钝，疮痍遍布。"坏掉"自身仅仅是一种动弹不得的状态，无法供给叙事以力量，这就构成了现代病症与古典小说之间、内容和形式之间的龃龉。由于迷恋对状态的展现，缺乏"矛盾"这一古典小说的内在动力结构，使"坏掉"状态始终缺乏推进感。人物一开始就瘫倒在那里，喋喋不休，爬不起来，又没有更深的深渊可以去。坏则坏矣，又好像很难更坏了，以至于，有时候你会觉得"这样也没什么嘛"。阅读小说，你会仿佛觉得那坏掉的、漫长的日子如同湿漉漉的海苔一样缠在身上。但这样也好，小说家不惜代价，与魔障近身缠战，彼此身上沾满对方的鲜血，又让人多感应到了一层"坏掉"对于知识者的切肤性和真实性。《坏掉的人》因此带有现代小说的反身性（self-referential）特征。

　　黄崇凯又不是这么简单的。他其实对"坏掉"的难题性具有充分准备。制度化的知识无法改变出问题的主体。因为主体的危机是由外在符号界所预设的，这也就是意识形态自身的无能处。只有洞悉意识形态的存在，才能直面主体的危机。同样，"家庭"只是成问题的主体所能空想出来的解决方案。在他们没有真正与人交流、与世界交流、介入当下错综复杂的台湾社会之前，他们无法成为真正的"社会学家"或"历史学家"，在他们没有洞悉主体坏掉的真正原因之前，这个主体身上的巨大黑洞是永远无法填补的。还好，写作者在陷入坏掉状态之后，用他的清明意识为小说埋下了反讽的结尾。

　　这个古怪的结尾是对乌托邦式的"家庭计划"的动摇。结尾冗长得古怪，它可以从尼欧父母的归来、孟菲斯的突袭开始算起，一直到十一月寒流来袭的那一天——阿威在监考、尼欧去看望疗养院的孟菲斯，而独自守在家中看书的崔尼蒂"觉得自己就像这间屋子，正空荡着等什么人回家"。要提请读者注意的是，这个结尾大密度地压缩了同步的温暖和不祥。一方面，我们看到了希望："欲望"的恢复，应该是坏掉的人康复的征兆；"下午如一块块方糖，缓慢消融在一篇篇文章里"，也给小说结局赋予了暖意和甜蜜。但是另一方面,尼欧在疗养院觉得擦肩而过的护士酷似珍妮佛,既可理解为行尸走肉终于还魂,又可理解为尼欧始终没有脱离需要珍妮佛的状态。他们真的会好起来吗?不要忘记,这样的"幸福"从未承受过任何压力和考验——尼欧的父母并没有真正诘问这些男女,而孟菲斯看似暴力其实并没有对这个"家庭"产生过威胁。套用科耶夫的说法,未曾受过生死考验的主体是虚假的。这些主人公是否真正修复,仍不可知。反高潮的设计,并不是纯形式的考虑,它为内容的两歧性保留了空间。崔尼蒂等着什么人回家,那么,这一次回来的究竟会是谁呢?

小说家在这样的结局里,不仅仅是"蕴藉了温暖"的[①],还隐藏了一股凛冽的残酷。我更愿意相信,崔尼蒂打开门,她看见的是——

珍妮佛(被剪刀剪碎而后缠满胶带)的脸。

[①] 童伟格:《坏掉情状:读黄崇凯〈坏掉的人〉》,黄崇凯:《坏掉的人》,联合文学出版社(台湾),2012年,第216页。

"废人"的世界
——须一瓜小说论

别扭是须一瓜小说世界的底色。神经质、脆弱、怪异、拧巴,是读者的第一感觉。端庄、素朴、老实、纯真,这些描述与小说风马牛不相及。她追求的是彻骨,提供的是决绝,从须一瓜这个笔名出发的文本,已注定是一道险绝的走势。别扭作为一种风格,很难以直观的形态描绘出来。可以感觉到,在别扭表象之下存在着一种反抗的激情。对这种反抗激情的描述需要更大的篇幅和更细密的技术,这里断然难以全部展开,因为这种激情仅仅是游击战式的,无法形成阵地,更很难形成集团。冒着简化的危险概括,其反抗对象正是中国80年代之后加速卷入的都市现代性,以及这一现代性背后必须打上引号的"人性"规划。

对于这种总体性的别扭及其背后的反抗激情,我们不妨取其一点来说。"废人"是整体别扭风格的突出面向。正是依靠塑造一个又一个孤零零的"废人",须一瓜展开了整套应对都市现代性的游击战。

废人,是都市现代性对"人"的规定而产生的剩余物。须一瓜小说里的故事通常发生在"城市"①。然而须一瓜的城市书写,重点不是

---

① 目前比较少见把须一瓜对特殊主体的同情与现代性批判的格局联系起来的研究。一般研究者或者围绕须一瓜笔下的城市经验,或者单纯围绕对人性的刻画。比如孟繁华、张志忠、陈雪军、毛丹武、李存就分别讨论了须一瓜小说中的复杂的城市经验、主体的疯狂、

迷人的现代物质生活，不是朝九晚五的白领上班族的小小苦涩与伤悲，竟然也不是底层血汗工厂打工者遭受的压榨与不公。小说人物从阶级属性上，可以归为小市民（交通协警、幼儿园阿姨、洒水车司机）、罪犯（小偷、黑车司机）、外来务工者、精神病患等等。这些"底层"人士，与"都市"格格不入，或者不得其门而入。同时，这些小人物身上的"阶级论"意味并不高，一种集体性的"阶级"意识从未在他们身上召唤出来。他们有时懵懵懂懂，有时愤愤不平，大部分时间里疲于奔命，却始终无法理解世界，更谈不上改造世界。要命的是，他们始终是孤独的，个人挣扎式地对抗世界。因为须一瓜对他们的描写避免了一般小资文艺、黑幕小说和底层文学先入为主的叙事主题，我们只能先权且称他们为"废人"。这些"人"绝对不是"精英"，他们连"反精英"的资格都达不到。他们的"人性"是残次的，不具备现代都市人所应该有的素质。他们一方面在成为工具的时候拒绝成为工具，另一方面又在渴望成为工具的时候丧失了资格。他们摇摆于存在主义式的"多余人"和阶级论式的"底层"两个路线之间——他们是都市的"废人"。

一、"不够格"——"废人"的生存困境

须一瓜所描摹的废人，最显著特征是作为失败者和废物（loser）的生存困境。"失败"（failure）在这里意味着无法合格就位，他们是

主体的孤独等等，未从反思现代性的框架与意涵上讨论弱主体的反抗意义。参见李存：《论须一瓜小说的"疯狂"人形象》，《当代文坛》2006年第2期；毛丹武：《须一瓜小说简论》，《当代作家评论》2005年第3期；陈雪军：《试论须一瓜近年来的小说创作》，《文艺争鸣》2007年第11期；孟繁华：《都市深处的魔咒与魅力——评须一瓜的小说创作》，《时代文学》2013年9月（上半月）；张志忠、吴登峰：《孤独的城市森林——须一瓜小说简论》，《文艺争鸣》2008年第2期。

规训失败的产物。

现代性以各种话语来使前主体的意欲、情感、知觉汇聚成为主体。现代主体的生成，伴随着一系列的自我技术和话语装置。从福柯到阿尔都塞，从"规训"（discipline）① 到"询唤"（interpellation）②，描绘的都是这一过程的不同侧面。无法具备相应"能力"的主体，在现代性的大他者眼中不具备任何价值。须一瓜却在依靠文学的审美力量重新挑战现代性实用主义的价值系统，以文学的同情代替了利益的算计，重新赋予这些废人审美价值。

《义薄云天》③的主人公是性格羞怯、唯唯诺诺而又与人格格不入的管小健，一个做不成"精致的利己主义者"的废人。到某个城市做项目的小职员管小健在野外喂猫，见义勇为帮陌生女人抢回钱包、自己却被歹徒扎了四刀。他怕被精于世故的妹妹数落自己"多管闲事"，于是跟警察说自己并非"见义勇为"。这一"见义勇为"的后果是赔上了所有现金。他记错了客户高主任老婆生日，但还想跟一面之缘的客户借钱垫付医药费。随后，被妹妹发现真相，被妹妹逼着去找警察改口供。他改称自己见义勇为，要政府肯定和嘉奖。警察不胜其烦，不相信他修改的口供，反而指控他谎报案情。管小健在妹妹逼迫下，只好对市民热线的"有话直说"栏目痛诉经过。受管小健帮助的陌生女人萧蔷薇到报社来闹事，报社借机派记者能四和女徒弟洪小帽展开调查。真相揭晓，萧蔷薇理亏，谁知萧蔷薇不仅没进一步去找律师打官司，反而态度一百八十度转弯，主动登门照顾管小健。《义薄云天》后

---

① 参见 Michel Foucault, *The Archeology of Knowledge*, translated by Alan Sheridan, London: Tavistock, 1972; Michel Foucault, *History of Sexuality Vol: An Introduction*, translated by Robert Hurley, New York: Vintage, 1990。
② 参见路易·阿尔都塞：《意识形态与意识形态国家机器》，孟登迎译，陈越编：《哲学与政治——阿尔都塞读本》，吉林人民出版社，2003年。
③ 《义薄云天》，《人民文学》2010年第9期。

续报道发表之后,萧蔷薇就和管小健结婚。原来,其目的是为了自己的儿子中考加上二十分。管小健狠狠地"被义薄云天"了一把。婚宴上,醉后的管小健宛如英雄一般呼喝自己从来不敢忤逆的妹妹,把婚宴吃剩的清蒸鱼打包,并告诉他真正的朋友——流浪猫咪咪:自己结婚了,从此可以大吃大喝了。这一皆大欢喜的结局,是对"义薄云天"的反讽。管小健的"傻",是对"聪明"的拒绝。他拒绝以利益计算的方式规划自己的人生,宁愿浑浑噩噩地"义薄云天"。在这里,"义薄云天"又不是反讽,而是真诚的褒奖。

读者进一步追问,假如管小健并不浑浑噩噩而是成功跻身城市,那么他的生存状态和最终命运是如何的?

《雨把烟打湿了》[①]是另一个"管小健"的故事——虽然主人公水清在强大的城市现代性面前首先选择了"变聪明"而非"愚钝",但这之后"不够格"的焦虑使他产生了自我厌憎的情绪,走向了变相的自杀之途。从小说之中,我们可以很自然地联想到城乡二元结构在当代社会造成的危机。须一瓜在处理这一系列问题的时候,没有采取纵横捭阖的传统现实主义视角或者民族志式的社会学视角,而是始终把焦点死死盯住那些不断努力然而始终无法扎根城市的漂泊的乡村弱主体。

小说开端是一起出租车司机被杀的凶杀案。疑点是被告人高级知识分子水清的精神鉴定完全正常,亦不存在杀人动机。随着实习律师的调查,小说开始倒叙 44 天前凶杀案发生的暴雨之夜。农村出身的丈夫水清如何被太太钱红半催促半强迫地去和棋友会面应酬。为了这次棋友晚餐,水清必须亲自去买菜、整治鱼头、事无巨细地照料太太儿子。暴雨夜如何路途不顺、去的路上坐在满口脏话的女司机车中听她说脏话、出事故时被女司机赶下车,到了对方家中虽极力加入话题、然而不由得不注意到自己湿透的衣服弄得椅子滴水,水清谨小慎微的性

[①] 《雨把烟打湿了》,《福建文学》2003 年第 1 期。

格使他独自承受了这一切,却酝酿着风暴。小说接下来插叙水清的个人背景,他如何以农村考生自卑而狂的姿态进入大学,如何肮脏不卫生,又如何大胆搏出位地追求"白富美"钱红。婚后,他一点点征服钱红全家,直到全家更爱这个女婿。水清心中始终存在着"不够格"的焦虑。在母亲去世之前,他费尽心思阻止钱红去自己老家,在母亲来城市同住时非常克制,但也让母亲知道自己农村长期贫困造成的生活习惯和城市生活的格格不入。他每个晚上都给钱红挠背,凡事都听老婆的,让母亲无话可说,因为她同样畏惧陌生的城市。学不会城市的家务,不会用抽油烟机也不分生熟菜板,于是母亲知趣地提前返回乡下——小说这部分情节可见《少许是多少》的影子。这一切城乡差距、自卑和自尊、要强和脆弱、农村孩子与城市高级知识分子家庭的矛盾,始终存在水清一个人的心里,成为他的死因。钱红的高级知识分子家庭始终都希望水清继续走上学术研究之路,而水清对于扮演这样的角色和对方不断提高的期望标准,逐渐感到心力交瘁。他始终不上线的GRE成绩、面试时的糟糕表现和社交生活的无能,正是一面残酷的镜子,照出了他的原型——虽然他过上了体面的城市生活,但骨子里仍是那个挤不进城市的"废人"。

这一切矛盾的惨烈解决,源于水清在回家车上看到长相酷似自己的司机。司机的无礼粗俗使水清看见了一直恐惧厌憎的那部分自己。在掘根心态的控制下,拿起进口刀具将之捅死。通过以城市文明象征的双立人刀具杀死"属于乡下的自己"(出租车司机),水清把自己的乡村原罪解除了。"逆袭"后的"凤凰男"无法逃脱对都市现代性的渴望,以及无法就位的焦虑感,这种焦虑感进一步转化为对乡下老根的自卑、鄙薄和克制不住的厌憎与恐惧。最终,这一切都必须以文明、高级、优雅的进口"双立人"牌刀具来得到解决。

我们回望管小健和水清们——不管如何努力,他们总在某些时刻暴露出来弱的、愚笨的、迟钝的、顾虑过多的、忧心忡忡的一面,他们是恨铁不成钢、是烂泥不上墙。他们因而是"loser",不是都市丛林法则左右逢源、雄心勃勃、精力充沛、翻脸无情的"城市精英"(参见《城市亲人》①)。须一瓜把他们打捞上来,给他们涂上一层嚼不烂的外壳,再把他们突兀地摆放在刺眼的位置。

二、"想太多"——"废人"的内在能量

第二个显著特征,这些小人物的内心世界惊人的丰富,并因此构成了内在与世界之间的极端矛盾。他们总是"想太多"。"底层"一旦具有了这些"非分之想",就是不稳定的、是危险的:一方面他们很难按照现代性的种种规范做出合乎标准的动作;第二个方面个人意识的觉醒使他们不会满足于被压榨、被欺凌的现状;第三个方面是,由于缺乏理解世界、改造世界的真正能力,这种无法平息的内心骚动使他们处于无尽的痛苦之中。

对弱者泛滥的爱,是"非分之想"的其中一种。对花鸟之类美好精致事物的宠爱,往往被认为是中产阶级的生活情趣,但在须一瓜这里带有反抗的意味。对弱小的动物与植物情有独钟,使他们无法具备无情刻板的工具理性。无疑,在须一瓜眼中,以利益计算为核心的工具理性是都市现代性的重要表现。管小健(《义薄云天》)和"豌豆巅"(《豌豆巅》②)的爱猫、巡线工宗杉的爱鸟(《黑领椋鸟》③)、小庆的爱花(《国王的血》④),使他们无法以利益计算的方式去思考,大脑总处在开小差的状态。你也配养宠物?——尽管世界在对他们咆哮,"爱"

---

① 参见《城市亲人》,《朔方》2004年第10期。
② 《豌豆巅》,《小说月报》2011年第12期。
③ 《黑领椋鸟》,《上海文学》2009年第4期。
④ 《国王的血》,《收获》2012年第2期。

总在需要他们循规蹈矩的时候泛滥出来，使他们的行为出现偏差。

《穿越欲望的洒水车》[①]也以"爱"作为主题，尽管其描绘对象不是"对弱者的爱"，而是"弱者的情爱"。"废人"的"废"，因"爱"成"痴"——"废人"即"痴人"。或如巴丢所提示，在存在论意义上，"爱"具有革命性和解放性，从来都是挑战常规的。小说以夜班洒水车女司机和欢尝试拨打寻人公司电话开始，打开了这名单身女性自从丈夫失踪后四年间的生活。因为对丈夫的刻骨眷恋而陷入失眠、焦虑，和欢主动调整到夜班。然而，思念、绝望与怀疑又逐渐发展。在寂寞难耐之际，她也会勾引路上的陌生男人，以解决身体和心理的空虚。她一方面学会打呼哨，疯疯癫癫、流里流气，另一方面仍然依靠丈夫衣服、内衣裤、胡须留下的气味生存下去。小说就在贞洁与放荡、清醒与疯狂之间狭窄的刀锋上摇摇晃晃地行走。破碎的追忆，拼接出了和欢的人生轨迹。和欢是"弱"的：小夫妻的拮据生活、她的出身不高以及性格上的内敛封闭使他们的感情一开始就笼罩着阴影。丈夫是职业中专学校的老师，而和欢只是小县城食品加工厂的后勤司机，丈夫托园林局负责人吴志豪给和欢在特区环卫处找到开洒水车的工作。婆婆看不起和欢小县城中专生的出身，积累了越来越多的不满，越来越苛刻，婆媳关系紧张，和欢无计可施，只得隐忍退避。一天上午，丈夫在赶回家处理电子邮件时与和欢就鸡毛蒜皮的小事发生口角，就此离家失踪。丈夫祝安失踪两月后，和欢发现自己怀孕，由于没有准生证和自己对祝安离家原因的怀疑，和欢并没有遵从婆婆的意愿留住孩子。婆婆忧怒之下病倒去世，和欢与婆家的关系断了。从此和欢回到离群索居的单身生活中。觊觎她的人不少，她完全可以开始一段"正常的生活"。粗野的同事圭毋总喜欢言语上骚扰和欢，被和欢坚决的反击惹怒，最后踢裂和欢的脾脏；而丈夫的同学志豪新近丧偶，对和欢表白被拒，后来另行结

[①]《穿越欲望的洒水车》，《收获》2004年第4期。

婚。和欢宁可在对丈夫的思念与困惑中一步步陷入泥潭，而没有选择将就凑合地"过日子"。最终，和欢在丈夫失踪四年之后得到消息。原来丈夫在小县城外车祸死去，作为无主尸体，没留下尸体和骨灰；小县城警察办案不力，也没有从随身财物中找到联系信息，是医院护士整理遗物时发现的联系电话，以至于拖了四年。由于制度上的漏洞与执法者的懈怠，这条死讯拖了四年之后才传到和欢这里。如果这个死讯不是拖了四年，以至于让和欢完全在岁月的磨盘上耗尽了希望与精气神，她还会不会在《简单爱》的歌声中开着洒水车冲下了大桥？但小说对交通队和执法者的批评只是虚晃一枪，城市底层和欢泛滥满溢的"不正常的爱"才是主角。"爱"并不"简单"——周杰伦的流行歌曲并不是对小说意义的真正呈现。"爱"在这里，应该作为对都市现代性规定的"日常生活"的一次起义来理解。"爱"是主人公对都市现代性规定的自我、规范和"过日子"使出的那一记窝心脚①。

某些残疾或者轻度弱智的人物加入到了"废人"的行列，恰恰是因为在沉默低能的外表下压抑着巨大的内在能量。痴呆是须一瓜笔下许多人物的共同点：懵懂、痴呆、死脑筋。这反而成为他们游离于都市法则之外的通行证。

凭借这样的叙述，须一瓜使阿丹（《在水仙花心起舞》②）因"情"而"痴"，成为笼罩在80年代中国改革历史上空的恍惚幽灵。故事发生在80年代的南方小城市。轻度弱智、白皙、帅气的弟弟阿丹无师自通、在观摩哥哥剪发时展现了设计发型的天赋。"兄弟名剪"名震80

---

① 对于西方激进哲学而言，日常生活常常被视为最大最隐蔽的意识形态。"爱"作为对日常的、俗世的状态的打破，具有了反意识形态的革命意义。可参见吴冠军：《爱与死的幽灵学——意识形态批判六论》，吉林出版集团，第179—193页；也可参见 Alan Badiou, *The Communist Hypothesis*, translated by David Macey and Steve Corcoran, New York: Verso, 2010。
② 《在水仙的花心起舞》，《人民文学》2005年第6期。

年代的小城。在个体户的黄金时期,阿丹哥哥与官二代结成朋党,终日逍遥出入于歌厅饭店,替当时的女演员们设计发型,广受欢迎,过着放浪形骸的生活。少年阿丹出淤泥而不染,尽管一旁莺歌燕舞,却始终专注手中的牙剪。一直到十六岁那年,他遇到"茄子她们"——一共五个二十七八岁左右的舞蹈演员。在茄子的提琴声和突然闯入的四位姑娘们的引诱下,在美到极致的月下裸舞中,阿丹度过了弱智者一辈子无法忘怀的浪漫初夜。美所唤起的"情"是具有杀伤性的——这种"情"说不准是爱情、亲情或者友情,只是一种无法被感官规约、使主体忘却自我、抛弃现实、摒弃理性的能量。这件事造成了一系列深重的影响。离开茄子家之后,对月光中姑娘们纯美身姿的思念,尤其对死去的茄子的思念,被他外化为对水仙花的依恋。内在之缺失,转换为对外物的迷恋。茄子死后,阿丹开始种植水仙花,并执拗地在水仙花陪伴下入睡。阿丹依恋小提琴的声音,尽管始终记不住这是哪种乐器,但不容任何人打断。哥哥在阿丹精神恍惚、拒绝工作的时候讲茄子们的事情,使他回到现实世界恢复工作。为了维持阿丹心中的美好印象,哥哥必须隐瞒那几个女孩二十年来容光不再、美人迟暮,变得肥胖松弛市侩猥琐的事实。当初每个姑娘心中都有阿丹的位置。为了保持自己当晚在阿丹心中的美好,大家也彼此心照不宣地不再找阿丹。虽然二十年不见面,但阿丹和舞蹈演员们之间澎湃汹涌的情(affect)从中国城市化商品化进程的历史中破浪而出,在磨蚀一切世道人心的市场大潮中硬硬地梗在那里。最后,阿丹得了急性白血病,临死前念念不忘那些记忆中的"女孩们"。这些老太太们也都愿意来看望阿丹。阿丹认出了这些松弛肥胖猥琐的老太太,请老太太们再一次地为他跳了二十年前的舞蹈。

　　阿丹和舞蹈演员们的"情"无法归类,但这种难以分类、难以描述的情绪之流,形成了废人充沛的内在能量,使之无法与外在凡俗的日常生活保持和平。极限情况下,主体将会变成和欢或阿丹,使他们从日常生活给自己分配的位置中脱离出来。这种脱位对于和欢是死,对于阿丹则是痴呆的混沌。

"不合时宜的思考"常常是这些小人物悲剧命运的原因。"拧巴"是我们每一个人的日常生活状态。更多时候,我们选择"不去想"以缓解这种非本真状态带来的焦虑感。如果不是"想太多",他们会不会免去许多困扰、少了许多痛苦?他们为什么不能和普通人一样,恭顺地加入"踏踏实实"的生存状态?可是,要求这些金字塔底座的人们不要"想太多",不正是城市现代性所携带的暴力之一吗?尽管作家没有从个人精神史的深度去阐发这种"想太多"的主体根源,但"想太多"本身已是对城市规训权力打开的主体性缺口。我们可以期待须一瓜在今后对人物内心世界采取更成熟、更接地的呈现方式。无论如何,他们过分敏感的神经、可笑的怪癖与执着,开启了一扇通往"废人"世界的窗口。

三、"缺德"的诸种可能——"废人"的道德困境

难能可贵的是,须一瓜没有简单给"废人"赋予道德霸权。我们不妨套用卢梭的句式:"废人"生而善,却无往不在"缺德"的困境中。

大多数时候,须一瓜主要做的是道德主体的拆解工作。比如《毛毛雨飘在没有记忆的地方》[①]。城乡结合部的刑警郑静经常接到假警报,报案人章利璇三次谎报自己虐杀了自己的台湾大款情人,"虐待""碎尸""沉海",她的描述一次比一次细节逼真。整个派出所被假警报扰得不胜其烦。期间,郑静受到章利璇忧伤气质的吸引,又从朋友处间接得知了假装失踪的"台湾仔"一直在大陆拈花惹草,逐渐对章利璇生出了暧昧的情愫和不该有的欲望。这种不该有的欲望必定遭到惩罚。

---

① 《毛毛雨飘在没有记忆的地方》,《人民文学》2004年第9期。

后来章利璇再次发病,将郑静当做台湾情人虐杀。须一瓜尖锐的地方在于指出,男人对可怜女人的同情心与占便宜心理,常常是难以区分的。章利璇本来不是善茬,她借"做家教"为名嫁入豪门,先后破坏了两个家庭,是专业"拆迁办",只是遇到"台湾仔"而真情流露、念念不忘以至于精神失常。郑静的复杂性在于既同情又鄙视章利璇,既有作为弱者的自怨自艾又有分一杯羹的落井下石,既有正义善良的一面又随时动摇成为助纣为虐的一方。小说令人遗憾的地方在于重心不稳,过多着力于情欲和变态人格所能引起的可能事件。由于被精神病态所吸引,反而不能将章利璇的历史与内心,尤其是将郑静的现实生存境况和内心世界透视清楚。"病态人格"是须一瓜的利器,也是迷障。

当道德主体的批判转向了对道德律令的解构时,小说的激进性和深刻性就凸显出来了。《二百四十个月的一生》①完成了"正当——不正当"的莫比乌斯环(Mobius strip)式描述②。乡下姑娘荷洁嫁给了老城居民、离婚后的男人文仔。凭着厉害的婆婆的人际关系,文仔给幼儿园当后勤采办,荷洁则给幼儿园当阿姨——他们依然是市民阶级的下层。小说铺垫了许多文仔作为一个活生生的人的细节:他爱悔棋,本事不大声势很大,很听母亲的话,连每周六固定与荷洁做爱之前还要听母亲安排喝下一煲猪尾巴汤。就在夫妻俩每周卑微的节日——周六这天,文仔在路口斑马线上被车撞死。肇事者聂总酗酒驾车逃逸,后来聂总夫人将他带回现场自首。经过警察的威胁、不耐烦的暗示和刻意包庇袒护,即使婆婆厉害有心多要十万(在对方提出的十六万基础

---

① 《二百四十个月的一生》,《上海文学》2008年第1期。
② 莫比乌斯环是一种拓扑学结构,它只有一个面(表面),和一个边界。它是由德国数学家、天文学家莫比乌斯和约翰·李斯丁(Johan Benedict Listing)在1858年独立发现的。在莫比乌斯环上,沿着一个平面前行,只要走得足够远,就会走到背面。齐泽克常用莫比乌斯环(Mobius strip)来指涉相互矛盾对立的两者以不被人注意的方式完成的联结。可参见 Slavoj Zizek, *Looking Awry: An Introduction to Jacques Lacan through Popular Culture*, Cambridge, Mass: MIT Press, 1992。

上加十万），在三天后婆婆去世后，软弱、懵懂的荷洁只拿到了二十万赔偿费。文仔死后，荷洁精神恍惚，被幼儿园开除，被园长介绍到午托班当阿姨。荷洁拿着文仔的望远镜，偶然窥见了聂总一家的富豪生活，大受震惊：

> 一个呼哎嗨哟来去的，爱炫耀、会沾公家便宜、依赖母亲、经常悔棋、周六做爱、看电视爱哭的大活男人，一天的日子，原来只有两块七。两块七。两块七可以买什么呢？折价的鸡肉火腿肠一包。一只水笔。五个七号小电池。两斤普通大米。十块夹心饼干。一斤红富士苹果。

得知聂总汽车上的一条刮痕需要两千块钱、而汽车的折旧费一天就是 50 元，她归纳出了一个冷酷的"价值关系式"：一辆车一天折旧 50 元，而文仔的命一天是两块七。

在窥视聂总和夫人的隐秘夫妻生活中，荷洁感喟自己和文仔最大的幸福也不过就是周六的那一天：熬汤，行房，等婆婆不耐烦的咒骂，然后睡去。荷洁"想"的很多：

> 周六这一天，文仔是不是也等于两块七呢？文仔的周六，充满着猪尾巴汤的芬芳日子是多少钱呢？而这一天，如果聂家也承认要贵重一点，那么，到底要比平时贵重多少呢？一年有五十二个周六，二十年，文仔有多少个周六呢。荷洁又有多少个周六呢？荷洁开了灯，翻出计算器想算一下，文仔的计算器却怎么拍打也显不出数字。荷洁只好把它扔回抽屉。荷洁心算了一下，好像有一千多个。就算一千个吧，要不要算上荷洁的一千个周末呢？那么，这一个日子多少钱？两个人叠加的周末日子，又是多少钱能够计算呢？这样的日子，

有没有折旧可以计算?

荷洁下意识地开始了报复行动。为了刮花聂总的车,她甚至应聘了大厦某一户人家的保洁,总共才刮了五道刮痕,聂总就将车停入地下保护起来。无法继续实施报复的荷洁,在望远镜中看到三个年轻人到聂总家偷窃,于是特地下楼为之指路帮助逃跑。事后才知道,在窃案中聂总太太的母亲被三个年轻窃贼闷死——荷洁协助的是三个杀人犯。

此处,荷洁的伦理困境开始出现。如果说"刮车"并不带来真正的道德缺点,那么帮助一伙杀害无辜的窃贼逃跑,显然构成了真正的问题。荷洁的复仇行为,是"缺德"的吗?缺德与道德的边界在哪里?她从何时就已经滑到了不道德的深渊中呢?如果法律已经不是正当性的保障,那么弱者对强者的正当复仇,在何种限定下是"可能的"而不沦为新一轮的暴力?"正义"与"不正义"并没有清晰界限,二者共处在一道莫比乌斯环中,沿着一个平面旅行足够远,你就会发现自己站在了背面。废人的道德困境表现为"正当—不正当"之间平滑过渡的莫比乌斯环。

《海瓜子,薄壳儿的海瓜子》[①]是对道德系统更大力度的撼动,抵达了"不伦"问题的底线。必须在大力度的摧毁中,须一瓜才肯给道德一次重建的契机。小说描述了闽南海边小村庄晚娥一家的伦理困境。湘妹子晚娥嫁入阿青家。公公鳏居多年,是村里人人称道的老好人。脾气暴躁的丈夫阿青与细心沉默的公公相依为命多年。一家人生活正在渐渐变好,村口盛产海瓜子的滩涂不允许养殖海产,反而成了他们放养鸭子的天然饲料厂,美好的生活就是建立在那些海瓜子的基础上。闽南特有的海风徐徐吹来,日复一日,鸭子们渐肥。然而,一切美好生活的可能都在晚娥发现公公的不轨之举后发生了变化。新媳妇发现

[①]《海瓜子,薄壳儿的海瓜子》,《上海文学》2004年第3期。

公公一直偷看自己洗澡,而这种伴随衰朽腐败气息的不伦欲望使她厌恶、恐惧和憎恨。她又无法启齿——丈夫与公公从小相依为命,如果捅破真相,等于毁掉整个家庭的和睦,而脾气暴躁的丈夫阿青更可能做出令自己后悔的事情;同时,她又确实不忍心让原本就沉默压抑的公公难堪。可是,在晚娥决心选择隐忍、退避和小心防范了两个月之后,阿青自己发现了父亲的偷窥行为。他暴跳如雷,甚至对晚娥产生巨大的怀疑:妻子明明知道公公在偷看,为什么还瞒着自己,而让公公继续看下去?老年人的性欲问题、妇女权利问题和一般"人情"的冲突,被紧紧锁死在乡村和睦家庭的封闭空间内。在这里,读者体会到晚娥的"近人情"。这不是以独善其身为旨归的布施,而是真正委屈自身、忍受误会和承担罪业的"献身"。阿青对新媳妇的恋爱、对父亲的怜悯尊敬以及对媳妇和父亲的怨怼、猜忌,使他几乎陷入疯狂,可又毫无解脱困境的办法。公公的形象一直隐藏在暗处。他也是的的确确、货真价实的老好人。可是老好人并不意味着不能拥有欲望。读者亦能体会到他沉默背后巨大的心理压力,那来自儿子的暴力、媳妇的嫌弃,种种恐惧、悔恨、唏嘘与自我厌憎。阿青对父亲越来越坏,总是因为恚怒而拳脚相加。父亲更加隐忍退缩,不敢同桌吃饭,更时常借机到村人家中彻夜不归。朱文在《老年人的性问题》和《胡老师,今天下午去打篮球吗?》中已经触碰过这样的困境:老年人的性欲,是否具有正当性?这种老年人正当的需求,如果与别的伦理价值发生碰撞时,一个主体如何自处?一个"不伦"的个人道德问题,就转化成为社会批判和文化批判的议题。

拆解是为了焕发道德律令的生机,也就是说,卸载旧系统是为了系统的升级与修复。这一片暗无天日的废墟之上,小说家怎么将道德的乌托邦重新树立起来?这一家人今后的日子怎么过下去?渐渐的,阿青的气在消下去,他会痛骂老人为何在生病之后不吃药,甚至会怒气冲冲让媳妇把药端到老人房中。而公公尽管常常被阿青打肿脸颊,却在悄悄积攒丝瓜络,为的是信守当初那份诺言——送阿青夫妇一床丝瓜络做的"席梦思床垫"。小说带有一种特别的抒情性。一种以闽南乡村生存状态为依托,而又别于一般社会规范的"新生活",以它看不见的微观力量,生长出新的善与正义。

对于道德重建的呼吁,值得一提的还有《怎么种好香蕉》[①]。相对《二百四十个月的一生》,这一篇小说在技术上并不十分完美,却在思想上体现了作家更多的努力。作家通过描述弱者之间自以为是的互相厮杀,试图将不同的视角、不同的价值观念并置在一起,把彼此的虚妄和错讹构成一幅本雅明意义上的辩证图像[②]。"我"是农技站的技术人员,在比较香蕉品种优劣的农业技术讲解课后,认识了智力低下的朱优待。朱优待一家养殖海产为生,但西海域改造,养殖滩涂没了,政府补偿了全家 110 万。他决定和姐姐用政府补偿款承包果岭种香蕉。有意思的是,朱优待依靠买体育彩票赚钱买了一辆宝马车。这一切都使朱优待给人留下了一种"土豪"的假象。朱优待爱车如命。但停在教学楼外的黑色宝马车被小杂货店的男孩偷偷刮了 26+8=36,横式和竖式都写错了。难看的刮痕和错误的算式,这种别扭的感觉让不善言辞的他陷入难以表达的郁闷与愤怒之中。但是小杂货铺的女店主和小男孩不认账。朱优待几天后发现车上的横式与竖式后面,被打了一个对勾,亲眼见到小男孩扔下锐器就跑,小男孩扬言还要在后面刮上表扬自己的"100 分"。朱优待被气得够呛。然而,朱优待并不是遭到伤害

[①] 《怎么种好香蕉》,《收获》2003 年第 6 期。
[②] "辩证图像"(dialectical image)在这里指涉一种毫无希望的崩坏状态。这种崩坏状态暴露了现实的所有矛盾,将现实的矛盾发展到最为成熟和圆满的状态。正是在这个意义上,现存矛盾发展到了其顶端,其自身的生命也即将耗尽,处于转换的关键点。全部的未来、希望、改善的可能性,就孕育在这一空间性的破碎状况中。于是,客体失去意义的同一性,成为介乎动(mobility)与不动(immobility)之间的延搁。在本雅明那里,这一特殊的图景,由于带有了历史意味,包含了记忆与未来,就成为时间化的空间、历史空间,故而称为"辩证图像"。

的唯一一方,杂货铺母子也遭到了同处底层的一伙民工的讹诈。几天前一群民工拿着装有蟑螂的啤酒瓶来讹诈小杂货铺,这一天他们再次来找茬索赔。朱优待等在车里,眼看着民工进去讹诈,享受报复的快感。不久,我和朱优待听到了杂货铺里女人的尖叫,觉得不妙,出于复杂的心情进去查看,发现女人鲜血淋淋地拔掉了自己的假肢,放在杂货铺的钱盒边上。小孩的父亲车祸死了,自己丧失一条腿,这样的家境让同为底层的民工们无奈、汗颜,也让我和朱优待哑口无言,无法要求赔偿。结局是,女人通过展示她的残疾,反过来对男人们进行了道德要挟,获取了胜利。

小说反复追问的就是"这样是对还是错?"弱者或底层就拥有先天的道德制高点吗?小孩子显然将他对社会不正义的批判,反讽地刻在了宝马车上——26+8=36。这隐喻着黑白不分的社会状况。但同时他并没有意识到自己是在"为恶"。正如那些同处底层的民工们,以贫穷当做了作恶的理由。只有当民工们真切意识到,杂货铺母子与自己同样身处社会底层,他们才自然地收手。问题是,从小说中杂货铺母子与民工们的视角可以推断,如果作恶的对象是朱优待这样的"宝马车主",这种作恶就顺理成章,是可以打"对勾",可以"打 100 分"的了。须一瓜意识到了这其中的问题,将这些人心目中的"平等"和朱优待朦胧感觉到的"正义"价值观,做了一次想象性的碰撞。小说结尾是这样的:

> 我问朱优待,如果,这道题一开始就计算正确,你真的就不要他赔了,是吗?
>
> 我……不知道。
>
> 你想一想,再说。
>
> 朱优待手指在方向盘上慢慢地打圆圈,看得出他在认真想。他想了好一会。

可……是，我……一看到它，就是……错的。我……就非常不舒服了。

正确的——你就会舒服吗？

一……开始就不正确嘛！朱优待皱起扁扁的眉头，小……郑老师，你……你这人怎么这样想问题？！

结尾正是借争论男孩有意做错的数学题、来对底层的道德提出质疑。朱优待虽然同情这对母子，但仍然觉得"不舒服"，因为这种价值观"一……开始就不正确嘛"！

当然，道德重建并非一项简单任务。大多数时候须一瓜所做到的，是暴露一个弱者无力反抗强者而又被迫互相倾轧、厮杀、落井下石的"怪现状"。这比简单暴露强权的伪善更有直指人心的感染力。比如《火车火车娶老婆没有》[①]描述的交通协警与黑车司机之间的殊死较量，就更应该放置在这样的格局里去看。作家处理这类题材，在技术上更为得心应手。从本雅明的意义上，制造一片无法被总体论综合的碎片化场景，形成一种文本与文本的、观念与观念的冲突与拼贴，这种以寓言形式呈现的辩证图像才是真正意义上的现实。这种新闻记者式的记录和拾荒者式的采集，才是对现代性的忠实记录，也在最大程度含纳读者主体性的前提下敞开了其反思的可能性。当个人道德的废墟完全展开在读者面前，我们不禁要调动最大程度的思考力去探究一切背后的制度性"大恶"——这一切大罪恶的制度和状况是如何在历史中一点点形成的？作为"废人"的城市底层，怎样才能扭转这种道德状况？当这些细微的、零星的质疑被调动和组织起来，我们看到了文学的力量。

[①]《火车火车娶老婆没有》，《人民文学》2009年第11期。

四、小结:"废人"的文学谱系与批评家的任务

须一瓜身上携带了无法通融而始终不断碰撞的两条历史传统。须一瓜所塑造的"废人",同时具有"底层"和"多余人"的影子。或许,须一瓜作为 60 后出生的作家,无意识中微弱的革命记忆与长期接触一线政法新闻的经验,使她对"底层"有一种天然的亲近;而青春时期所受到的文学熏染与文学入门时期的阅读体会,使她不自觉地接近了 80 年代中期"现代派"以来、存在主义式的"多余人"叙事模式。这两种相对隔绝、目前尚无法融洽转换的资源,使须一瓜的小说世界充满别扭与紧张,既帮助她从两个角度去表达对都市现代性的抗拒,也顺势生产出了一系列的都市"废人":管小健、水清、和欢、荷洁、章利璇、阿丹、朱优待……

批评家下一步的工作,首先要绘制作家文本这种"底层"叙述和"多余人"叙述之间犬牙交错的地形图。在小说《忘年交》[①]中,革命传统与新时期知识分子传统构成了文本中明确的双重变奏。革命的乐观的强主体(老陶)与后革命的忧郁的弱主体(小齐)之间反复走近、离远、最终天人永隔的曲折过程,正是作家试图勾连自身两种传统与记忆,而又尚未有能力廓清其关系的一次尝试。在某种最极端的意义上,我们甚至可以把须一瓜视为无法彻底认同这两种话语资源、在革命和后革命的思想传统之间反复寻觅和摇摆的探求者。无法轻易找到自身位置的"废人",甚至有着作家本人的影子。

其次,须一瓜的成功为我们重新探讨作家职业化问题提供了可能性。猎奇或者"尾条新闻",一度成为对她作品的指摘。近几年来,随着作家本人的成熟,我们看到了一种新闻话语、新闻记者的职业对文

[①]《忘年交》,《人民文学》2012 年第 1 期。

学写作构成的滋养。文学家的职业化和非职业化之间，是否存在一种辩证的紧张关系？当下，"作家"越来越成为一种职业，一种谋生手段，一种博取个人在此世的功名利禄和资本的世俗行当。无论体制内作家、体制外写手、出版从业者或学院中人，许多作家很难再把写作同谋取资本的行为区分开。50—70年代作家深入生活、干预生活、为政策写作的文学组织方式，是我们曾经熟悉的。只是今天，我们很难再想象一种杜鹏程式的半战斗半写作的生活，一种柳青式的工作状态，一种周立波式的语言能力，一种高晓声式不断讨论农业政策和各地亩产数字的发言。在这两种文学组织方式之外，是否还存在更多的可能性？无论如何，须一瓜新闻记者式的写作，使我们对"知识分子书斋写作"与"为政策写作"之外的文学组织方式，有了遐想和期待。

第三辑 形式

> 它的文体暴烈、不羁而破碎,咀嚼起来甚至带着绝望的沙砾。面对这样的作品,批评家必须要回答如下的问题:这种风格的内在原理是什么?同时,作为并不成熟的技术,它具有怎样的内在局限?最后,这样的文学实践,其意义何在?
>
> ——《韩松的"强度"——以长篇科幻作品〈地铁〉为例》

韩松的"强度"
——以长篇科幻作品《地铁》为例

韩松的《地铁》,其直观的感受是"有劲""狂躁"或者"强烈的"(intense)。它的文体暴烈、不羁而破碎,咀嚼起来甚至带着绝望的沙砾。面对这样的作品,批评家必须要回答如下的问题:这种风格的内在原理是什么?同时,作为并不成熟的技术,它具有怎样的内在局限?最后,这样的文学实践,其意义何在?

一、何谓"强度"

我们不妨引入一个术语"强度"(intensity),用来描述这种并不多见的作品风格。

追逐流行理论的人们很容易联想起德勒兹的著作。"强度"在本体论层面化身为"虚拟性"(the virtual);在伦理学和政治学的向度上是"肯定性和创造性的欲望"(affirmative and creative desire);美学理论中,它是"情感"(affect);采用先验的经验主义时,它是方法论的决断的动机(motivation of methodological decision);当然,不能忘记,它充当了"差异理论"(theory of difference)的担保人[①]。

[①] 相关论述参见 Constantin V. Boundasm, "Intensity", *The Deleuze Dictionary*, edited by Adrian Parr, Edinburgh: Edinburgh University Press, 2005, p.131。

德勒兹的"差异哲学"试图对感性、知性、欲望和理性的重新发明，形成无像之思。它的敌人是形而上学内部的同一性思维。简言之，同一性哲学的四重根是相同（same）、相似（similar）、对立（opposed）、可比拟（analogous）。这是传统形而上学认识论的四种范畴，其目的是压服"差异"与"重复"，使之屈从、归化于同一性（identity），并从中再生产出以主体、概念为出发点的哲学思想，构成作为康德式先验幻象的"思想镜像"（the image of thought）[①]。"强度"是这样的"差异哲学"的实现方式。

从哲学思辨到文学方法，是一项充满风险的工作。多亏了德勒兹自己。他已将肌质厚实的理论进行剖洗，丢进了文学批评的乱炖锅。我们得以在《卡夫卡：朝向一种少数文学》中目睹一次冒失的、孤军深入的、劫掠式的文学实践，也得以见证"强度"在文学场域如何作为本体性差异而显形，并支撑了卡夫卡作为少数文学（minor literature）[②]的论断。

综合德勒兹相关理论并进行很大程度的转化，我用"强度"来描述这样的文本属性：1.作为本体的差异性，它是无法被以"再现"（representation）方式取消的；2.作为阅读体验，它始终让读者主体处于积极紧张的活跃状态；3.它始终具有某种生成性（becoming），是对现实性（actuality）（无论是文学体验、文学概念或者文学体制）的抵抗；4.它的生产性（productive）使之足以承担文化政治的任务，具有解放的维度。相对而言，缺乏"强度"的文学则具有这样的特征：对叙事模子的巩固和召唤、对日常人物的重复书写、对语言的烂熟使用以及对文学制度与政治秩序的潜在维持。这类缺乏强度的"伟大文

[①] 关于对差异的四种背叛而产生的幻象，可参见 Gilles Deluzee, *The Difference and Repetition*, translated by Paul Paton, New York: Columbia University Press, 1994, pp. 262—272.

[②] 参见 Gilles Deleuze and Félix Guattari, *Kafka: Toward a Minor Literature,* translated by Dana Polan, Minneapolis: University of Minnesota Press, 1986, pp.16—27.

学""多数文学"的实践与观念可以在许多文学或流行期刊上找到。具体说来,它们可以包括:1. 中国自 90 年代到新世纪以来许多打着先锋实验旗号而进行复制的保守之作;2. 仅仅触碰现实表面,同时召唤人性、人文、人道等话语以遮蔽当下创伤性内核的那些平庸思考;3. 以猎奇眼光包装低等欲望、制造奇观以投奔资本主义世俗现代性的消费性文本;4. 以及,与这三者的保守性息息相关的,那种以"为文学而文学"为挡箭牌拒绝介入当下现实的犬儒态度。

因此,作为寻求强度的文学实践,《地铁》成为我们需要重点探讨的对象。

二、形式 I:"强度"的可能性

在《自序》中作者说道:

> ……我们现在其实是太欢乐了。至少在我的成长岁月里,那些偶像般的作家们,并没有把中国最深的痛,她心灵的巨大裂隙,并及她对抗荒谬的挣扎,乃至她苏醒过来并繁荣之后,仍然面临的未来的不确定性,以及她深处的危机,在世界的重重包围中的惨烈突围,还有她的儿女们游荡不安的灵魂,等等这些,更加真实地还原出来。[①]

笔者标记为重读的词语是理解韩松大部分作品的关键。这种书写,是要通过惨烈的场景和游荡的人物,将现实时空的怪异本性(即现实

[①] 韩松:《自序:中国人的地铁狂欢》,《地铁》,上海人民出版社,2011 年,第 12 页。(着重号为笔者所加)

的裂隙、欢乐背后的荒谬、不确定性与危机）揭示出来。具体说来，其"强度"体现在如下三个方面。

作者被迫以未来视角来回望过去。一方面，"未来过去时"式叙事技巧给他的政治讽喻留下了意义自我衍生的空间。作为立足点的"将来"，使他笔下无论多么险恶的局势，似乎都离我们遥遥无期；作为被回忆所指向的"过去"，又隐隐约约足以覆盖到现实。另一方面，时态跳跃之间，留下了大段空白，由是作者得以在不长的篇幅之内以断断续续的方式圈起一个幅员辽阔的时间帝国。沧桑与怪诞，遗忘与回忆，史诗感与现实性，是这一视角自身携带的强度。

从情节上，"强度"体现为地铁里充斥着奇异、怪诞、危险的连串事件，在这些事件中作者拒绝交付廉价的阅读快感，相反却专门制造对快感的阻碍。末班地铁上，老王发现乘客陷入昏迷，随后被蒙面小矮人们全部劫走，而地面上的生活依然有条不紊；整个城市的人们都对此心知肚明，又仿佛他们早已经被分批换掉——这时小说的调子开始卷入莫可名状的恐惧的漩涡中（《末班》）。周行坐在狂奔不停的列车上，时间也随着空间的挪移而发生相应的变异；试图自救的小寂发现列车每个车厢之内，文明开始衰老并重新诞生为各种畸形面目（《惊变》）。S城的小武在女孩卡卡的引领之下，在一次次地铁之旅中解谜，在欲望、恐怖和恶心中寻找自我——这是装满现实讽喻的、令人疑窦丛生的《符号》。地底人类的历史进入未来，五妄因为进化出了脑电波雷达而接替了车长职位，在冷漠、困惑、厌倦与懵懂之间与鼠群一起重回地面（《天堂》）。被派往地球探索人类灭亡之谜以及搜寻远古武器的雾水和露珠，经历一次又一次的死灭与重生。到了小说终结处，幸存的雾水不断抛出谜题，太空人类与霸占地球的异族的关系究竟如何，他们是否同为原始人类的后裔？异族最终拿到终极武器了吗？或者，这一切早已毁灭，而整个人类世界只是老鼠在雾水脑中制造的幻境（《废墟》）？

这些怪诞的情节构成了关于旅行的叙事。特殊之处在于：一方面，失去了连贯的、平滑的情节，读者必须不断激活自身，去紧张地组织不断处于分裂之中的叙事链条；另一方面，地下世界接踵而至的危机，让读者一次又一次理解文本的努力陷入徒劳。在黏液与血浆的交相冲击下，破碎动荡的旅行叙事无法形成对自我、命运、文明与世界的确定观念。

文本并不同情主要人物，这构成小说第三方面的"强度"。相对于传统文学中的正面人物或者通俗作品中运气奇佳的主人公，韩松笔下的主要人物不仅始终倒霉，而且越发陌生、狰狞和怯懦：老王的卑微、周行的猥琐、小武的惶惑、五妄的冷漠、雾水的懦弱等等。当然，也许主人公们哭泣与尿裤子的次数，不如他们总体削弱的意志力更能说明问题。经典文学中着力营造"主体—环境"的对立关系，闭锁压抑的环境和主人公的超人意志之间构成了戏剧性的矛盾，主人公一次又一次以血肉之躯冲击铁屋子的搏命之举，将自我、人性与意志或者阶级觉悟展露无遗。相比于一般文学中对主人公的迷恋而赋予他/她的意志力，韩松笔下却剥夺了"强主体"的这种特权，他们游游荡荡、懵懂无知和苟且偷安，被泥沙俱下的历史随意地吞进，又吐出。《地铁》中只剩下"弱主体"——他们不仅充塞着几乎被视为禁忌的反面性格（背叛、健忘、懦弱、猥琐等），更从根本上取消了对抗环境的意志与个人魅力。

我们不妨初步总结《地铁》的强度：它的视角与叙事语法搅扰了我们阅读时的时态惯习与对当下的认同感；其怪诞的情节与破碎的叙事透露了日常现实内部的短路与重构世界总体性的不可能；而弱主体的设置则在剥除自主主体幻象的同时为重新设想新主体开启了方向。形式分析至此，刚刚完成了第一个层次。

然而，在充满强度的形式之外，悄然隐伏着另一种阅读体验。

三、形式Ⅱ:"强度"的不可能性

单调感,是隐伏在强度内部的另一层感受。

小说的单调首先体现在不断重复的意象。《地铁》第一章就有这样的句子:冬天,天黑下来的速度让人发疯。办公室虽有暖气,感觉却像掉入冰窟。他没有开灯,撑住腮,肘着桌,迅速萎缩的身形,被大楼膨胀的阴影吞没,像一个准备制成标本的死婴。① 黑暗、冰冷、死亡,是韩松最喜欢使用的情调。围绕这三个轴线,我们还能够捕捉到黏腻、阴湿、恶心、眩晕、怪诞等等相关的意象。虽然韩松并不缺乏其他方面的才能,《热乎乎的方程或热乎乎的平衡》《嗨,不过是电影》《天涯共此时》就具有轻松幽默的痕迹,而另外的短篇中则不乏日本文学的感伤抒情风格;遗憾的是,《地铁》凝聚过分相似的黑暗格调,震惊效果也就容易缩水。

其次,语言的肆意铺张也是单调性的来源。《地铁》的语言具有刻意陌生化的倾向,这一切源于作者对词汇的别样雕琢。在这种生涩枯瘦甚至扭曲的修辞面前,读者很难在句子中找到眉平目顺的感觉:

> 这时,天空中闪起了花花绿绿的放射状电弧,如同混凝土衬砌上产生的千万道裂缝。明亮的光线骤然消失了。混沌如浓雾的黑暗一股接一股地互相冲撞,发出大型金属构件粉碎解体的巨响,崩溃后的垃圾渣子又经过拆分组合,最后纠集成亮熠熠的幽灵般浆液大军,无足无手、无首无尾地蹈空默然滑移,让人顿觉卑小,乃至浑身冷透。②

---

① 韩松:《地铁》,第32页。
② 同上书,第235页。(着重号为笔者所加)

句子各个组成部分，都在朝不同方向或多或少地颤抖着。隐喻叠加通感的泛滥使用，极大挫败了读者对空间的稳定想象，使主体处于持续紧张的整合状态。只是，这些奇崛的语言固然弄得烟云满纸，却逐渐露出造作的痕迹。"一股辽远陈腐而鲜活的情欲，在衰败的黑血中热辣辣地泛滥开来"[①]，抖动的摄影镜头不断出现虚焦，读者却不再惊讶。持续数百页类似的句子，还能剩下什么？一种可能性是，原本有意无意的语言搅扰，最后沦为生物节律般的习惯性蠕动。

怎样的"少数文学"才可能避免单调？请允许我将卡夫卡作为例子，与韩松的文本做一番对照[②]。

长篇小说常常遵循这样的法则：正题的确立，依赖于反题的存在。强大的反题，构成正题的内在推力。出于这一原理，卡夫卡迷恋那充斥着畸变、差异与欣快感的"特异性"，但他绝不敢草率删除"日常性"。比如《变形记》的格里高尔始终在虫与人之间摇摆。对"人"的体贴描绘，是对"虫"的部分的支撑——读者切勿只关注"变形"而忽略作者苦心编织的"常态"。"日常性"必须永远穿插在特异性之中，它是特异性成立的基础。

与《变形记》的手法相同，《城堡》里的怪异性，是建立在现实主义风格的对日常性的朴实叙述之上的。"K到村子的时候，已经是后半夜了。村子深深地陷在雪地里。城堡所在的那个山冈笼罩在雾霭和夜色里看不见了，连一星儿显示出有一座城堡屹立在那儿的亮光也看不见。K站在一座从大路通向村子的木桥上，对着他头上那一片空洞虚无的幻景，凝视了好一会儿。"这是卡夫卡的起手式（《城堡》第一章的第一自然段）：尽管总在文本中不断试图毁掉日常性，卡夫卡却首先不厌

---

① 韩松：《地铁》，第46页。
② 我个人以为，尽管作者可能避谈《地铁》与卡夫卡的精神关联；然而，这种不知不觉的无意识追随，局外人从字里行间并不难感觉到。

其烦地将这些细节的肌理做到极度逼真。

我们可以比较《地铁》同样位置的文本(《末班》第一段)。小说家一开始就着急放逐所有的日常性:"他下了夜班,要去搭乘末班地铁回家。他沿着大街,逃跑一样,跌跌撞撞奔至车站。他举起头,见天空赤红而高大,如一片海,上面有个黑色的、奇圆的东西,像盏冥灯,被骷髅一般苍白色的摩天大楼支起。漆黑的月亮下面的城市,竟若一座浩阔的陵园,建筑物堆积如丘,垒出密密麻麻、凹凹凸凸的坟头,稀疏车流好似幽灵,打着鬼火,在其间不倦游荡。"[1] 从《地铁》全书的第一个段落开始,小说被迫踏上了一条缺乏节奏的快行线。为了着急达到所需要的效果,文本的所有缝隙都塞满了怪异性,韩松放弃了详细描写的尝试,也放弃了任何日常场景的熨帖呈现。失去了日常性这一极,特异性的单一马达不足以推动作品持续前进。最终,"由于无法感受到时间的往来穿梭,我的故事也就失去了进化的目的和动力"[2],其"强度"则在一次次单调的重复中渐渐衰弱。

德勒兹认为:真正的卡夫卡式的速度意味着穿插、迂回、停顿、减速、变向等等[3]。这种丰富的"速度",是卡夫卡防止强度沦为单调的秘密,也是那些中国仰慕者们所容易忽略的。

至此,形式分析的第二个层面揭示了作品内部深刻的吊诡。《地铁》刚刚从形式Ⅰ完成了寻找强度的可能性,却又迅速在更深层面(形式Ⅱ)遭遇了内在困难。幸运的是,形式Ⅰ的强度并没有被人们完全忽视。它所造成的震荡波,已经在文学话语的内部早早传了开去。

---

[1] 韩松:《地铁》,第12页。
[2] 韩松:《红色海洋》,上海科学普及出版社,2004年,第131页。
[3] 关于卡夫卡的"速度",参见 Gilles Deleuze and Claire Parnet, *Dialogues*, Paris: Flammarion, Collection Dialogues, 1977, pp. 40—41。

四、科幻小说与明日的哲学

最后我们要问：这种尚在探索中的文学实践，其意义何在？

曾经，中国与西方的科幻小说面临着各自的危机。西方科幻小说这一曾经以"赛博朋克"跻身精英圈子的文类，在被好莱坞式商业运作彻底弱智化之后，丧失了批判的冲动而沦为文化工业的一员。中国科幻作品在半个世纪以来权力对文学场域与文学规范的组织设定之下，长期停留于科普读物的低水平循环，先天不足且后天乏力。

近年来，在刘慈欣、韩松等作家崛起之后，科幻文类激进的伦理意义才开始被学术界所认识。除了《地铁》之外，韩松的科幻系列中：《红色海洋》是对伦理关系的解构（食人的必要性、乱伦的诱惑）、对科技文明的灭绝性后果以及文明复苏能力的假想（红色海洋的生成、灭绝以及未来水世界对陆地的向往）；《冷战与信使》表面探讨的是外太空冷战格局以及时空旅行造成的爱情疯狂，实则暗含了中国当代政治的讽喻以及对"去政治化"趋势的不信任；在《杂草》《赤色幻觉》中能看到跨国政治关系的重新设计（"文革"末期的中美角力，夏威夷小岛的国际关系等）；而我个人最喜爱的几部短篇《嗨，不过是电影》《天涯共此时》《逃出忧山》《热乎乎的方程式或热乎乎的平衡》，不妨视为鲍德里亚"拟像理论"的故事版，其中对真实与虚拟、现实与想象关系的思考精彩绝伦。

尼采在《超善恶》中说过：

> 对我来说显而易见的是，哲学家——那为了明日、甚至更远的将来而言必不可少的人——已经且无可回避地发现，他与自己的时代处于矛盾之中；他的敌人，总是、并已经是，

他所在时代的观念。①

谁是尼采意义上的哲学家?在本文的语境中,科幻小说借助想象(imagination)与狂想(fantasy)的文体,引领我们重新设想人与人性,将其可能朝着未来的维度敞开。在这一意义上,一旦我们"所在时代的观念"已经陈腐不堪,科幻小说家为何不能是明日的哲学家?而小说,又未尝不是一种哲学呢?

---

① Friedrich Nietzsche, *Beyond Good and Evil: Prelude to a Philosophy of the Future*, translated by Helen Zimmern, Mineola: Dover Publications, Inc., 1997, p.83.

迟子建的"温情辩证术"
——以长篇作品《白雪乌鸦》为中心

一部大气磅礴的长篇作品往往与黑格尔的辩证之旅惊人相似。凭空生于荒芜的人物遭遇彼此,捉对厮杀。在生死考验之中创造历史,就此发展出正题与反题。各种观点以情节为轨道,在虚拟的布景前起承转合,争鸣狂欢。纷纷扰扰的矛盾运动,最后回到原点——其实世界,已然步入新的阶段。

如果读者不反感这样散漫的联想,那么我们不妨暂时把长篇小说的写作技术,命名为"辩证术"。小说家凭借各自的偏好,采用风格迥异的辩证术。《活着》的福贵,在存活与死去的交互运动中抵达消弭生死的淡然之境。《废都》的庄之蝶,在或可名为"颓废"的下行轨迹中,欲振乏力。

"温情",是迟子建的中短篇作品给人留下的最大印象。她的长篇作品如天风浩茫,温婉和煦,采取的是"温情辩证术"。

"辩证术"的成败,取决于如何处理矛盾的对立面——反题。小说是否具有大气魄,在于矛盾对立的另一方是否得以充分展开与延伸。余华的最大秘密,不在于对"死"的天才把握,恰恰在于对"生"的描写能力。《活着》接踵而来的一次又一次死亡袭击,如果没有温情的生活和脆弱的人体打底,将会显得多么无的放矢、虚张声势?余华捏碎人偶的手,冷静而毫无颤抖。但评论家往往过分追究这一点,却没发现他在多么短的篇幅内,用同样的手捏起了一只又一只栩栩如生、我见犹怜的人像——余华有"十九世纪经典现实主义作家"的老实一面。对人物的"同情",是"摧毁"的前提。同样,颇有明清狭邪小说遗风的《废都》,则倚赖那些举足轻重的女性角色。"此处删去……字"不仅是商业噱头,柳月们交付的床戏,也是对沉沦的一次又一次的有力打捞。"性"作为"颓废"的反题,参与文本自身的矛盾运动。同理,对于迟子建来说,"温情辩证术"秘密,在于对"苦难"的巧妙处理。

《白雪乌鸦》对于迟子建格外充满挑战。这是一部以晚清哈尔滨鼠疫为题材的长篇作品。因此在鼠疫的正面袭击之下,又如何限制苦难、如何规划苦难,从而在文本中延续作家一以贯之的温情路线?某种意义上,这样密集而正面袭来的苦难(鼠疫带来的死亡与恐慌),恰恰是研究迟子建温情风格的最佳标本。从我随手记下的四个关键词,我们可以看到作者处理"苦难"的四项技术。

一、日常化

小说从霜降时分写起。客栈老板王春申一架轻便马车,踢踢踏踏在哈尔滨城内打转。原来他的正妻吴芬和小妾金兰各自偷了汉子——小说从巴音和翟役生这样的引子人物身上,把关系网架起。米店纪永和夫妇、醋店老板周家祖孙、烧锅店主傅百川、秦八碗等小人物排队入场。小说家平缓的叙述一开始就沉落在日常生活的轨道上——哈尔滨傅家甸区小市民王春申家的飞短流长,构成了鼠疫入侵的前奏曲。然而,本文意义上的"日常化"却远不止这些。在这里,日常化的对象是"鼠疫"本身。

说到灾难,读者不难想到法国存在主义者加缪的《鼠疫》与当代中国作家阎连科的《日光流年》（我不会去细究它与加缪同题作之间让人浮想联翩的关联性，只在"日常化"这一议题下对这类作品作一番比较）。显然，在后两部作品中，鼠疫或喉堵症，占据了人们生活的中心——几乎所有死亡的主要人物，均为这一灾难的后果，人物各自的不幸，也几乎就是这一灾难的间接后果。这样的死亡或不幸，以泰山压顶的绝对统治力控制所有人物的命运。它像在长发上缓慢运行的梳子，密密的梳齿拢过之处，无不服帖。

日常化的鼠疫，并不完全控制死亡领域。《白雪乌鸦》里，并非所有人死于鼠疫。在疫病高峰期，年老的周于氏，因为孙子的一句笑话竟然活活笑死。秦家老娘同样得养天年，孝子秦八碗剖腹自尽。陈雪卿的土匪男人在被包围之后拔枪自尽，风姿卓绝的糖果店老板自己，穿戴整齐之后从容赴死……日常化，避免将灾难推到极致或过分夸大——鼠疫不是一只笼罩天地的蛮横大手，它必须承认自身的不足，必须与滚滚红尘分享人物的死因。

不仅如此，人物的唏嘘与欢欣，时常溢出疫病的范围。翟役生这样的出宫太监，本是文本中社会地位最低者。鼠疫来临时，他的心思始终围绕着吴兰、猫、宫中旧忆以及那条假命根子。疫病高峰期，周耀祖、喜岁乐观地往返于住处与隔离区之间，笑声不断。丑角似的周耀庭，"性"致勃勃，不忘要对日本药房老板娘下手。失去妻妾的王春申，在疫病结束后坐在空荡荡的车上，依旧惦念白俄女歌唱家谢尼科娃。对比《日光流年》，村民为了避免喉堵症，换土、卖身、卖皮、挖渠，一代代被钉牢在疾病的逻辑之中，严丝合缝；在迟子建这里，染病、发作、隔离、死去、埋葬、消毒，并不构成傅家甸人们日常生活的行为逻辑，更没有成为情节的主要推动力。

二、遮蔽

描写一种罕见的灾变,需要奔逸的想象力,也需要控制想象的知性缰绳。迟子建并没有过多放纵对灾难的自由联想,而是极力控制其杀伤力,甚至有意将之遮蔽起来。

死人的面容,缺乏细致的描绘。小说前段巴音的死,已然是全篇为数不多的直接表现死亡的场景——却也不过是"面色青紫,口鼻有血迹,眼睛虽然睁着,但眼珠一转不转"。在迷恋死亡、畸形、残暴的当代文坛,这样的克制,是否格外抢眼?

无独有偶,小说家刻意回避主要人物的死亡场面。小说家不是挖空心思去分别勾勒喜岁、周耀祖的死,金兰、继宝的死与谢尼科娃的死,而是以极简略的方式一笔带过。陈雪卿的自尽,秦八碗的剖腹,既不香艳,也不血腥。"秦八碗大概怕母亲独自在异乡人群,孤单得慌,剖腹陪伴他娘去了。"概述,显然要比视觉性地呈现剖腹场景要收敛得多。

进一步说,垂死者的心理空间,被遮蔽了。等死的漫长时间,是求生意志最后的舞台,也是扭曲的人格、蓬勃的欲望以及种种仇恨的策源地。当代作家灵感泉涌,迟子建却弃之不顾。她并不进入这些可怜生物的内心世界,无论是喜岁、金兰,或者秦八碗、谢尼科娃,都是喑哑的。在这一点上,我个人认为多少值得商榷。

相对于描写死前发黑的面部、扭曲的身体与挣扎的灵魂,作家更喜欢走笔于晚清哈尔滨的城市空间。小说第一、二、三、五、六章,均以大段的风景描写为开端。抒情的运笔,让这些空间具有格外动人的意味,好处在于冲淡尸体的呈现,也间断了死亡主题的过分持续。

我们的疑问也随之出现。疫病院、隔离区以及最后藏着鼠疫病人的恐怖的教堂,是小说中屡次提及,却并没有"贴近"去写的三处空间(读者仅仅跟随喜岁和伍连德的脚步,有短暂的停留)。事实上,这三处空间仿佛三个黑洞,人只要进去了,就几乎再也没有出来过。小说家更愿意长时间停留在"外部",没有深入那肮脏、阴暗的疾病的巢穴,也就并未完全释放灾难本身的创伤性。

除了场面、心理与城市空间的三重遮蔽外,尚有第四个维度的留白。小说家所写的人物表面具有全面性(男女老幼、官员、医生、日本人、俄国人),实则同属衣食无忧的城市中上等收入者。唯一的"底层"——翟役生在亲人的接济下,不仅满足温饱,亦可时有牙祭。小说围绕客栈老板、醋店老板、粮店老板为铆钉打造的人物关系网,恰恰遗漏了都市贫民这一维度。大灾大疫带来的"大饥"与"大寒",因为小说对贫困阶层的遮蔽大为弱化。当然,贫民阶层的引入,会不会冲破温情情调,以至于最终威胁到小说需要抵达的结论?这可能是作者更关心的问题。

三、偿付

偿付的意思,是回报。小说家驱使鼠疫、灾难或命运夺走的东西,会在文本的结尾处,以某种新的方式回归。比如《逝川》,吉喜大妈孤苦寂寥的晚年,在篇末众人悄悄赠予的泪鱼中,得到了一定的补偿。再比如《白银那》,健硕的卡佳之死无疑是创痛性的,然而村里人的和解以及新一代青年的爱情,使逝去的美好重临人间。

《白雪乌鸦》最后一章取名"回春",鼠疫的冬天过去了——这一象征性的收束,在提示生命与宁静的复归。

伴随结尾出现的,是密集的生育意象。于晴秀——小说中的理想东北女人,顺利生产。新生儿同样取名"喜岁",为的是纪念死去的儿子。傅家烧锅半疯的老板娘苏秀兰莫名怀孕,遮遮掩掩地延续了秦八碗的血脉,也无形中拯救了濒临倒闭的傅家烧锅。

最后一章所提供的幸福不仅如此。青云书馆的头牌翟芳桂,鼠疫中死了男人,却继承了粮店与陈雪卿的糖果店。粮店储存的大豆帮助中国酱油店站住了脚跟,打击了日本人加藤的吞并野心。其次,王春申的第二任老婆吴二家的,不再敢殴打继英。最后,随着酒桌上的一次招呼,人人轻贱的翟役生终于获得了傅家甸人的接纳。如同新生命的降临一般,翟役生成为傅家甸的新成员。

当然,小说最微妙的偿付技术,体现在篇末对谢尼科娃的追怀。王春申拉着空车,行走在逝去的俄国美人曾经的必经之路上,在花圃边他看见谢尼科娃的丈夫已经再娶,新太太是面包店的尼娜。熟悉前文的读者立刻会意——幸亏是谢尼科娃生前喜欢的胖大美人尼娜,而不是令人厌恶的日本人美智子。其实,在与美智子的竞争中尼娜何以胜出,我们不必追究。唯一的合理解释是,死者长已矣,作者却不忘给予她微薄却实在的补偿——不让她的丈夫投入敌人的怀抱,而是让他娶了一个亡妻认可的女子。

如此婉转、隐晦与慈悲,我不得不说,这是一个迟子建式的结尾。

四、自我消解

矛盾的反题,需要在文本的最终结处,得到解决。因此,本文将反题未经充分发展就提前解决的现象,称为"自我消解"。

一方面,这样的"自我消解"体现在情节上——作家在散布"天灾"的同时,故意造成了"人祸"的缺席。鼠疫与日常生活的其他苦难之间并未形成"滚雪球"的联合效应,相反,却因彼此对抗而解除了部分武装:纪永和与贺威的罪恶的"典妻"计划,因为这两个男人的提前死亡而中止。由于鼠疫的从中作梗,更广泛维度上的中日、中俄关系并未得到有机展开:加藤信夫对傅家烧锅的收购行动,从未成功进行;王春申与俄国移民之间的关系,略嫌潦草。因为"人祸"的缺席,作家笔下的苦难尽管已经具备了时间的绵延性与持久性,然而稍欠纵深与推进。

另一方面,"恐惧"与"欲望"的缺席,也构成了灾难的"自我消解"。也许有一批评论家们会津津乐道于迟子建笔下人物的从容淡定。的确,鼠疫并非生活的全部,疫病可以染黑他们僵死的脸,却不能让尊严的心停止搏动。问题在于,过早抵达的从容,会不会使迟子建小说中的灾难从诞生起,就面临被消解的命运。

恐惧,是灾难的左手——叙事强度的维持,需要人物恐惧感的定时哺育。欲望,是灾难叙事的右手——人物求生的欲求,是激化灾难的必要条件。《白鹿原》的人们燃烧着怕与爱,无论是食、权或者性,这都为他们彼此之间的倾轧绞杀与各色不幸提供了丰沛的动机。迟子建的处理方式却截然不同:

> "这是老天往回收人呢。人拗得过天吗?"金兰说完,吩咐王春申多抱点柴火进来,说是吴二家的牛是老牛,估计得费柴火。

是"坚韧"也好,是"隐忍"也罢。一个即将死去的人物告诉你,这不过是"老天往回收人",不必大惊小怪,也不必小题大做。

当第四个关键词出现时,本文对迟子建"温情辩证术"的分析立场也水落石出。小说家有意识地将苦难拉近"日常化"的层面,特意"遮蔽"某些创痛性的棱角,积极主动地"偿付"温情,却在不知不觉中,对苦难事先进行了"自我消解"。这样的"温情辩证术"无疑维系了小说家赖以成名的风格,亦创造了灾难叙事中少见的温婉一脉。无疑,这是小说家又一次成功的文学尝试。

只是面对鼠疫这样恐怖而莫可名状的巨大灾难,"温情辩证术"会否恰恰削平了题材内在的独特性?过分对视角进行限制,会否掩盖贫困阶层在灾变之中的真实处境与独特光辉?当然,当然,这又是另外的问题了。

于晓丹的"幽灵装置"

——以小说《一九八〇的情人》为中心

初读《一九八〇的情人》的读者,对文本的惯常理解无外乎两种路向。其一落脚在"一九八〇",将它当作 80 年代时代记忆的重新编码。其二聚焦于"情人",去掉时代背景、历史因素,从中抽出一套精心编排的多角恋剧本。恐怕这样从任一角度去单刀直入,都会与靶心擦边而过。

一种山雨欲来的阴霾感、一种身处"无物之阵"的恐慌感总在文本中神出鬼没。这种阴霾与恐慌感使我们发现:命名为"一九八〇"的时代记忆和关乎"情人"的爱情线索,只是故事浅表彼此独立的孤岛,它们各自并不构成文本真正的中心。小说是围绕着一个早早缺席却始终在场的幽灵来运转的。这一幽灵般难以捉摸的中心,就是小说主人公的哥哥,永远"阴魂不散"的正武。

正文、正武、毛榛在溜冰场第一次见面的场景,是人物刚"出世"时重要的"初始情境":它奠定了主要人物的性格和彼此关系。正武在女友毛榛面前表露对正文的专制;在刻意管束毛榛的同时,多疑地盘问与毛榛搭讪的男生的来历。在王权之下游击战的默契与调情,是正文与毛榛之间的情感雏形,今后他们一次次地走近彼此。同时,正武事无巨细的关照和洞悉一切的心机,又形成了正文与毛榛头顶的巨大阴影;他纤尘不染的光辉形象落地生根,成为两人之间永恒的沟壑。小说在叙事的进程当中,会以各种方式重复这一"初始情境",使男女主人公永远逃不开正武幽灵的追蹑。从这个意义上说,整部小说成为这一"初始情境"的发展、解释和还原。

小说写到正武等四人第一次去莫斯科餐厅进餐时,正武的霸权得到了进一步强化。然而,再强大的父亲也有衰老和被超越的一天。在"乐观"的叙事作品如革命小说中,主人公父亲般的引导者最终会以或偶然或必然的方式,将舞台让给成熟起来的革命新一代。但在本部作品内,毛榛和正文的结局会是如何?读者和正文一样,都在静待文本的变数。

"正武之死"作为另一关键情节,几乎一劳永逸地宣告了正武的不可逾越。正武过早的死亡,表面看来是这一人物的缺席,实则是这一人物的永生。死去的"父亲"是无法被击败的:记忆中的兄长、遗物中的正武,不会犯错,也终止衰老。正武遗留的胶卷、谜样的死亡和最后长大成人的婴孩,成为他不会腐坏的肉身的延续。它们铭刻着正武生机勃勃的年轻面容,永远作为在场维系着对男女主人公的隐在控制。

笼罩在阴影之下的正文,在哥哥死后也没有真正走出阴影。他的形象永远定格为稚嫩的少年。相比正文"固着"于少年时期的单纯、怯懦和左右踟蹰,他身边的男性无论扁豆还是老柴,都远为果敢、强大和自信;而如毛榛、谭力力这般身世曲折的女人,都在独担生活的残酷的同时掩饰得滴水不漏,主动地包容和暗示依然懵懂的正文。正文每到窘境就会回忆兄长解决困难时的驾轻就熟,他与毛榛之间的性事总因毛榛内心的拒斥而一再被延搁,仿佛冥冥中有一双熟悉的眼睛在窥视。正文在毛榛老家绵阳的表白,也免不了要拿正武相比:"你跟我好吧,我没有正武那么好,但我保证能让你幸福。"原本两人的关系正因为正文的千里奔波而峰回路转,然而正文的求爱却表现得如此自卑和孩子气,让毛榛刚升起温度的心又乍暖还寒。

正文摆脱正武幽灵的最好时机,是那次对毛榛的"解救"行动。他在调查正武死因的时候发现,毛榛与已婚教师的情事是正武临终前无法解决的难题,甚至可能是正武失神溺毙的原因。看到毛榛身上被殴打的伤痕,正文决意斩断毛榛与有妇之夫之间的关系。对毛榛的这次"解救",实际成为阴阳永隔的兄弟俩之间的大决战:假使正文能够完成正武未能完成的任务,或许就能够取代正武的王权,完成对自我和毛榛的同步拯救。但是正文对"解救"的意义缺乏真正的体察,他始终亦步亦趋跟在老柴身后,毫无"主人翁"的自觉;在对小个子教师的伏击中,占据人数优势的正文反而成为唯一的伤者,身体的弱点暴露无遗;伏击的拖沓、善后的不力,又使姥姥、毛榛感到了更大的羞辱。这一事件之后情节急转直下,毛榛匆匆嫁人,与正文越走越远。正文输掉了与正武的战争;同时,"那一刻,正文心里明白,他这次是真的失去毛榛了"。

正文最后一次反抗正武的机会是由"谭力力之死"提供的。谭力力的线索绝非旁逸斜出的闲笔,她不是用来置换毛榛的替代品,亦非延宕结局的下脚料。谭力力作为正文生命中第二个重要的女人,成为对正武之死的有力注脚。她的存在和正武一样刚强、自信,她的毁灭也同样让人措手不及和莫名其妙。谭力力无理由的死对于小说来得更为重要,是因为谭力力作为正武的镜像,能够照耀出正武的内面——表面坚强之下的生命力的脆弱。他(或她)面容的风平浪静之下是对剧痛的一次次领悟,是在暗房里独吞苦果,是对生活的滔天巨浪束手无策;而对完美的追求与过度的压抑,令他们可能在任一瞬间以自毁方式来寻求解脱。正因为谭力力在后的死,正武在先的死才能在出人意料之后留在情理之中。相反,正文和毛榛则属于另一个世界,他和她表面脆弱、懵懂甚至木讷,她素面、短发,他青涩、柔弱,然而面临扑打而来的道道湍流,他们却能随波宛转,磕磕绊绊地化险为夷。由于正武的早逝,正文就无法真正领会谭力力之死的真正寓意,也无法追索蛛丝马迹中正武的软弱，同样无法理解毛榛为什么会否认他对兄长"武士"形象的概括而去强调正文生命力的旺盛。因当上母亲先一步强大起来的毛榛，眼睁睁看着正文钻进了一个死胡同：他一次次想要趋近那个无法接近的完美的"他"，却从未正视"我"的可能性；由于看不到"他"的不完美，"我"的独立性就从未真正诞生。正文放过了最后一次"翻身"的机会，永远被压在了正武的幽灵之下。

小说结局是"初始情境"的再现，那是青春记忆从80年代传来的一道苍凉回声。多年后，正文吞吞吐吐地搪塞了妻子，满心期待地去见毛榛，却先看到一张永不衰老的恐怖面容——"正武"。滑冰场初次见面的情境是他和她缠绕不去的梦魇，两人的约会还有第三者在场：正武的幽灵依然以毛榛儿子的身份，挡在了正文与毛榛之间……

小说原名《棣棠》。这个在我看来更为恰当的标题，最有力地揭示了"一九八〇"与"情人"的表层之下，那个躲在幕后主宰文本的幽灵。小说写的不是"一九八〇"，也不是"情人"，而是"兄弟"——难道《棣棠》不正是《一九八〇的情人》背后那个真正的幽灵么？

最后，小说让人惋惜的地方同样明了。"幽灵"的缺席和在场，是小说情节的独到之处；而阴影笼罩下的阴霾感，则是小说情韵上的推陈出新。遗憾的是，这一特点却没有得到更充分的发扬。小说最感人的兄弟"暗战"，"暗"则暗矣，"战"却未足。尽管我们不知改名是出于怎样的意图，但毫无疑问的是《一九八〇的情人》将部分笔墨用在了对上世纪80年代精神贵族的并无新意的追怀上。这一硬币的另一面就是，小说最细腻幽微的兄弟之争被淡淡的怀旧意味所掩蔽和冲断——这场本该惊险万状、来回拉锯的情感战争因为缺乏更丰富的"战"意，最终只是停留在了文本的"暗"处。

李亚的"江湖"

——一种重建"历史"与抵抗"历史"的努力

今天的文学研究者在讨论新时期文学史的时候,往往会遇到一个基本问题:我们如何理解80年代文学及其观念对于当下文学创作及研究的潜在影响?作为一套帮助我们认识和讨论文学的认识装置,80年代文学自身生长的语境及社会历史条件又是什么?只有了解认知装置自身的可能条件(conditions of possibility),我们才有希望去寻找一种重新理解文学的新视点。然而,对文学圈子及体制的内部审查仍无法穷尽一种认识装置所广泛涉及的资本、经济、政治、心理意涵。这样看来,重建一种对新时期历史的带有血肉温度的感性认识就不仅仅流于历史观念或者个人立场的宏大命题,而成为当下文学研究者是否能够合理地、有生产性地讨论新时期文学及理解当下文学的一项紧迫任务。

李亚两部中篇小说(《电影》[①]与《武人列传》[②])对于七八十年代安徽亳州地区乡村生活,尤其是作为基层生活形态的"江湖"的描写,具有某种文化史和社会史的价值。这种重建历史语境的个人努力,对于我们重新理解"80年代"及其文学装置,有着微妙的助力。

千古文人侠客梦。作家在追忆童年的写作之中,并不突兀地牵扯起他早年"学搥"(学拳)的经历,从而召唤出了一种对"江湖"的想

---

① 发表于《十月》2011年第2期。
② 发表于《十月》2012年第5期。

象。个人记忆并不完全实在，却也不全是毫无基础，回忆与做梦常常是一回事。吊诡的是，有时个人记忆往往屈从于集体的梦幻，看似个人的，却最是别人的。幸运的是，这样的担心比较多余。李亚所追忆的"江湖"，并没有被流行文体所咀嚼消化，而简单归并到一般的武侠想象或文学惯例之中。这样的"江湖"，不仅突破了类型化武侠的世界想象，放进了大量的日常生活与历史图景，而且隐约产生了一种挑战历史认识装置的欲望。

一、"江湖"：还原乡村秩序与现实图景

　　武侠小说往往是中国许多读者的童年经验。阴暗的租书摊、嘎吱摇头的风扇、穿着大背心正在抠脚的老板、掉了封皮的金庸小说、教师家长的收缴、同学之间的传阅、偷偷阅读时神秘刺激的愉悦。"世上只有一种人不会泄露秘密。死人。"这是古龙的名言——并且"死人"一定要另起一段。影响更大的则是金庸、古龙这些作家共同搭建的整套世界体系。说到江湖，我们只知道少林武当一刚一柔、海南剑派剑走偏锋、苗疆少女泼辣多情、蜀中唐门随身携带革囊、梯云纵是随时可以跃上紫禁城头的、任督二脉刚刚打通时是力大无穷的。由此，我们还知道假如穿越到武侠世界，易筋经不妨练一练，但铁布衫和五虎断门刀是万万学不得的。因为但凡练了这类武功，都逃不过一道致命的诅咒——你会成为炮灰并且绝对活不过第一个章节。

　　李亚所提供的江湖没有快意恩仇，也没有行侠仗义，它只是安徽北部亳州乡村生活形态的一部分。这是作为民俗学和人类学研究对象的"江湖"。类型小说中强调快意恩仇，表面在"义"上着墨、实则在"快意"上用力。在《武人列传》里强调的却是"礼"与"理"，琐琐碎碎的礼仪规矩是招，基层社会正常运转的诸般道理则是意。

这样的武林，处处充满了杂粮面饼子抹酱豆辣椒的烟火气。"师父家房子很多，院子很大，但他家里人口也不少，虽然师母过世得早，但还有四个闺女三个儿；闺女虽然都出门了，但把七八个孩子又送娘家来了；三个儿子都没分家，除了二儿子在亳县卷烟厂上班，三儿子在淝河中学教地理课，这两个不常回来，他家常住人口也差不多有二十口子。当时，这在我们那儿，算是大家大户了。所以，师父家吃晚饭的场面摆得很大，当院一条矮腿长桌子，两边各一溜小板凳。师父理所当然坐在上首的桌头，嘴里咬着一尺半长的旱烟锅，手托烟杆紧着抽两口，然后把烟锅取下来，一顺手往桌腿上连磕三下。于是，宝扇赶紧过去点着马灯，挂在厨房檐下；三个儿媳妇呼唤着一家老小，齐刷刷地坐过来——这就是说，开饭了。"没有抽象的武德，只有做人的规矩。

几位师兄弟什么背景都有，老尿在退伍老兵父亲做火药意外身亡后变成了二流子；当兵复原的怀义和拐弯杀猪为生，父亲康向前外号丘吉尔，是曾经的大队铁腕书记；治安的父亲周大蹄子游走乡间，摆摊算卦偏方治病；结局最让人唏嘘的练武奇才宝扇，家里是张油坊村炸麻花的，坐拥五间大瓦房、两间堂屋、半砖半土的围墙，甚至还有一座蛮像样的大门楼。如同王朔笔下的顽主们，这些浪荡少年多半家底相对殷实，才有余裕练武生事。

"我"所拜的老捶匠已然八十多岁，只是说学捶就是打架、打架就要打赢、打赢就要做到三点——打眼打胆和打胶连。教拳的大儿子秃头春光是兽医，常用屋里挂着的人体解剖图即兴讲解，除了讲讲猪生病、牛长癣，最爱谈些武术上的道理，比如"脚是两扇门，手似看门神，门神一斜眼，开门踹死人""练武不练功，到老一场空""拳是眼，功是胆，有眼没胆是瞎眼""枪扎一条线，棍打一大片""绳鞭难防似牛虻，三节棍子是流氓"。兽医出手，不是认穴打穴，不是衣带飘飘，而是巧卸胳膊，罢了再给对手装上。

比武是家常便饭的，但不兴欺负人。戴蛤蟆镜的"震坟台"柳江虎比武的时候带着两块月饼,这就超出了武人的底线——"一说趁着八月十五,给老把式送两块月饼,顺便问问老把式,他'震坟台'拳打太和以北,脚踢亳县以南,老把式有啥意见没有。话说得很漂亮,但意思很缺德,什么两块月饼,那是让你脚踏风火轮,送你上西天。"

亳州乡间武林门派观念还很传统,没出师之前也不能自创武功或者私带徒弟。宝扇用自创的猫拳夺得了"民间武术友谊赛"冠军,还是被师父以严厉然而温情的方式体面地请出了师门。另一个青年一辈的高手铁锤,因为师出另一个门派三关镇的吴三通,"我"、治安与他虽然彼此相敬,打交道就要凭空多出许多周折、许多避讳。

寻仇、闯祸、跑路也是常有。青年之间、村民之间的打架甚至械斗,本是70—80年代中国乡村状况的一部分。"丘吉尔拿着一把大斧头,怀义拿着一把杀猪刀,拐弯拿着一把剁腔骨的厚背大砍刀,父子三人血流满面地冲了出来。拐弯冲在最前边。一个魁梧的'年轻猴'两臂刺青,满头黄发,披毛狗一样,手里拿着三节棍,试图和拐弯对阵,结果被拐弯一刀劈断了三节棍,吓得回身就逃,拐弯紧追不舍,眼睁睁追上,眼睁睁手起刀落,眼睁睁披毛狗趔趄一步跑得更快,跑出三丈之后,跌倒在地不动了。"接下来,为了躲避正在展开的严打,拐弯逃到了天涯海角,如愿以偿娶了俄罗斯的"大洋马"。略微展开去,路遥的《平凡的世界》与莫言的《蛙》,也都涉及基层因为水源或者计划生育而累积的重重矛盾。拐弯的刀光,掩映的正是中国乡村宗族村落之间因为水源、田地、私仇包括行政命令而屡屡发生的武力冲突。

小说还描写了一种村民之间的特殊交换关系。之所以称为"交换",是因为这种人情礼义社会的联动方式涉及类似经济交换的法则。周大蹄子治好了春光头上的癞痢头,师父明知治安不是材料,也只好收下为徒。"我"的父亲为了让儿子学拳,则默默给老捶匠家的田地挑了一夏天的水。"给人家干活"和"跪门子"则是另一位师兄弟拐弯帮助杀猪匠哥哥怀义追回美人巧芝的方法。这种人情、劳力与技术的交换,一方面让人遥遥想起农村长期的"换工""帮工"传统;一方面它又是以礼物、礼节为媒介的对情感和面子的让渡与再生产;此外,它具有"挤兑"和"讹诈"性质——先把情理占下,再用行动形成乡村舆论压力、以弱者姿态迫使对方就范。

《武人列传》的民间说书式的叙述形式造成了结构的松散。章回体往往让人不知道如何收笔。小说家不得不引入西方小说惯用的成长主题。当灵动佻脱的"我"死活不肯下苦功去学那实战才有用的六式短打,师父让"我"做了一道数学题。"去年麦收后天大旱,我家种了十二亩麦茬红芋,栽一棵红芋苗要浇两大瓷缸子水,一亩地三十七八垄,一垄子栽一百单七棵红芋苗,一挑子水也就十大瓷缸子,听你参说你算术学得好,你算算,种这十二亩麦茬红芋得浇多少挑子水?"主人公不明就里,正掰着手指头算的时候,师父又说:"好好算啊,算错了可不中,你爹也不会答应,因为那都是他挑的水!"从此"我"告别童年、告别华而不实的套路,真正进入了一个武人/成人的世界。

撇去小说结构完整性的考虑不谈,那"十二亩红芋苗"毋宁说是一个象征物,它象征着即使再好的轻功也永远无法脱离的土地。当"我"啪地双膝跪下,是顽童心性尽去,更是对乡土现实、对劳动、对人伦物理的屈膝敬服。正是依靠这些因素,小说超越了武侠类型小说的泛浪漫倾向,一种中国当下乡村的历史秩序悄然进入了主人公们翻飞的拳脚之间。

二、历史意识:全球化进程中的节点与细节

根据作者李亚的讲述,《武人列传》是在《电影》发表受到好评后才决定扩展出的对童年"学捶"经历的追忆。对童年伙伴的情感冲淡了形式与历史,而早些发表的《电影》更像一部历史意识相对明晰的作品。

《电影》是以一系列电影作为时间标尺,对70—80年代之交中国乡村现实的个人梳理。难得的是,虽然是个人记忆,小说家凭借精准的历史感和超强的生活还原能力,使"历史"并没有以过分"文艺"的形式变为狂欢化的荒腔走板。

小说从70年代末谈起。其时电影放映员还是美差,放映员只能是供销社长、文化站站长的儿子。小说家刻意强调,张杰出戴着"牛皮表带"的"手表""骑着自行车"跟在老实推车的曹如意身后。伴随放映员登场的第一批电影是:戏剧电影《花木兰》《天仙配》《女驸马》《花枪缘》《李二嫂改嫁》《朝阳沟》《穆桂英挂帅》《梁山伯与祝英台》《抬花轿》《白奶奶醉酒》;战争片《地道战》《地雷战》《南征北战》《战上海》《铁道游击队》《三进山城》《渡江侦察记》《英雄虎胆》《打击侵略者》《黄桥作战》《延河战火》《董存瑞》。

小说家保留了戏曲电影这一在叙述七八十年代生活当中往往被遗忘的道具。姑且不提我国第一部电影《定军山》(1905年)就是京剧老生谭鑫培主演的戏剧电影,五六十年代中国其实拍摄了大量由严凤英、新凤霞、陈伯华、丁是娥、马金凤、红线女、马师曾等人主演的戏曲电影。比如,《女驸马》《牛郎织女》(黄梅戏)、《花为媒》(评剧)、《窦娥冤》(楚剧)、《二度梅》(汉剧)、《生死牌》(湘剧)、《罗汉钱》(沪剧)、《追鱼》《碧玉簪》(越剧)、《团圆之后》(莆田戏)、《搜书院》《关汉卿》(粤剧)、《荔镜记》(潮剧)、《穆桂英挂帅》《朝阳沟》(豫剧)等。除了50、60年代拍摄的戏曲电影之外,1969—1972年间,为了解决"看戏难"问题,一方面北京电影制片厂、八一电影制片厂、长春电影制片厂等将样板戏拍成舞台电影片,在全国发行、放映;另一方面,三百多种地方戏曲剧种还对样板戏进行了移植①。

---

① 无独有偶,80后作家南飞雁的短篇小说《叫一声同志弗拉基米尔·伊里奇》(《人民文学》,2010年第1期),提及60年代河南某公社农民自发将《列宁在十月》改编为豫剧的反向改编。

值得注意的是，这些电影本身并不重要。小说并非以认真的态度处理电影——作者没有在现实和电影内容之间做一番更有意味的穿插，以形成某种艺术上的和声效果。更多时候是借题发挥、意不在此，甚至，有一些电影仅仅出现了片名，比如：《保密局的枪声》《平原游击队》《从奴隶到将军》《瓦尔特保卫萨拉热窝》《这里的黎明静悄悄》，以及反特片《珊瑚岛上的死光》（1980年上映）等等。在大部分时间里，电影只是带出现实的引子，只是铆定回忆的时间坐标。片名就足矣。"历史"，才是作家试图书写的对象。

历史细节附着在电影周围，渐渐开始累积成了模样。团团转的村干部，吆喝人赶集买酒割肉、捕鱼宰鸡、找方圆十里出名的厨师、寻摸能喝会劝的陪客。夏天在打麦场，冬天在村当街，竖木桩挂白幕，爬柱子拴喇叭，十里八里外赶来的男女老幼熙熙攘攘。少年看完电影后集体偷瓜、瘸老汉举起兔子枪……因为爱人回城被抛弃发疯的乡村高材生、因为风流韵事意外暴露而被判刑的张杰出、因公烧伤成为英雄后来逐渐边缘化的曹如意，这隐隐约约概括出了70年代末期乡村中上层青年的三种命运。

小说时间进入80年代，80年代的历史现实也在银幕周围若隐若现。伴随包产到户出现的电影是《被爱情遗忘的角落》（1981年上映）。正是在这次通宵观影之后，"我"和小伙伴考上了高中。其时正是亳州刚刚火车通车的时间，也就酿成了后来同伴"文化"模仿"听火车"时的死。查阅资料可知，亳州车站建立的时间是1989年，在刚刚包产到户的1981、1982年，火车只经过而不停车。这是一次象征性的事件：集体生产方式的结束伴随着爱情、死亡，以及火车所象征的都市现代性。乡村秩序即将被飞驰的现代性列车无情地碾压成横飞的血肉。

就在"我"上双沟镇高中的时候，乡村世界正在发生"我"所不知道的变化。公社、供销社的撤销造成了基层人物例如放映员曹如意地位的下降：资料显示，1983年阜阳地区各县市撤销人民公社、生产大队、生产队建置，人民公社改建为乡（镇）政府，生产大队改建为村民委员会，生产队改为村民小组。在这期间，公社书记的大权旁落。乡村呈现出种种贾平凹在《浮躁》里描写的人和事。到了1986年，亳州改为县级市。其后电视机开始普及，县文化馆的放映员被调回城里，农村电影放映热潮开始衰退。

且慢，当我们这么叙述的时候，可能太过快速。一旦跳跃到历史的结论，删繁就简，便损耗了历史的能量。让我们跟随小说的步伐，慢慢体会期间所有具有独特意义（singular）的生活皱褶。

在"我"上高中之后（1982年左右），"我"逐渐进入了乡村江湖的主流，成为新一代"年轻猴"的领军人物。同时，县文化馆分配下来的年轻人张心得带来了新的电影，《神秘的黄玫瑰》《佐罗》《大篷车》《美人计》《摩登时代》《卡萨布兰卡》《魂断蓝桥》等等。这些电影暗示了一种资本主义全球化影响的到来。

回忆此前谈及的《武人列传》，作家正以一种浮世绘的形式展现了新的物质欲望崛起的浮躁景象：农民开始贩猪苗、种西瓜、烧砖窑①、养鱼塘致富②；玉簪烟和啤酒的流行；迷信活动复兴，庙会红火；乡村集市的混乱③，捕鼠夹和老鼠药的畅销④；治安混乱、械斗频频，官方开始采取严打手段介入民间秩序。

随着物质需求的增加，"乡村"变成不言而喻要摆脱的对象。小说因此引出七八十年代初乡村青年脱离农民身份的两种出路：当兵和高考。看电影的时候，年轻人组成豪华的自行车队，呼啸而来，聚众滋

---

① 70年代末期开始，随着城市和农村基础建设的开展，建筑材料奇缺。烧砖窑变成了农民增加收入、"离土不离乡"的致富手段。相关细节在高晓声的《李顺大造屋》以及路遥笔下人物孙少安身上有所呈现。
② 高晓声的《荒池岸边柳枝青》同样处理的是包产到户实行初期农民开鱼塘致富的主题。
③ 对乡村集市的描写，让人想起张一弓的《黑娃照相》和路遥的《人生》。
④ 参见路遥的《平凡的世界》。

事,"扎馒头""摘桃子",对邻村姑娘上下其手,力比多在沸腾。谁知,被西娃纠缠三年的姑娘,为了摆脱农村终究还是远嫁一名貌不惊人的年轻军官。城市户口,对于农村青年有着巨大的吸引力,上一代"年轻猴"的代表西娃,在与城市的竞争中失败。高考落榜的"我",也就在东方红电影院门前张心得的指导下,最终走上了当兵的道路,完成了对乡村的逃离。

从个人史的角度,真正促使传统乡村/武林世界解体的标志是《少林寺》电影。在刘天庙七天庙会(放映法国1966年出品的喜剧电影《虎口脱险》),"我"便因形势所迫与大名鼎鼎的"鹅掌"有了一场惊心动魄的比武,更因了这场比武获得了进耿竹园给铁头僧祝寿的资格,在寿宴上我们看到了渴慕已久的《少林寺》。尽管《少林寺》首映于1982年,但"我"所看到的时间至少是高中毕业之后(1983、1984年或者更晚一点)。《少林寺》一节颇为冗长,然而这一节恰是小说矛盾累积和释放的核心。一方面,"我"终于在乡村武林取得自己的位置,也满足了长期以来想看《少林寺》的愿望;另一方面,《少林寺》带来的影像世界,彻底摧毁了朴实、自足的亳州少年的武侠想象,他们携带钱款,奔赴河南少林寺,被一种由资本运作制造出来的幻象征召而去,"我"也亲眼见证了真实"江湖"的解体。

正是在这一个时间节点上,一种文人与资本合力借助影像建筑出来、培植个人意志与欲望、强人的能力与获得的"武林",取代了一种更为传统的、乡俗的、集体的、包含更为丰富社会经济历史内涵的基层社会形态。这之前全部的历史、生活,被无形的巨流所裹挟,也就顺理成章地被规约进了一条渐趋狭窄的河道。

三、抵抗"历史":"散漫"形式的意义

大约从 80 年代中期开始,"结构、情节、人物、叙述语言"成为文学及文学批评话语当中对"文学性"的想象。在这里,"文学性"的航船撑离了名叫"历史"的河岸,随波逐流,飘飘荡荡。然而,很难说这种"挣脱历史"的文学性就并不笼罩在另一意义上的"历史"的阴影之中。黑格尔式的辩证法强调,在历史并未终结之前,试图超越历史的努力,也依然是更大的历史逻辑运行的一部分。"文学性"想象构成了我们当前文学创作和批评的历史限度,这是我们现在身处的"历史"。

《电影》与《武人列传》从小说的角度来看具有结构上的弱点。因为它太不像小说,更像个人回忆、更像随笔或者散文。但在我看来,小说结构因为不断被历史细节中断所造成的"散漫"恰恰具有价值。历史,必须通过"散漫"的方式得到保全和尊重。任何不符合"结构"的"散漫",恰恰是结构无法消化以及从结构裂隙当中漏出的关键信息。

重建历史的同时,就是抵抗历史。这种重新回到历史现场、重建现实生活场景、重新搜集被遗忘的细节的文化史与社会史的努力,看似消极和无为,其实恰恰是因为面向过去、面向历史,而具有了抵抗我们所身处的历史的积极意义。

毕飞宇的"权力"
——从《玉米》到《平原》的叙事解读

毕飞宇是一位爱好深度模式的作家,例如历史、存在和语言表达等问题,都曾经作为他小说的主题。近年来,对其长篇作品《玉米》[①]和长篇小说《平原》的解读又开始围绕着"权力"这一关键词而开展。事实上,作家从90年代踏入文坛开始,就进行过权力书写的探索。处女作《孤岛》侧重描写特异时空下的极权,堪称人性的实验场;《叙事》和《楚水》将抗战时期民族的创伤与外族的强权联系起来考察;《雨天的棉花糖》描写革命叙事外的个人如何遭到此种神圣话语的暴力侵袭。"权力"也从简单的极权开始变幻出各种斑驳的面影,可以说,毕飞宇的写作正是伴随权力主题的书写而成熟起来的。

新世纪以来,毕飞宇的"权力叙事"文本提供了对权力更为缜密和深刻的书写。《玉米》三部曲和《平原》的主人公们活动在家庭、乡镇、学校三个空间之中,他们与周遭人物的社会关系既有仇恨、畏惧,又有爱慕、怜悯,周遭的人物的行为与观念也影响了主人公的命运,甚至可以说部分促成了他们命运的最终悲剧。据我观察,小说中的权力

[①] 《玉米》系列包括三个中篇小说《玉米》《玉秀》和《玉秧》。由于三个文本时间上彼此接续,主人公命运之间有着密切联系,更重要的是都围绕着"权力"的共同中心,因此我将其当作一部长篇作品(而不是一般的"长篇小说")进行讨论。

已经溢出政治制度层面，渗透进了社会关系中。

因此，本文打算分析从《玉米》系列到《平原》构成的"权力叙事"。我把权力暂且理解为个人在社会生活中必然遭遇的控制与反控制的力量关联场，正是这种力量关联场会在很大程度上决定个人在社会中的命运轨迹及其性格趋向。个人在社会中的生存，本身就意味着控制他人与被他人所控制之间的较量，有意识的或无意识的，自觉地或不自觉的，激烈的或细微的，明显的或隐蔽的等等。

下面，论文将策略性地打散四个小说的故事线（story-line），以空间形式重新组织叙事文本。小说描述了家庭、乡镇、学校三个迥异空间中的权力。

一、家庭空间的权力匮乏与获取

阅读小说文本我们发现，其中蕴藏着"匮乏—满足—新一轮的匮乏"的叙事模式。为了更好地说明小说的叙事模式，在此不得不首先借鉴布雷蒙的"回路图"[①]来对小说文本进行解读：

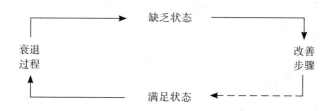

我们首先来分析主人公的"缺乏状态"。为了避免将不同的故事读

---

① 转引自华莱士·马丁：《当代叙事学》，北京大学出版社，2005年，第91页。

解为相同模式的生硬套用痕迹,下面不得不沉落到文本实际中,探询主人公一开场身处的权力情境。

《玉米》一开场,母亲施桂芳没能生下儿子、王连方正走在去偷情的路上。《玉秀》则是玉秀又爱又怕又恨的大姐玉米出嫁,再也不能给她当靠山。《玉秧》里玉秧不但"冤枉"地跑了三千米,还惹上了偷钱的嫌疑。《平原》开篇由"麦子黄了"引出的长达三页的风俗描写,生活长卷式地铺垫了端方想要摆脱的传统社会。

我们不妨将这样的状态归结为"权力的匮乏"。权力匮乏指代的是主人公在社会关系中所处的劣势。主人公们意识到了这种匮乏,才自发走向了寻找权力的道路。玉米、玉秀和端方都首先在家庭中树立权威。如果稍加分辨,女性主体(玉米、玉秀)树立权威的方式通常较为委婉、隐蔽却不失有效,对家庭成员的控制都是在流水般的日常生活细节上完成的。

例如"饭桌夺权"的一段:

> 玉米并没有持家的权利,但是,权利就是这样,你只要把它握在手上,捏出汗来,权利会长出五根手指,一用劲就是一只拳头。父亲到公社开会了,玉米选择这样的时机应当说很有眼光了……玉米决定效仿母亲,一切从饭桌上开始。……玉米要的其实只是听话。听了一次,就有两次,有了两次,就有三次。三次之后,她也就习惯了,自然了。所以第一次听话是最最要紧的。权利就是在别人听话的时候产生的,又通过要求别人听话而显示出来。放倒了玉秀,玉米意识到自己开始持家了……

接下来,玉米通过吩咐母亲、敲着碗边大声说话、给妹妹喂饭、张罗洗碗、平衡姐妹关系的手段,隐蔽地、委婉地取代了母亲在家庭中的统治地位。

《玉秀》的主人公也是在饭桌上小心翼翼地争取权力。

> 到了吃饭的时候,玉秀的机灵发挥了作用,眼里的余光一直盯着别人的碗,眼见得碗里空了,玉秀总是说:"我来,姐夫"。……玉秀采取了和玉米截然相反的方法,差不多是一次赌博了。一到吃饭的时候玉秀便把自己弄得特别地高兴,兴高采烈的,不停地说话,问一些又滑稽又愚蠢的问题。……顿顿如此。玉秀问蠢话的时候人却特别地漂亮,亮亮的,有些烂漫,纯得很,又有点说不出的邪。一些是真的不知道,一些却又是故意的了,是玉秀想出来的,可以说挖空心思了,累得很。……出人意料的是,郭家父女却饶有兴致,听得很开心,脸上都有微笑了。而郭巧巧居然喷过好几次饭。

玉米转成为玉秀的对手,被玉秀在饭桌上暂时地挫败。因为她不惜装蠢来衬托郭家人的"聪明",让郭家父女这样的权力者满意,玉秀也分享到了部分利益,得以在断桥镇上逗留。

《平原》中的男性主体端方的权力意识也是早早苏醒。

> 端方在镇子上拼了命地练身体有端方的理由。端方和父亲的关系一直不对,有时候还动到手脚。端方得把力气和体格先预备着,说不定哪一天就用得上。

遭遇危机时刻,端方通过保护家庭来控制家庭。弟弟害死了村里的孩童,端方以威严的方式第一次对继父、母亲和姐姐发布命令。"端方把扁担、鞭子、锄头和钉耙放在顺手的地方,说:'我不动,你们一个都不要动。'"当苦主殴打端方时,他故意不还手,因为"面前围着这么多的人,总得让人家看点什么。人就是这样,首先要有东西看,看完了,他们就成了最后的裁判。而这个裁判向来都是向着吃亏的一方的。"除了智斗混混头子佩全以外,端方坚决不承认是弟弟害死了对方,不让苦主把尸体抬进自己家门:"多亏了端方在门口撑住,要不然,尸体进了门,他们又能做什么?"端方有策略的斗争获得了胜利。风波平息以后,端方在家庭空间中确立了至高的权威:"他的声音很轻,然而,在这个家里,第一次具备了终止事态的控制力。"

主人公们在家庭空间内,流露出了对社会关系的早熟和统治他人的强烈愿望。对日常化权力及其实施规则的初步掌握,使他们成为了自觉的"少年家长"。

二、乡镇空间中的权力实施:监视与惩罚

从《玉米》《玉秀》到《平原》,主人公都生活在乡与镇的社会空间中①。主人公们在小说开端取得了家庭中的权力以后,作为"家长",到广阔的社会空间中与其他权力主体进行着搏杀、协商、共谋、胁迫等互动,在试图展示、实施自己的权力的同时,成为他者们实施权力的对象。

首先,主人公们无一例外遭遇了"目光"的暴力。西美尔侧重讨论注视的社会互动性:"个体的联系和互动正是存在于个体的相互注视之中。注视或许是最直接最纯粹的一种互动方式。"②然而在《玉米》中,玉米一直遭受着匿名大众的监视。这种监视,并不是中性的互动,

---

① 《玉米》大部分描写的是玉米在王家庄的生活;《玉秀》中玉米、玉秀姐妹大部分都活动于断桥镇;《平原》里端方只有两次离开王家庄到了别的乡镇。由于玉秧所处"师范学校"更像一个专门化的规训机构,因此策略性地将她单列为"学校空间"。
② 齐奥尔格·西美尔:《感官社会学》,费勇等译,《时尚的哲学》,文化艺术出版社,2001年,第4页。

而是单方面施加的暴力。

主人公玉米与飞行员彭国梁恋爱的秘密迅速被村里人知晓。后来玉米留了心眼,让彭国梁的信先寄到小学老师高素琴手上,却发现小二子、高素琴、邮递员小五子、麻子大叔等人都先后拆开了自己的信封。

"玉米说不出话了,只是抖。麻子大叔说:'再好的衣裳,上了身还是给人看。'麻子大叔说得在理,笑眯眯的,他一笑滚圆的麻子全成了椭圆的麻子。可是玉米的心碎了。""说得在理"一句,是作者用反讽话语留下的线索,暗示监视的暴力是受到乡村伦理支撑的。

同样是恶意的"看",在《玉秀》中的断桥镇,收购站的职工们早已经"看"穿了玉秀怀孕的秘密,但为了"看"热闹,他们组织了各种游戏要玉秀参加。

> 玉秀很努力,但是,一旦行动起来,那份臃肿的笨拙就显露无疑了。很可爱,很好看的。……玉秀夹杂在人堆里头,一比较,全出来了,成了最迟缓的一个环节,总是出问题,总是招致失败。人们不喜欢看玉秀跳绳,比较起来,还是"老鹰抓鸡"更为精彩。……最为常见的是玉秀被甩了出去,一下子就扑在地上了。玉秀倒在地上的时候是很有意思的,拼了命的喘息,却吸不到位。只能张大了嘴巴,出的气多,进的气少,总是调息不过来。最好玩的是玉秀的起身。玉秀仰在地上,脸上笑开了花,就是爬不去来。像一只很大的母乌龟,翻过来了,光有四个爪子在空中扑棱,起不来。……真是憨态可掬。

"很可爱""很好看""很有意思的""母乌龟""憨态可掬"这些形容词归属乡村全知叙事人模拟看客视点的叙述话语。叙事人的退隐与袖手旁观,让读者体会到"被看者"的无知、孤立和周遭环境的异己感。

其次,除了被监视外,小说中的人物在乡镇空间中遭遇着权力惩罚。监视和惩罚是权力的两面:无论是政治制度层面或是社会关系性质的"权力",都以监视的目光对主人公从肉体层面的外观、行为举止到灵魂层面的知识、情感、欲望、意志等进行定义、划分与记录。不合规范的主体、拒绝被规训的主体,就会遭遇惩罚。

权力对个人的惩罚,同时在身体和言语层面进行操作。

王连方利用职务霸占女性,不久倒台。女儿玉秀在失去父亲庇护之后,遭到了汉子们的强暴。这次发生在看电影时的袭击,看似偶然。其实,一方面这是对王连方的报复,另一方面,也是乡村传统生活方式下,"美女蛇"玉秀的必然命运。传统社会关系对女性行为、相貌、装扮的规约已经形成了强制性的羁束权力,一旦玉秀越出合理合法的范围,整个群体对一个"骚货"的身体暴力并不需要承担任何风险和伦理道德压力。无怪乎,小说家还特意安排了一个乡土传统的符号性代表——财广家媳妇,她竟然自觉出来维持强奸的"秩序":"不要乱,一个一个的,一个一个的。"文本这个段落建构了精彩的"情境反讽"①,使暴力与秩序这一本来对立的两极怪异地纠结在了一起:暴力表面的秩序让我们反思秩序背后的暴力。

《平原》同样存在身体惩罚。除了端方曾遭到佩全的毒打外,端方也曾经惩罚过佩全与红旗。除此之外,小说还有更有趣的细节。端方想借参军离开王家庄,知青"混世魔王"知道竞争无望,在绝望之余强奸了吴支书,并以败坏她的政治声名和个人清白为要挟,获得了参军的资格。

---

① 根据米克的观点,反讽有两种基本类型,言语反讽和情境反讽。而情境反讽刺指:"反讽情境或事件里不包含反讽者,一般只包含受嘲弄者和观察者(这一种通常称作'情境反讽',也可称作'非故意反讽'[Unintentional Irony]或'无意识反讽'[Unconscious Irony])。"参见 D. C. 米克:《论反讽》,周发祥译,昆仑出版社,1992 年,第 41 页。

本文对《平原》这一段落的叙事模式进行简单的结构分析如下①：

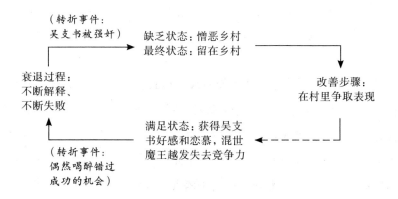

结局是吴支书为了名誉，放走了暴徒，将他的竞争对手端方留在农村。一旦在肉体上遭到强暴，吴支书很显然无法继续担任国家在乡村的代理人。她将彻底地被排除出权力者的行列，她的"前途无量"的政治生命将随着清白的失去而完结。在这次看似偶然、并非针对端方本人的身体惩罚中，无孔不入的权力还是网络化地传递到了端方身上，造成他最终回到了缺乏状态——永远留在乡村。

言语惩罚是身体惩罚的延伸和细化。这些叙事文本让人颇为惊叹的地方，就是对"绰号""闲话"等微观权力的发现。例如"绰号"，对主体的伤害就深达潜意识和梦境，它使玉秀被强奸后日子更加难过：

玉秀只能偷偷摸摸的，上一回毛缸就等于做一回贼。……

---

① 本文中对引用的布雷蒙回路图稍做改动。我添加了"转折事件"，表示从某一状态、过程向另一状态过程转折的契机。这么做，可以使叙事结构的分析更趋细化。此外，由于具体文本中，主人公的命运往往起落不定，"匮乏——满足——匮乏……匮乏——满足"的过程可以无穷延续，对整部长篇作品做如此分析可能显得笨拙且失去重点。因此，在下面的分析中我们可能单就小说中某些段落、某一"故事线"进行这样的分析。

玉秀在梦中到处寻找小便的地方，好不容易找到一块无人的高粱地，刚刚蹲下来，却有人来了。她们小声说："玉秀，茅缸。"玉秀一个激灵，醒了。到处都是人哪。哪一个人的脸上没有一张嘴巴？哪一张嘴巴的上方没有两只笑眯眯的眼睛？

"闲话"是更险恶、更隐蔽的权力形式。从闲话的发出者来看，它是集体承担的暴力行为，真凶隐藏在匿名的大众之中。从闲话与真相的关系看，不能仅仅理解为假话、谎话和谣言：话语在从一张嘴到另一张嘴的转交过程中，内容不断发生拉伸、扭曲、强化、缩写的种种变异，即使被说的内容近乎精确，也由于语气、语境的不同，在实际效果上与所谓的"本源"大相径庭、大异其趣。

"闲话"是毕飞宇小说中权力实施的重要环节。"闲话"构成了叙事的转折，或是使主人公从满足状态跌入衰退阶段（《玉秀》《平原》），或是使主人公从衰退阶段彻底进入新一轮的匮乏状态（《玉米》）。

再次借鉴布雷蒙的"回路"结构图，对《玉米》叙事模式分析如下：

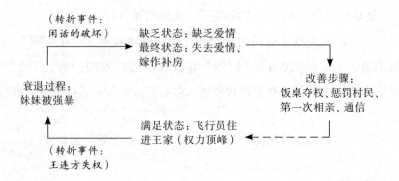

图表中的"闲话的破坏"，是玉米放弃最后希望、献身郭家兴的契机。在王连方失权、玉秀遭强暴以后，叙述话语中反讽地对彭国梁的自作聪明进行描述：

彭国梁远在千里之外,然而,村子里的事显然没有瞒得过彭国梁。

飞行员彭国梁对玉米的来信只有短短的一句话:"告诉我,你是不是被人睡了?!"从这里我们看到,叙述话语中的"没有瞒得过"和飞行员的误解一起形成了"言语反讽"[①],"飞行员被闲话蒙蔽"才是作者的真意,传播者们甚至使彭国梁相信玉米瞒他只是因为"她被人睡了",可见"闲话"不光牢不可破而且具有自动吸纳、转化、回击真相的能力。"村子里的人不仅替玉米看彭国梁的信,还在替玉米给彭国梁写信。"如果把闲话的内容也看做一个新文本,了解真相的读者一旦看出新旧两个文本的差异性(村里人写的"信"和玉米写的信),无疑将刷新对乡土社会的看法——它在和平、亲厚的宗族关系表象之下,蕴藏着如此肮脏、强大的地下潜流。

由于社会网络式的共同传播和不断生产,闲话具有强大的解释权威和塑造真相的能力。《平原》里三丫的死也与田间地头的闲话有着密切的关系。"广礼家的身边一直围着人,她在说,所有的人都在听。不是一般的听,是全神贯注的,是谛听。……但问题慢慢地严重了,她们沉默了一会儿,广礼家的再说一句,她们又沉默一会儿。……'端方都快活过啦!'"闲话直接对端方与三丫的秘密恋情造成破坏,最终使三丫以死相争。

《玉秀》最刻骨铭心的地方是,玉米作为闲话的被害者,却依靠闲话的力量彻底毁灭了玉秀与郭左的爱情。她假作不知两人的暧昧关系,

[①] 言语反讽在这里主要是以修辞手法的面目出现。综合米克的观点:"言语反讽的功能主要是:(1)作为修辞手法——反讽者提出一个'虚假'断言,但他知道,可以指望听众在心里形成一个愤怒的或有趣的'反断言'与之对抗,而这一'反断言'及其所强调的内容,正是反讽者的真意。(2)作为一本正经的蠢话。……(3)作为讽刺的武器……为了取得说教的效果。"参见 D. C. 米克:《论反讽》,第93页。

以替玉秀找婆家为借口,透露了对玉秀极端不利的信息。《玉秀》因此在某种意义上重复了《玉米》的叙事模式:

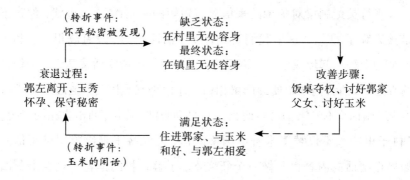

如果不是她故意用玉秀曾被强奸的"事实"毁灭了郭左对玉秀的感情,也不会有后来郭左不告而别、玉秀未婚先孕的后事。简单一句"闲话",彻底改变了情节的走向,成为玉秀由暂时的满足跌入最终的匮乏状态的转折。

上面就《玉米》《玉秀》《平原》小说叙事模式进行分析。从家—乡的空间维度,小说展示了从家庭空间中的家长权力,到社会空间中的监视与惩罚的权力。监视与排斥的目光,身体与言语的暴力,共同构成了这三个文本中主人公的命运悲剧。

三、学校空间的权力生产

作者始终坚持《玉秧》的独特意义:他认为"文革""灾难的长度比它实际的长度要长很多"[①],并自认为这是一种区别于伤痕文学的"光

---

① 毕飞宇:《玉米》,作家出版社,2005年,第284页。

明／黑暗""启蒙／愚昧"模式的"文革"书写。当然，同一个文本在不同视野的观照下，可以呈现出区别、歧异甚至对立的意义。在权力视域下，《玉秧》呈现了不同空间中权力的不同面向。

学校空间中，个人被权力不断地按照特定标准进行检查。检查是使主体规范化的有效手段。"检查把层级监视的技术与规范化裁决的技术结合起来。它是一种追求规范化的目光，一种能够导致定性、分类和惩罚的监视。"① 福柯并不强调权力的意识形态维度，而强调貌似客观、无害的"知识"及其背后的物质生产机制对个人的统治，认为权力"不仅发生在意识、观念的层面上和人们自以为了解的事物中，而且发生在能够造就知识，使知识变为政治干预的事物的层面上"②。福柯无疑对本文的视野具有启发意义，然而在我们所要分析的小说中，当"文革"时期占据统治地位的革命话语同学校制度融合以后，权力的情况就变得相对特殊。

首先，权力对个体心灵实施最为深刻的检查：力量关联场内的任何人，包括玉秧在内的同学甚至班主任、魏向东都被罪恶感、不安全感所环绕。

权力通过在主体身上注入罪恶感，使其时刻进行自我忏悔和自我监管。

看似亲切的黄老师，却善于在学校空间里实施规训的权力，她的话语令无辜学生也感到自己有着过错："黄老师的话像春风，像春雨，一丝一丝，一瓢一瓢，飘拂在同学们的心头，浇灌在同学们的心坎上。同学们低下了脑袋，每一个人都流下了悔恨的泪。……'相信我，孩子们，千万千万不能存有侥幸心理。公安人员已经在庞凤华的箱子上提

---

① 米歇尔·福柯：《规训与惩罚》，刘北成、杨远婴译，生活·读书·新知三联书店，2003年，第208页。
② 同上书，第209页。

取了指纹了呀！谁碰过庞凤华的箱子，公安局一目了然。我们更是一目了然。'"叙述声音的言语反讽在追问这样一个事实：既然偷钱的人只有一个，为什么"每一个人"都会"悔恨"，又为什么最终退回赃款的汇款单竟有四张之多？

权力正在无辜者的心中制造恐慌，每个人是"一目了然"的。玉秧的不安感更甚："这种力量并不只是来自校方，在很大的程度上，它来自于同学们的中间。甚至，它来自于王玉秧自己。玉秧可以麻痹自己，其它班级的同学可是麻痹不了的，他们的眼睛是'雪亮'。"无辜的玉秧感到被监视，害怕自己被作为犯罪典型"抓"出来，自作主张地汇出了20元钱。尽管花冤枉钱，却希望买得一个心安理得。不料，在盗窃事件结束后，这种不安感依然盘桓不去。玉秧因为曾经在汇款单上留下笔迹，沾染了盗窃的嫌疑。汇款单像随时复活的"僵尸"，象征着玉秧在权力的审查制度下的罪恶感。罪恶感一旦被唤起，玉秧明知魏向东在对自己实施性骚扰，还是出于摆脱罪恶感的需要，顺从了魏向东。

我们不妨将盗窃事件前后的权力书写联合起来理解：一方面权力以严厉的惩罚对个人进行威慑，另一方面权力在个体身上植入不安感及罪恶感，使"被监管者"进行自我监管，使权力结构更经济和高效。

其次，权力不光介入个体的意识层面，还在无意识层面改造主体。它作为一种力量关联场，左右了人物的性格及其命运的趋向。小说中玉秧短暂的爱情破灭，根源于权力对性、身体的妖魔化。玉秧本有可能与诗人楚天两情相悦，终成眷属。但是当玉秧终于大胆去操场寻找楚天，幸福结局并没有如约出现。玉秧看见写"一二九，你是火炬"等诗歌的楚天"一个人站在草丛里，并没有酝酿他的诗歌，而是叉着腿，面对着一棵树，全力以赴，对着天小便。"《玉秧》的学校制度与革命话语结盟的特定空间里，权力压抑了"性"与"身体"的表达，于是玉秧无法接受诗人的恶俗、下流的"肉身"，爱人的形象在她心中坍塌了。

随即，玉秧就在魏老师的接连逼问下，出卖了楚天。当然，对性的压抑不等于彻底消灭。权力对性与身体的妖魔化，使玉秧的欲望能指只能以曲折、隐晦的方式抵达所指——玉秧无法理解自己身体内的正常欲望，在楚天被带走后，她只能象征性地吮吸楚天用过的勺子作为补偿。

权力对主体的改造还体现在，小说中的性不是纯粹的生理现象，它是依靠权力来实现的。一方面，权力压抑了性的正常表达，与性对立；另一方面，权力又确保了性的实现，是力比多的提供者。小说特别喜欢以革命话语来写"性"。例如魏向东这个人物的性能力与权力紧密挂钩，一旦失去权力就是失去了性能力。当魏向东以校卫队负责人的权力猥亵玉秧时，他的性能力又随着权力的恢复失而复得："在他摁着玉秧的腹部反复揉搓的时候，魏向东吃惊地发现，身体的某些部位重新注入了力量，复活了。又有了战胜一切困难的能力与勇气。"在学校的独特空间里，权力与性以十分怪异的方式错接在了一起，说明权力除了统治主体的意识外，还逐渐渗透到主体的无意识层面。

最后，个人无法抵抗学校空间中的权力关系。小说的叙事序列展现了玉秧逐渐被权力网罗吞噬的过程。这一文本的"核心事件"[①]如下：玉秧参加校运会——失窃案——找黄老师解释——案件不了了之——当卧底——被排挤出合唱团——看侦探小说——对楚天单相思破灭——揭发楚天——被魏向东检查身体——与庞凤华的冲突——跟踪庞凤华——玉秧信任魏向东——揭发庞凤华——捉奸、审讯及尾声。小说前半部分，玉秧在和赵珊珊、班主任、庞凤华的相处、冲突中都处于下风，这些"催化事件"铺垫了玉秧即将采取的报复行动。

小说从"玉秧当卧底"开始进入新的阶段，叙事节奏明显加速。

[①] 里蒙·凯南认为："事件可以分为两大类：以提供一个新的选择方法以推动情节的事件（'核心'），和扩展、详述、维持或延缓原有情节的事件（'催化'）（巴尔特，1966年，第9—10页；查特曼，1969年，第3、14—19页。查特曼在1978年的著作把后者称为'卫星'）。"里蒙·凯南：《叙事虚构作品》，姚锦清等译，生活·读书·新知三联书店，1989年，第28页。

在魏向东要求玉秧当校卫队的秘密警察时:"魏老师说,'我们'其实一直在考查王玉秧,一直拿王玉秧作为'我们'的培养对象。魏老师没有说'我',而是说'我们',这就是说,魏老师代表的不只是他自己,而是一个庞大的、严密的、幕后的组织。很神秘,很神圣,见首不见尾。"玉秧被魏老师所使用的革命话语所召唤,自觉就位为权力机制的维护者和运行者。从"当卧底"的时候开始,玉秧自觉地承担了监视、记录其他个人的职责;到了"玉秧看侦探小说"这一事件之后,随着玉秧学会了跟踪、记录、分析的监视技能,叙述文本的语气越来越欢快,预示着玉秧在追求权力的路上越走越远。

魏向东与玉秧的畸形关系可以看做主体与权力最终关系的隐喻:主体与权力形成了难解难分的爱慕关系。抵抗,在它的发端处就被瓦解。主体成为权力的符号,成为权力传达、实施的节点。

四、权力叙事的角色模式分析:权力的四重属性

这一部分为新世纪毕飞宇权力书写的主题做一个小结:以权力视域连缀四个小说文本的核心事件,揭露四个文本共同描述的权力属性,借此解密毕飞宇笔下权力的特殊之处。

新世纪以来,毕飞宇小说的书写对象是一种"利"与"权"的复合体:

> 《玉米》出版以后,不少人都说,《玉米》是一部反对权力的书。不,我一点点都不反对权力。人是有权力的,天生就有。我拥护并喜爱我们的权力。拥有权力是文明的一个标志。权力是我们生存的前提,是生存得以成为生存的必须。我反对的只是特殊的权力。……玉米、玉秀和玉秧这三个可爱的姑娘也许拥有了一些特殊的权力,然而,她们的悲剧也许正

好说明,那些最为基本的权力,她们恰恰没有。①

出于知识背景的特殊,毕飞宇试图以自己的语言,对作品的意义进行澄清——小说世界里既存在天然的、中性的"基本权力",又存在罪恶的、贬义的"特殊权力"。在我看来,小说文本中"基本权力"和"特殊权力"实际体现为"权利"与"权力"的错落出现。小说中的人物由于将"权力"误当作了"权利",因此走上了盲目求权的道路,最终彻底放弃了基本的生命权利。

以《玉米》为例②。在《玉米》中出现权利/权力的地方一共有四处。第一次是在玉米饭桌夺权之后:

> 权利就是在别人听话的时候产生的,又通过要求别人听话而显示出来。放倒了玉秀,玉米意识到自己开始持家了。

第二次是玉米试图羞辱柳粉香失败以后:

> 玉米最不能接受的还是这个女人说话的语气,这个女人说起话来就好像她掌握着什么权力,说怎样只能是怎样,不可以讨价。

第三次是王连方已经失去大权,玉米婚事告吹以后,要父亲给自己说一门亲事:

---

① 毕飞宇:《玉米》,作家出版社,2005年。
② 《玉米》三部曲第一篇《玉米》奠定了权力书写的主题与基调。我们不妨将后几篇小说看做在第一部小说的主题上进行的扩充、演绎与深入。由此,只需要分析《玉米》隐含作者对权力的定义,我们就能够对新世纪毕飞宇的权力观念做一个把握。其他文本中,《玉秀》出现了两次"权力",而《玉秧》中钱主任的"抓"、玉秧的"工作",《平原》中的"权力""泥土"等字眼,这些不妨看做《玉米》中的权力所指在不同语境下的不同能指。

> 玉米扬起脸,说:"不管什么样的,只有一条,手里要有权,要不然我宁可不嫁!"

第四次是玉米在出嫁时又是庆幸又是悲哀的复杂心理:

> 玉米在小汽艇上想,幸亏她在父亲面前发了那样的毒誓,要是按照一般的常规,她玉米决不会有这样的机会的。……玉米肯定是补房,郭家兴的年纪肯定也不会小了。……为了自己,玉米舍得。过日子不能没有权。只要男人有了权,她玉米的一家还可以从头再来,到了那个时候,王家庄的人谁也别想把屁往玉米的脸上放。

叙事人和人物的认识水平不同。我们可以看到,第一次出现"权利"这一字眼时,是由叙事人的叙述话语来说的。其后几次,"权"的说法都出现在单纯的人物话语中。人物由于视角和智慧的限制,盲目追求权力,也就不能明白他们真正需要的是"权利"。小说刻意表现了权的单面扩张和利的消失。这种认识上的错位是叙事的动力。

按布雷蒙的故事序列分析,都可以归结为如下的命运:

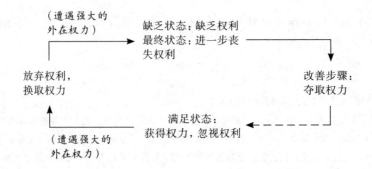

我们因此得以总结新世纪以来毕飞宇权力书写的叙事模式。故事序列的开端总是人物处于某种权力情境下，遭遇着一定程度的不自由。权力的匮乏使主体权利得不到保障。于是主人公在叙事人话语的提示下，半自觉地在家庭空间内获取权力，成为一家之长（玉米、端方）或接近一家之长（玉秧、玉秀）。随着各种催化事件不断介入核心事件，人物出于视角限制，无法像叙事人一样操纵命运，因此被诸多偶然性和必然性所控制，被更强大的外在力量裹挟。最终结局正如上文所述，在家庭、乡镇、学校等空间中，"我"不断与各种他者搏杀；同时，由于将"权力"误当作"权利"，"我"在控制与被控制中，却完全忘却了本真存在状态下的权利，将自己的主体性彻底掏空，成为了权力化的主体。

进一步借鉴叙事学的相关理论，我们会有新的发现。例如借助格雷马斯《结构语义学》提出的三组六动素结构①进行角色模式的解读，我们会遭遇一些困难：

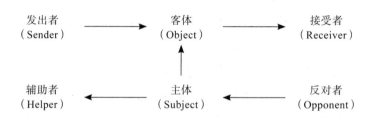

首先，在小说中的不同故事序列中，主体、客体、辅助者、反对者的位置都是可替换的。往往在这一序列中是辅助者的人物，在下一序列中就成为反对者。几乎所有出场人物都充当过主人公的反对者，无论是主人公的父亲（王连方、端方的继父逐渐衰老的权威）、母亲（沈翠珍破坏端方的爱情）、兄弟姐妹（玉米的姐妹、端方的姐姐红粉）、老师（钱主任、魏老师、班主任）和同学（庞凤华、赵珊珊）。《玉秀》里

---

① 参见 A. J. 格雷马斯：《结构语义学》，蒋梓骅译，百花文艺出版社，2001 年，第 264 页。

的玉米尽管是第一部小说的主人公,却在这里充当了主人公玉秀最大的反对者。通常主人公都占据着主体地位,但在《平原》最关键的故事序列里,主人公端方的一句无心之言造成了对自己命运的最终判决,甚至取消了这一序列中反对者的位置,自己承担了主体的反对者。

其次,如果把主人公(主体)应对的客体看做"权力"。无论主体试图去占有权力或是规避权力,其应对无一例外都是失败的。与其归咎于不可知的命运,不如认为,"无法被主体占有"就是权力客体的固有属性。

因此需要特别指出,考虑到作家笔下权力的特殊性,我们无法完全照搬角色模式的分析框架。我所指的"发现",恰恰就是文本与理论框架之间的龃龉。

无须详查文学史我们就知道,毕飞宇并非第一个描写"权力"的作家。在他之前,寻根文学如莫言的《红高粱》、张炜的《古船》和贾平凹的《浮躁》等,都对乡村社会的权力有所涉猎。尽管这些作家关注的问题重点和小说的整体审美意蕴有所不同,然而他们笔下都有清晰的"主体——反对者"关系,主体要与这些外在于自己的敌人进行不断的周旋:《红高粱》里是余占鳌与单廷秀父子,《古船》里是隋抱朴与赵多多,《浮躁》里是金狗与田、巩两大家族。寻根文学具有清晰的"好"与"坏"的二元对立模式。毕飞宇笔下的权力结构有所不同:反对者和主体并不能截然分开;尽管存在着一些外在于主体的反对者形象,他们在某些序列充当帮手,在另一些序列充当敌手,但并不能根本上左右人物命运。毕飞宇笔下的主体往往兼任最大的反对者,随着故事的进行,成为最终击败自己的人。由此,我们看出毕飞宇笔下的权力叙事与角色模式无法彻底贴合:无中心的权力网络中不存在固定的"敌人",而且主体还会分裂为自己的"敌人",同时客体又处于永远不可企及的位置,让我们怀疑是否存在一种可被个人所占有的"权力"。

出于这样的原因,与其说去简单"套用"格雷马斯角色模式,不如说仅能与之对照和借鉴。文本对分析框架的不适应并不说明文学作品的怪异而是证明其魅力所在：我们恰能于文本与理论框架的摩擦之中，检验出毕飞宇笔下"权力"的独特之处。

那么，结合本文对权力所作的"力量关联场"这一理解，可以归纳出毕飞宇笔下权力的几个突出属性。首先，权力是人一出生就身处其中的控制与被控制的力量关联场，这说明权力具有"先在性"，即先于具体个人而存在的属性。其次，个人在权力场中身不由己地控制他人或被他人控制，说明权力网络中的主体人人都可能是凶手和受害人，这也就说明权力具有匿名性，即权力是无所不在而又隐匿的。再次，来自个人的谋求权力的企图都会陷入失败，说明权力具有不可占有性。最后，个人的对抗或躲避权力的企图也会失败，说明权力具有不可抗拒性。权力的四重属性决定了毕飞宇笔下"权力"的独创性，权力叙事正是因为如此，才受到批评家和读者自觉、不自觉的欣赏。